城郭

牧一恒 著

图书在版编目（CIP）数据

城郭 / 牧一恒著 . -- 北京 : 中国文联出版社，2015.7 （2025.4 重印）

ISBN 978-7-5190-0142-1

Ⅰ . ①城… Ⅱ . ①牧… Ⅲ . ①散文集－中国－当代 Ⅳ . ① I267

中国版本图书馆 CIP 数据核字 (2015) 第 179780 号

城郭

作　　者：牧一恒

出 版 人：朱　庆

终 审 人：奚耀华　　复 审 人：王　军

责任编辑：郭　锋　　责任校对：林香云

封面设计：凤凰树文化　　责任印制：陈　晨

出版发行：中国文联出版社

地　　址：北京市朝阳区农展馆南里 10 号，100125

电　　话：010-65389139（咨询）65067803（发行）65389150（邮购）

传　　真：010-65933115（总编室），010-65033859（发行部）

网　　址：http://www.clapnet.cn

E-mail：clap@clapnet.cn　　guof@clapnet.cn

印　　刷：三河市宏顺兴印刷有限公司

装　　订：三河市宏顺兴印刷有限公司

法律顾问：北京市天驰洪范律师事务所徐波律师

本书如有破损、缺页、装订错误，请与本社联系调换

开　　本：787 × 1092　　1/16

字　　数：222 千字　　印　张：16

版　　次：2015 年 9 月第 1 版　　印　次：2025 年 4 月第 3 次印刷

书　　号：ISBN 978-7-5190-0142-1

定　　价：42.00 元

前　言

《孟子·公孙丑（下）》中说："天时不如地利，地利不如人和。三里之城，七里之郭，环而攻之而不胜。夫环而攻之，必有得天时者矣；然而不胜者，是天时不如地利也。城非不高也，池非不深也，兵革非不坚利也，米粟非不多也；委而去之，是地利不如人和也。故曰：域民不以封疆之界，固国不以山溪之险，威天下不以兵革之利。得道者多助，失道者寡助。寡助之至，亲戚畔之；多助之至，天下顺之。以天下之所顺，攻亲戚之所畔；故君子有不战，战必胜矣。"这段文字说的是战争，读着就让人发冷。然而，谁也不能否认，我们就是从远古经过不断的战乱走过来的。说从战乱中走来，显得有些悲壮，不如换一个说法，我们是从远古的生活中走来。

三里之城，七里之郭，是古代城市的雏形。与 21 世纪 20 年代比较，20 世纪 80 年代的城市就是一个雏形。我很幸运经历了这次人类有史以来最大的城市化活动，而为了纪念这段不平凡的记忆，特将本书命名为《城郭》。城郭在哪里？城郭就在你我的身边。

依山靠海，看上去已经是城市，名字却依然还是那么土得掉渣。而城郭里的人大多是经历过艰难岁月的村庄人。清晨起来，他们一脸的皱纹加上浑浊的双眼，坐在抽水马桶上，时不时地想起田野的庄稼和看家的老黄狗。

自1979年以来，我们目睹着中国城市的边缘发生了巨大的变化，这三十多年必将成为未来中国历史的精彩篇章。多年以前有一种说法，中国10亿人口中有8亿在农村，而现在中国人口城镇化比例超过50%，按照总人口13亿来计算，也就意味着城镇增加了4.5亿的人口，这些人就是城郭人。本书所写也许就是生活在你我身边的人，讲述他们自1979年到2014年之间的各种变化，当然书中涉及的具体人物数量与4.5亿比较几乎是可以忽略的，但他们至少也代表了一类人，这类人在4.5亿的城市新居民中为数一定不少，甚至是可观的，我敢断定，您身边一定有城郭人。

三十多年来，城郭的人们在环境上、经济上、信念上、心理上、文化上发生的变化是一点一滴持续不断的。这些人无法抛弃过去，只有继承过去，思考并总结过去，才能更好地适应未来，否则就会活在对城市生活的抱怨中，那样他能快乐吗？

这本书不像传统小说那般有统一清晰的脉络，而是由若干篇散文组成。通过这些散文，如果你是城郭人，可以反思，如果你不是城郭人，你可以更加理解你身边的城郭人。毕竟在中国，城郭人的数量相当庞大，是值得思考和关注的人群。

本书既然是散文集，那么其中的人物名字也必然都是虚构的，如有人名和情节雷同则纯属巧合，希望读者朋友不要对号入座。其实，我也是一个城郭人，因为爱我们的城郭，才费尽心力写了这本书。

作者　于2015年3月28日

目　录

第一章　小村之恋

1. 田戈的家

1976 年的秋天，田戈三岁半，和父母住在用柴火垛改造的临建里。晚上胡同里人很多，很热闹，他就一直玩儿，直到累得躺在破被子上，一闭上眼，就不知不觉地进入梦乡。这是小田戈对唐山大地震的全部记忆。

1979 年春天，六周岁的小田戈和母亲去种地，母亲用铁镐一下就挖出一个坑，田戈将三个蓖麻种子放进坑里，再用小脚丫把土盖上踩踩，种完这一棵，再种下一棵。那年秋天丰收了，蓖麻籽和玉米都收回了家，再也不用到生产队去借粮。自留地和责任田都有了，妈妈对孩子们说咱们再也不会挨饿了。

田戈的爸爸是建筑工人，每天都要骑自行车到十几公里外的建筑公司去上班。田戈的爸爸非常会讲故事，田戈从小就爱听爸爸讲故事，田戈一直听到四十岁，很少听到爸爸讲重样的故事。从小时候起，每次看到爸爸下班推着自行车进院子，田戈都很兴奋。每个孩子都有爱自己父母的天性，四十岁的田戈想起自己儿时对父亲的热爱仍然会激动不已。

1973年春天，小田戈出生在华城市郊区小村，家里有五口人，爸爸、妈妈、哥哥和妹妹。1979年以前，为了活下去，田戈家总是向生产队借粮借物，累计欠下了生产队的债折合人民币1153元钱，后来妈妈说那些账很多是会计瞎写的。田戈的爸爸每个月工资38元，妈妈没有工作，她要带三个孩子，还要给田戈的奶奶赡养费，日子过得很艰难，所以田戈和哥哥妹妹三人都是先天性营养不良。田戈三十一岁那年，病重住院，大夫说他的胸骨发育不大正常，是小时候严重缺钙、营养不良造成的。尽管中年的田戈皮肤白皙，带着金丝边眼镜，说话温文有礼貌，书生气十足，但他的胸骨和氟斑牙瞒不过医生的眼睛，医生会毫不留情地说他是个小时候营养不良的人。每次被牙医折腾得死去活来之后，田戈对着镜子，看着镜子里面的城里人，会不断提醒自己是一个城市边缘的人，然后龇牙，让镜中的男人黄牙毕露无遗。尽管田戈购买了城市地理中心的商品住宅，尽管四十一岁的他已经成为一个周围人眼中的体面人，他也丝毫没有刻意隐瞒过自己城郭人的本色。如果他不开心地大笑而漏出他的金黄色的牙，没有陌生人会相信他曾经是一个地道的农民。

对田戈来说，少年时种地的生活是简单的，只要有力气就行，而中年时作为一个城里人，他感觉活着是艰难的，尽管在周围人眼里他活得还不错。

田戈的妈妈是1968年的高中毕业生，她一说话，就显得在那群农民媳妇中与众不同。田戈的妈妈长得是典型的小村妇女的样子，但在田戈眼里，妈妈永远是世界上最好的妈妈，和那些小村妇女截然不同。田戈从小就听爸爸妈妈讨论王熙凤和史湘云的关系之类的古怪话题，或者妈妈纠正爸爸说你又把“造诣”念成“造纸”，因为爸爸喜欢说自己的胡琴演奏有一定的“造纸”。农活其实就是要花力气，田戈的妈妈干农活从来不惜力，仿佛永远有使不完的劲儿。而田戈的妈妈或许是因为太累了，终于在1994年春天，栽倒在自己的稻田里，从此再也没有回到她热爱的土地中。

从 1979 年以来的 15 年里她干了很多家庭主妇 50 年也干不完的农活。田戈的妈妈没有离开这个世界，而是得了脑出血但及时抢救过来了，那一年她四十七岁，田戈二十一岁。

对小田戈来说还有一件简单而好玩儿的事情，那就是音乐。田戈无法理解别人唱歌怎么会跑调。田戈和爸爸学会了拉板胡和二胡，而田戈的妈妈也给田戈写了自己最喜欢的歌谱让田戈练习，而且她还会唱“我们跨过公路来到小河旁……”的歌曲。田戈的妈妈也会拉二胡，只是不像田戈的爸爸那样那么多才多艺，但她还会跳舞、演戏。田戈的爸爸在 1966 年考上了华城音乐学院附中，不幸的是，“文革”开始了，开学的日子被无限期拖延了。田戈爸爸的文艺天分转化成了他一生的业余爱好。小田戈后来才知道，自己虽然有很好的音乐基因，但缺乏正规训练，所以注定成不了事，只能是业余爱好。这个家族良好的音乐基因终于在下一代有条件接受正规训练的时候，在二胡演奏上得到了很好的展现。田戈的哥哥 1993 年结婚，1994 年生了女儿小美，2009 年小美考上了华城音乐学院附中；2010 年田戈妹妹的女儿小丽也考上了华城音乐学院附中；2012 年，田戈的儿子也考上了华城音乐学院附中。这三个孩子学的都是二胡，都是同一个教授教导的优秀学生。而田戈注定和他爸爸一样，将音乐当做一生的爱好。当田戈坐在电视前看文艺节目的时候，时常飘飘地感觉自己到了舞台上……

1979 年秋天，田戈家用收获的蓖麻籽换了一坛子油，那是一个小口大肚的坛子，里面的油对 6 岁的田戈来说实在太多了。田戈的姑姑让田戈的表哥拿空酒瓶子来要些油，田戈妈毫不吝啬地给他装了满满一瓶子。田戈家住的是里外套间的土坯房，里间靠东，算是全家五口人的卧室，外间是厨房。大灶连着卧室的火炕，每天做饭的时候，卧室里弥漫着柴火燃烧产生的烟。田戈永远忘不了那年秋天妈妈将裹着小麦面糊的红薯片放在一锅热油中炸成金黄色的情景，仿佛那就是最美好的生活。面糊在油锅中嗞嗞地冒着气泡，转瞬间变成了金黄色，铁笊篱捞出了金黄裹面的红薯片，没等凉就进了孩子们的嘴里。后来又炸了一条鱼，还是那满锅的油。那年田戈家里就是油多，全家人首次奢侈地过了一个油炸的金秋。

不知道从何时开始，盼过年成了田戈小时候最大的希望。过年的时候，会拥有一身新衣服，会连续吃上几天大馒头，会吃上好几顿肉，会放上数百个小鞭炮。鞭炮是一个一个放的，一天放上几十个，整挂的鞭炮一个一个地拆开，放在新衣服的兜里，那个过程是那样的幸福，那种幸福远远超过了后来一箱一箱地放鞭炮。新衣服是套在棉袄棉裤外面的，棉衣的里面就是黑黢黢的身体。冬天的被窝是温暖的，因为有热炕，而离开热炕就必须穿上棉衣，身体只有夏天时到堤外的池塘里去洗，因此在冬天田戈的脖子、胳膊肘、膝盖等处就会泛出淡淡的乌光，那种光是干燥的身体和棉衣的衬里长期摩擦产生的，尽管不大卫生但却从不生皮肤病。

村外三里远有一个城市垃圾处理厂，春节后田戈和村里的孩子们总会到那里去捡城市孩子们放完的烟花壳子，飞机、坦克、火箭、蝴蝶应有尽有，田戈幻想着那些烟火燃放时的情景应该是怎样的好看，直到多年以后田戈的儿子可以放烟花时，田戈才看到原来这些烟花燃放时是如此的耀眼却又如此短暂，还不如一直幻想下去更让自己神往。

2. 点心盒子

关于过年，在田戈的记忆中还有深刻的印象，那就是父母的亲朋好友们送来的点心盒子。

点心盒子的体积相当于两块摞起来的大青砖，盒子上面覆盖着一张花纸，红黄色为主，图案容易让田戈想象成燃烧的火焰和烤熟的烧饼，花纸外面再用牛皮纸捻成的细绳横捆两道竖捆一道，在两道横线之间结成一个提手，这便是亲朋好友走访时手里提着的最恰当的礼物。点心盒子里究竟是什么，让孩子们充满想象，但大致可以确定都是酥脆香甜的糕点，那是除了肉之外最好的食物。如果你没有连续半年以上吃不到肉食和糕点的体验，你绝对想不到对肉食和糕点的强烈渴望是什么滋味。

点心盒子消失在20世纪90年代，而在整个80年代这个盒子给田戈的记忆中留下了许多的欢笑。田戈全家都称西院邻居的主妇为福大娘，福大娘十二的小女儿和田戈的哥哥是同学，过春节的时候，福大娘让小女儿去给她舅舅拜年，手里一定要提上点心盒子。福大娘绘声绘色地对田戈的爸爸说："八伯您说这孩子多不懂事，上她舅舅家拜年一进屋就一句话：'给您点心。'说完扭头就走。她舅舅给我学舌，简直要把我气死啊！"小孩子这种直白的表达无异于撕掉了大家的遮羞布，目的是送点心，但不能直说啊！按照正常的程序应该是先拜年，再问候身体，再夸您气色好，然后才告辞，自始至终不提起点心，因为点心已经放在那里了！这是一个"礼"的问题，而清苦的农民所有春节的礼都包含在这盒点心里了。心里向往的事情，嘴上不能说，小田戈几岁就自觉懂得了其中的道理，而福大娘的女儿却十二岁还不懂，这实在是大家的一个笑料。

在那个物质匮乏的年代，点心盒子不仅是过年走亲访友的上好礼物，还是孩子们难得的好玩具。每年过了正月十五学校就开学了，为了取暖，每间教室都有一个洋炉子，每天要烧两簸箕煤球。乌黑的煤球比鸡蛋黄大一点，烧完之后的煤球变成土红色，被称作乏煤球，将其装在点心盒子里，重量恰好和满盒的油酥点心差不多。高年级的学生聚集在校门口的公路边，将家里的空点心盒子装上乏煤球，配上原装的牛皮纸细绳和花纸，把外表包装完好，放在路边，等着那骑自行车的过路人去捡。那天下午阳光温暖，各个年级的学生穿着贴肉的棉袄坐在墙边等着看笑话，果然有一个倒霉蛋下车捡了点心盒子。那人四处看看，狐疑地把点心盒子捡起来放在自行车座上打开，发现里面不是点心，就顺手打掉了盒子，灰溜溜地离开了。这个时候十几米外墙边的坏小子们笑得抱着肚子，好久都停不下来。这确实是孩子们当时能体会到的天下最好玩儿的游戏。天真的孩子们，看到别人被骗，就如此的开心，忘记了肚子饿，忘记了衣服破，忘记了所有的不愉快，快乐对孩子们来说就是那样的简单。

2014年的秋天，田戈开着汽车经过一处城乡结合部的路口，看见前面几个人在路中间，他赶忙减速，行至近处，田戈立即就明白，原来那几个成人在公路中间玩一种游戏。那游戏很简单，就是将一个粉色的钱包丢在路中间，等着有人去捡，然后发现钱包里没钱后悻悻离开，那几个人便从中得到无限的乐趣，原来有些人长大了还是喜欢这种简单的骗人小把戏。难怪田戈发现自己似乎一不小心就靠近了骗局的边缘，有时甚至深陷其中，让自己损失了不少钱财。动物通过保护色骗人是纪录片里常见的，人通过伪装骗人则每天都在实际生活中不断地上演。

当田戈很小的时候，他确实曾以骗人为乐趣，恰如很多小孩子喜欢玩捉迷藏。为什么人类的天性中有喜欢骗人的成分，或者是通过骗人就能够获得优越感，再或者是人类本身大脑太发达了，这些问题还是留给读者们思考吧。总而言之，人类的天性之一就是喜欢骗取同类的信任和耍弄同类，让自己显得比同类聪明从而找到心理的平衡。抬高自己和贬低别人是我们的天性，能够贬低自己抬高别人则会显得与众不同，或者就从此跨入了伟人们的跑道，但能否坚持跑下去则是另一回事。

田戈的妈妈重复讲过几次一个冷幽默，说田戈爸爸的朋友北郭先生，每年都要给田戈的父亲拜年，每次拜年都会拿上一盒点心，而北郭先生走的时候往往又把点心拿回去了。原因似乎是田戈的爸爸太热情、太体贴，说，‘这点心先生您还可以再用，我们家没人爱吃别浪费了’，于是北郭先生很无奈地又带走了点心盒子，还捎上一肚子饱饭。田戈的父亲朋友不少，而这样来回都拿着同一个点心盒子的朋友仅此一例，别人都是拿走别的东西。田戈三十几岁的时候去拜访北郭先生，这让北郭先生很激动，言辞间大有胜利会师的惆怅。田戈记得先生激动地说咱们爷俩儿终于还是在这里会面了，田戈瞬间也莫名其妙地激动了一下，然后却感觉有些发冷。中午北郭特意请田戈到家里吃了用微波炉加热的一角肉饼，田戈猜测那是北郭先生若干天以前参加宴会“被迫”带回来的肉饼，一直放在冰箱里冷冻着。北郭先生死的时候还在华城市郊区区委秘书岗上，之所以几十年都没当上领导，不是因为他长得太帅，棋下得太好，字写得太艺术，或许是因为他总是用同一个点心盒子串完所有的朋友。听说他的老父老母更是往这个儿子身上贴了不少家用钱。田戈从北郭先生身上总结出一个道理，人长得大大方方，做事未必大大方方，但人若小气，一辈子都成不了大器。

3. 田戈的堂兄们

田戈家的房子是四间连在一起的，西边两间是田戈家，东边两间是田戈的五伯父家，两家的中间用篱笆隔开。四间房子总长有 14 米，院子有 18 米，栽了 32 棵榆树。两棵临近的树干上拴一根绳子就做好了一个秋千，不过村里人不叫秋千而叫悠悠，回忆起坐在那根细麻绳上面果然会有对悠悠岁月的神思，只是坐在上面时间长了屁股会被绳子勒得有些疼。夏天树上总有知了叫个不停，树干上还趴着无数个虫子，一片一片黑中泛黄，让人很不舒服。田戈能够爬上树顶，那可是离地有七八米的地方，这不算本领，小村里的男孩子几乎都能。

在这个院子里，曾有一棵椿树，树干长到跟田戈的小胳膊粗的时候被砍了，因为的田戈爸爸说："椿树过房家破人亡。"这大概是被中国语言的韵味给陷害了。

春天的榆树会长榆树钱，那是榆树的种子，那东西可好吃了。满院子的榆树钱看上去实在太好了，吃个够吧！可惜没几天榆树钱就没了。

田戈的伯父家也是三个孩子，分别叫大彪、二虎、三丫。田戈家的孩子和伯父家的孩子在地理上隔着一道篱笆，心理上却隔着不同的价值观、世界观，所以两家的孩子尽管按照家长的话说是"隔层肚皮"而已，这说法形容血缘关系实在是觉得很近很近，但实际上孩子们总是玩不到一起。田戈从小就看不起伯父家的三个孩子，尽管他们比田戈年龄大几岁，身高高几厘米。1985 年，田戈的伯父家搬走了，两间土坯房以 500 元的价格买给了田戈家，价格是公道的。其实那四间房子是田戈的父亲和五伯父年轻的时候盖起来的。两家的孩子因为五伯父搬走了就更不来往了，大彪、二虎后来都因盗窃进了监狱，但刑期不长，几年之后都放出来了。三丫和田戈同岁，在三丫高考前一年，田戈以大学生的身份把自己前一年考大学的资料都送给了三丫，可惜三丫还是和大学无缘。三丫嫁给了邻村人，但几年后就做了寡妇，之后回到了娘家又嫁给了一个以换煤气罐为生意的壮汉。田戈始终感觉不到和五伯父家有血缘关系，但田戈的爸爸会偶尔满怀深情地回忆起他的五哥曾经对他非常好，让田戈感觉和五伯父家其实是很亲近的。

田戈和自己的同胞哥哥一起长大，但田戈估计，自己的儿子一定感觉不到他父亲和伯父有什么一样的地方。为什么亲兄弟之间会有不同的命运和不同的性格？这实在是一个值得研究的课题。尽管基因和生长环境几乎一样，但命运还是会不一样，甚至差别很大，这在小村是相当普遍的现象。田戈和哥哥小时候总被人说长得很像，村妇们表达对田戈妈妈的好感时就会说：“看你这俩活宝，多好啊！”但长大后再也没有人这样说了。

当田戈已经是一个大学生的时候，他依旧在每年除夕那天下午和大彪、二虎等很多堂兄弟一起在爷爷奶奶的坟前磕头烧纸钱。每到那一天，当大家屁股朝天头顶触地给大小坟头叩头的时候，田戈总会一次次地找回童年的自己，四十岁如此，五十岁估计也是如此吧！

4. 西邻的疯子

西院邻居福大娘家的二儿子人称傻疯二子，从医学上讲，他确实是个疯子，因为爱用砖头无缘无故地往路人身上狠投，所以人见人怕，后来就被锁起来了，关在黑屋子里。疯二子经常光着身子，黑乎乎的阴毛一大片衬托着满身不见阳光的白很是刺眼。疯子总是重复说一句话：“都是你给毁的！”没有人知道疯子到底是谁给毁的，但这是在田戈的表舅下结论之前。

田戈的妈妈有个表哥，也就是田戈的表舅，他是邻村著名的半仙儿。据说他经常无缘无故地和空气打招呼，然后说那团空气是某个死去很久的人的魂灵。半仙儿在田戈家隔着低矮的院墙给疯子做了诊断结论。半仙儿说疯二子在八岁的时候打死了一窝刺猬，刺猬的家长回来之后一看母刺猬和小刺猬都死了就来报仇，用超能力将疯二子变成了疯子。半仙又说田戈家西院的西厢房不好，应该拆掉，否则男主人会倒霉。田戈不知道这个消息是不是传给了西院，但之后连续三年，西院果然死了三口人。先是疯二子带着铁链子光着身子死了。第二年，疯二子他爹，一个得了缩小症（不明原因的整体缩小骨头变形，身高变矮很多）的老头病死了，第三年疯二子的弟弟也死了，是帮助他姐夫扒房子砸死的，死前他那长相漂亮、脸色黑红的年轻妻子正在和年轻的他闹离婚。

福大娘的大儿子早就搬出去了，偌大的院子只剩下福大娘和她那喜欢直言、每年承担送点心盒子任务的小女儿。尽管三个男人的死因不同，但的的确确是三年内死了三个男人。福大娘满脸都是麻坑和皱纹，如果被摄影大师发现的话，说不定能拍出获大奖的照片，因为那张慈祥的脸总让人感觉她异常的坚强，生活对她来说永远都在正常地继续。田戈后来总能听到福大娘家里有一群人在玩“长条纸牌小赌博”。

福大娘的三个女儿都出嫁了，其中两个女儿生了男孩，奇怪的是男孩过了青春期后身高都停留在 130 厘米左右，几乎和福大娘的丈夫死的时候身高一样。这种可怕的现象如果让田戈表舅分析，结论一定和遗传学毫无关系，或许又是那只公刺猬造成的。可惜田戈的表舅在 1994 年也死了，那时候福大娘的外孙还是婴儿。田戈的表舅说自己可以看出不孕的妇女是因为子宫位置不正，也可以看出哪家的院子八十年前有人上吊死了，冤魂不散。当田戈考上大学的时候，表舅路过田戈家进来混饭吃，问田戈考的什么学，田戈说是大本，表舅说田戈胡说，大本不是去日本上大学吗？从此，在田戈心中半仙儿表舅的光环没有了，表舅 1994 年死的时候不到六十岁。表舅的一生是农村的传奇，所有的故事加在一起几天几夜也讲不完，对附近的农民来说，表舅就是个半神仙。

小村里也有一位职业巫婆，人称顶仙二奶奶，工作方法和田戈表舅不一样，二奶奶说自己是仙的代言人，表舅则说自己具备超能力。村里的疯子傻子从来没有被二奶奶治好过，二奶奶最多就是借着神仙的名义说说发病的原因，所有的问题一定和打了黄鼬、老鼠、蛇、刺猬、狐狸等动物有关，这五种动物被称为五仙爷，对应的简称是灰、黄、柳、白、狐。理论依据非常简单，五种动物都具有超能力，人有精神不正常的都是超能力在作怪。小村的人们在20世纪80年代几乎都信这套理论。因此没有人会将精神病人送到精神病院。二奶奶顶仙的一生很幸福，死的时候赢得了村民的景仰，送了很多份礼，或许大家也是看在神仙的份上吧！二奶奶死后，据说那个神仙要找新的替身了，但不知道谁有二奶奶那种无师自通的本领，见到神仙时说八种谁都似懂非懂的方言，田戈还需要拭目以待。

5. 后邻的“瞎子”们

2010年以前，田戈家后院邻居没有变过，都是瞎大刚一家。瞎大刚是他们家的长子，因为眼睛视力正常但轮廓尺寸小得出奇，就被加上了一个瞎字，那么瞎大刚的弟弟妹妹自然也按照瞎字往下排列。小村人喜欢用人们外貌的特点来冠名，当然都是绰号，比如瘸、哑、聋、矮等。

2010年1月份，全村平改搬迁，前后院自然消失了。透过新居的阳台玻璃窗，田戈看到瞎大刚在小区绿色的草坪上，用一根头部有一根钉子的棍子，扎起草地里的塑料袋，装进自己的蛇皮袋，动作娴熟，那应该是他现在赖以为生的工作。瞎大刚是1960年出生，到2014年，五十四岁的瞎大刚还保持着处男的身子。瞎大刚成年之后个子也只有不到一米四，眼睛小得像泛着贼光的老鼠眼，而且从来不正眼看人，但田戈知道他不是傻子。田戈记得小时候，就是这个瞎大刚每次都能从过路的卖西瓜的车上趁机偷走一个大西瓜而不被发觉。瞎大刚在青年的时候是有旺盛的性欲的，因为他那肥大的裤子被他偶尔勃起的阴茎撑起来显得很离谱，但瞎大刚没有钱，没有貌，所以找不到媳妇。瞎大刚现在靠给居民小区捡废纸、扫垃圾每月能挣八百元生活费。这个男人的一生就这样已经看到头了。

瞎大刚的弟弟基本正常，算是那个家庭的另类，虽然只有初中没毕业的学历，却希望自己成为文艺青年，不是吟诗作画那类文艺，而是专门搞婚外情那种。也许是哥俩的传宗接代的任务集中在他一个人身上，所以他就先通奸后离婚再结婚地折腾。前妻和儿子都不要了，又找了一个新媳妇。从那个家庭里走出来的人嘴里说出为了追求自己爱情的时候，会让人感到很酸。

瞎大刚的妹妹叫瞎小萍，这个妹妹和大哥长相相似，身高相似，但因为是女人，不愁嫁不出去。瞎小萍的第一个丈夫是邻村一个腿有些残疾的人，但婚后不久就离婚了。据说是瞎小萍的气质和丈夫家太不和谐。瞎小萍的二哥有个朋友，是家住华城市的普通技工，名字叫小水。小水和瞎小萍家算是拐几个弯子的亲戚，因此就和瞎小萍二哥有来往，或许因为某种共同点，使得他们能成为好朋友。后来，大家发现"萍水"相逢久了之后，小水和瞎小萍恋爱了。听说小水带瞎小萍回家认亲的时候，小水的妈妈给瞎小萍夹菜说闺女多吃些别吃不饱，瞎小萍拍拍自己鼓鼓的肚子，对未来的婆婆干脆地、理直气壮地说："操他奶奶要没吃饱！"这种直白、感情色彩强烈地表达自己吃饱了的方式让未来婆婆很震撼，从此再也不敢管小水的婚姻问题。小水离开了城市，在小村找了一间房子和瞎小萍结婚了，婚后不久就生了一个男孩。所有人都说那个男孩像他大舅，瞎小萍听了不高兴，说孩子像他二舅。在瞎小萍眼里，那时候他二舅才是他舅。小水喜欢酗酒，喜欢肆无忌惮地看黄色录像，这个为所欲为、长相神似美国黑人的家伙不到三十岁就因为突发脑出血死了。留下瞎小萍和那个叫瞎白混的小眼睛孩子孤苦无依。

正当大家为她担心的时候，瞎小萍却在小村的自由市场上摆了一个摊子卖起日用百货，她依然乐观地活着，说话还是喜欢用"操他奶奶"当前缀。瞎白混的外貌越来越像瞎大刚了，但不恋家的性格遗传了小水，到了青春期，经常夜不归宿，甚至几个月不回来，这个身高不过一米四的少年究竟怎么活着，没有人知道。瞎小萍也已经不再关心自己的孩子，她像一个哺乳动物养大了自己的后代之后就干脆地放下了后代，若按佛家说法，倒是个清静。瞎小萍后来又做了两次新娘，小村的女人再难看也有男人愿意娶。究竟发泄情欲和传宗接代哪个重要永远没有答案。用一个操着与众不同的大城市口音的小村著名老太太的话说，撩开尾巴一看是个母的，就能结婚。

瞎大刚、瞎小萍及瞎白混都是有正式户口的公民，他们的人生该是怎样的收场，现在还没有人知道。瞎大刚、瞎小萍的眼睛都不瞎，但他们能看清自己的人生吗？他们想过看清自己的人生吗？也许我们会觉得瞎字号兄妹很可悲、可怜，但没有任何人听到他们抱怨自己的命运，而大家听到的永远是他们快乐的笑声以及动不动就用骂人的话赌咒自己，让人相信他们其实很诚信。

6. 前邻的酒鬼

田戈家的前院邻居是一个大家庭，男主人生了四个孩子，名字尾字连在一起是“时来运转”四个字。老三是个女儿，其他都是儿子。男主人被田戈家称为大姑父，但背地里直呼其绰号，叫他王脸蹭。

田戈的妈妈给孩子们讲过一个故事，说那年家里养了一头大母猪，后来实在没有能力喂了，连人的饭都几乎没有着落了。妈妈把母猪卖给了前院大姑家，第二天母猪就生了一窝小猪，而母猪后来经常到田戈家来串门。田戈听得出来，这是母亲的伤心往事。大姑是田戈奶奶娘家的远房侄女，算是远亲，小村就是这样，一个土台上谁和谁都几乎能扯上个亲戚。

王脸蹭是个酒鬼，每天至少喝一斤白酒，但头脑还算清楚，打麻将牌从容不迫。王脸蹭的大儿子名叫大时，很有出息，考上了大学，离开了小村，毕业后当了大学老师。大时喜欢打麻将牌，每次回小村一定要打麻将牌消磨光阴。王脸蹭家老二叫二来，长得浓眉大眼，中等个头，很自然地就和西邻来自邻省的大妮妈娘家的侄女谈上了恋爱。大妮的妈妈一口千里之外的口音，因此得了一个外号叫侉婆儿子，而她的侄女和她的口音一样，外号自然就叫做小侉婆儿。小侉婆儿白白净净的脸，眉清目秀、身段窈窕。可结婚没多久，大家就发现小侉婆儿脸上青一块紫一块的，原来二来打了她，原因不详。其实小村人的口音和普通话比也很难听，即便如此，他们还是喜欢笑话外地人的口音。小村人说话的口音中总是带有一种挑衅的语气，他们见面说话总让外地人觉得是在吵架。

小侉婆儿被欺负得像个旧社会的童养媳，脸色总是白中带着些许淤青。二来从王脸蹭爸爸那里继承了三间房子和酒瘾，如今他还不到五十岁，手就已经哆嗦不止，应该是酒精中毒更甚于他的父亲。小侉婆儿的儿子长大了，二来也打不动她了。这个曾经像梨花一样的白净女子就这样认命了，不然又能怎样？如果她听到女怕嫁错郎这句话，一定会用标准的侉婆儿口音重复几遍，然后说这话真对！

三运和四转两个孩子都没有像大时一样离开小村，而是深深地扎根在小村。但王脸蹭和大姑晚景凄凉，要不是大时总是出钱孝敬，他们会少活十几年。因为“来运转”三个孩子都不能算孝顺，或者说三个子女出的钱加在一起也无法养活二老。这样的家庭在小村是普遍存在的。进入21世纪20年代，能每月给父母50元钱赡养费的孩子就算尽孝了。而其实一般的家庭，每天给孩子的零花钱也不少于10元。孝道在小村似乎是不存在的，为此小村法院没少处理父告子不孝的官司，最后法院判决每月必须支付50元赡养费后，儿子便打发孙子每月送赡养费，爷爷想起来会觉得凄凉，孙子无意中领略了这人生最大的讽刺，谁知道会不会效仿。

小村的大多数成年子女对待老父母颇有欧美风格中的独立精神，而小村的大多数父母对待年幼的孩子却不具备欧美善于教导孩子生存本领的特点。小村的孩子们大多是和父母混日子，父母喝酒孩子也来一口，父母抽烟孩子也点一支，父母打牌孩子在旁边积极参与讨论该出哪一张牌，父母去干活工作，孩子们便彻底解放自由了。当然例外也有，不然小村也不会人才辈出。

7. 第二圈邻居

如果以 1980 年的田戈家为圆心化一个圆圈，现在应该进入第二圈了，第一圈的三个邻居已经说过了，田戈家东边是个上千平方米的空地，很久都没有人家了。第二圈的这几个邻居也是颇为奇特的，他们分别是大妮妈妈的家、小燕京的家、陈小阳的家、刘士玉的家、赵老师的家。

2014 年的今天，田戈住在市中心的公寓里，邻居是一对老夫妻，做了八年邻居，互相不知道姓名，更不用提什么故事。老子说“鸡犬之声相闻，老死不相往来”，用此形容华城的绝大多数市民邻居是很准确的。而整个 80 年代,田戈老家的邻居一圈一圈地画下来,故事多得数不清,每一件故事,都富有传奇色彩。

大妮的妈妈是立鸡蛋搞迷信的高手。

小燕京曾经是一个娇小美丽的女人，养了 6 个孩子，4 个成了流氓或者流氓的妻子。

陈小阳的妻子绰号叫神秘老佛，儿子绰号叫胡汉三。

刘士玉在满头银发的时候依旧穿着她的红兜肚。

赵老师是好人，可他为何中年丧子？他八岁的儿子是在村外的池塘里淹死的。

这些故事，田戈长大后偶然想起，总是百感交集，这城市的边缘上演的都是什么样的人生啊！

8. 小燕京的孩子们

小燕京是燕京人，在田戈的印象中她是五十多岁的人，个子娇小，一口标准的燕京口音显得与众不同。小燕京的孩子们长得都像父亲。老大是个女儿，在 80 年代之前嫁到了燕京。老二是个儿子，名叫大华，娶了一个看上去有些蠢笨的媳妇，生了两个孩子，年龄比田戈小不了多少。

老三也是个儿子，名叫二华，小时候玩火枪，被打断了一条腿，他总是拄着一条拐，甩着一个空荡荡的裤腿，因此绰号瘸二。二华是个聪明人，因此村里提起瘸二，也算是名人，据说他的拐能当武器。瘸二成年后娶了一个妻子，但田戈没见过长啥样，因为那个媳妇是个全身瘫痪。奇迹是妻子给瘸二生了一个健康的女儿，起名叫做望望，大概是全家觉得这是孩子父母最大的希望。

当老三瘸二四十岁的时候，用他的拐把他的哥哥差点儿打死，只因为他哥哥干涉了他追求新的爱情，情人据说是能正常走路的女子。其实他哥哥也有一个秘密的美丽的情人，真是饱汉子不知饿汉子饥。哥哥抢救后大脑没有留下残疾，但瘸二却因为情人的不告而别而凄凉地死去了，有人说是喝酒喝死的，也有人说是伤心难过吐血而死。

老四人称二丫头，长相并不漂亮，却因为放得开而团结了很多青年男女，并且选择了其中一个男人嫁了。那一群人在乡亲们看来都是不正经的人。当田戈三十九岁的时候，有一次参加家族亲人的葬礼，酒席时就坐在二丫头旁边，她若无其事地抽着烟，杯子里有三两白酒，可见她依然是一个放得开的人。

老五人称小瘸五儿，是个女孩，从小得了小儿麻痹症，双腿残疾，拄着两根拐杖的时候，双腿同时移动可以勉强当一条腿用，那另一条腿就是两根同时移动的拐杖。小瘸五儿喜欢唱歌，声音很细、调门很高，尤其喜欢唱流行歌曲。当年有一部印度电影叫做《大篷车》，里面的插曲小瘸五儿都会模仿印度语言唱，这算是村子里的一绝。小瘸五儿不知道什么原因居然和二丫头团伙里的一个健康男青年恋爱了。在没有结婚登记的情况下，怀上了孩子，男青年没等见孩子诞生就进监狱了。孩子出生后慢慢长大了，男青年从监狱出来后拒绝和小瘸五儿共同抚养孩子。

小瘸五儿成年后就到附近的民营大工厂做工，一次下班的路上出了车祸，整个人翻滚到公路边的河里，那河足有一米深，于是双拐丢掉了的小瘸五儿被污染了的黑色河水呛死了。

小燕京最小的孩子依然是个女儿，没有绰号，没有残疾，名叫六丫。六丫十八岁出落的亭亭玉立，逢人便笑。正当大家都想这闺女会嫁给谁的时候，六丫出嫁了，嫁给了全村最厉害的人，一个刚刚从中国大西北监狱服刑十年的瘦瘦的并不高大的男人，他的名字提起来全村著名，叫大哈。他们的年龄至少差十岁以上，大家觉得大哈艳福不浅，小燕京家从此更没人敢欺负了。六丫给大哈生了两个孩子，但最终还是离婚了。当小燕京七十多岁的时候，不得不照顾几个年幼的孩子，分别是瘸二的女儿，小瘸五儿的女儿，六丫的两个孩子。而这几个孩子长大之后又会有什么故事，全村老邻居们都拭目以待，但也许将来大家都是市民了，不会再知道别人家的隐私了。

随着 2010 年全村平改，所有邻居的故事似乎就像电影放完了一样意犹未尽地结束了。小燕京的家庭似乎很特殊，但在小村人看来，很是平常。中国数以千万计的残疾人有多少生来就是残废呢？如果家长不关爱他们，天灾人祸很容易将孩子变成残废。如果你走在 80 年代小村的街道上，你一定会时不时地看到形形色色的残疾人，这还不包括那些心理残疾的人。

穷人的命贱，田戈小时候感觉很明显。父亲骂田戈的时候会说把他活埋了，这尽管是吓唬孩子的话，但田戈却从来不这样骂自己的儿子，因为田戈的儿子相对田戈来说已经是生在富裕家庭了，那么田戈的儿子自然就是命贵了。命贵的孩子残疾的几率小得多，不过心理是否残疾，就和贵贱没有直接关系了。命贵的孩子是舍不得用活埋来吓唬的。今天的小村大多数人家都富裕了，残疾人也少多了，活跃在人们眼中的残疾人大多是四十岁以上的人。但心理残疾的孩子或许多了起来，至少在田戈眼里，小村的孩子们大多缺乏正确的教育。

9. 关于胡汉三的故事

有一句老黑白电影中的台词：“我胡汉三又回来了！”大意是说一个

叫胡汉三的恶霸被农会打倒之后，卷土重来，要找老百姓算账报仇。那个演胡汉三的演员当时应该有五十多岁，长圆饱满的头，瞪得溜圆的大眼珠子，黑白分明。田戈的邻居陈小阳的儿子从三岁起就被全村公认长得很像电影里的胡汉三，小村人在给别人起“雅号”的时候极富想象力。胡汉三的妈妈很胖，眼睛很大，绰号“神秘老佛”，大眼睛遗传给儿子，让儿子拥有了胡汉三的美名，包括田戈在内的小朋友们都简称他为汉三，以显得熟络和亲热。

其实胡汉三的学名叫做陈家庆。无论胡汉三还是家庆，名字都很威武。但这孩子从小受气，不大爱说话，拖着鼻涕，表情呆滞，但还不到典型傻瓜的程度。大家都以为汉三是可以出气的对象，尤其是他妈神秘老佛死了之后，谁都可以随便扇小汉三的小耳光。

青春期会给一个男孩子带来巨大的力量，汉三也不例外。汉三在他的邻居大哥带领下，据说调戏了妇女，被抓后判了三年。从监狱出来之后，胡汉三的胳膊上多了一条绿色的刺青，是蛇盘在宝剑上吐芯子的庸俗图形。从此村子里多了一条好汉，名叫家庆，汉三的雅号没人敢再当面叫，当然背地里田戈的家人聊天时还是叫他汉三。当汉三十八岁的时候那大眼睛里怯生生的表情彻底没有了，取而代之的是一种凶狠，田戈作为大学生从学校返家的时候几乎不敢认这个邻居了，但又确实在一瞬间就认出了那标志性的大长圆头和牛一样的眼睛。

是什么样的力量将汉三变成了令人畏惧的劳改释放犯？陈小阳是个本分的庄稼汉，神秘老佛也并非是恶婆娘，但在田戈眼里汉三分明已经是一个十足的危险人物。是不是童年受气的经历让胡汉三变态了？不过在田戈这一代人里，包括汉三在内，进过监狱的人群比例实在是比上一代人要高多了。在田戈这一代人中，受教育的机会对大家来说是充分的，但人们对读书是蔑视的。全村每一年的高中生屈指可数，而在小学一年级的课堂上怎么也有近百人，也就是说大约 95% 的小村人在高中毕业之前陆续辍学了。田戈无法用愚昧两个字简单地概括小村人，因为当田戈回到他们中间的时候，他们分明是不愚昧的，可结果就是这样，让外人怀疑小村人是愚昧的。

10. 好赌的大川

大川是一个身材健硕的青年人，田戈从记事起就常看到将近二十岁的大川到家里来串门。大川喜欢黄梅戏，张嘴就唱“绿水青山带笑颜”或者“含悲忍泪往前走”，七仙女的丈夫董永就是大川的偶像。大川的工作是给生产队赶大马车，后来包产到户就分到了大马车。田戈的爸爸是唱戏拉胡琴的高手，大川因为是西邻福大娘的内侄而常来田戈家学戏。大川的嗓音不错，浑厚而且音很准。后来大川找了几乎是村子里最漂亮的女孩之一当了媳妇。

家里有大马车在小村就算是非常好的家庭了，优越的家庭条件并不影响大川喜欢赌博，总体上小村的穷人似乎更喜欢赌博。在田戈上小学到高中的10年里，大川常来田戈家借钱。田戈家是很贫困的，但因为大川毕竟用他的大马车帮田戈家拉过土垫院子和收过庄稼，田戈妈每次都不拒绝，有几十就借几十，到后来能借上百。好在大川每次都会还钱。能看出来，赌博对大川来说就是最大的快乐。大川媳妇当然不喜欢丈夫赌博，但她又有什么办法呢？这种事情在当时的田戈看来是再正常不过的事情。

80年代全村人没有不赌博的，小孩子们的赌注是以分来计的，一天玩下来输赢几毛钱。年龄大一些的赌注翻了十倍，青年人赌注又大得不得了，老年人又回归到一毛钱的赌注。从扑克到长条纸牌再到138张麻将牌，玩法极多，全村人至少50%的粮食吃下去是被赌博消耗掉的。后来大家工作忙了，白天就玩得少了，但晚上依旧忙着赌博。

2013年春节的时候，田戈的爸爸说，大星星赌博输了一百万。大星星是田戈熟悉的人，小时候曾经一起玩过，比田戈小两岁，很不起眼，但30年后，大星星已经出落成大流氓，一夜输100万面不改色。2015年春节，大星星据说不知去向了，公开的说法是躲赌债去了。

大川的赌博可能造就了他儿子莽撞而贪财的性格，大川的儿子十八岁的时候以开黑出租为活计，听说有一次拉一个远方的客人回老家，就再也没回来。五年了，村民都说他早就被谋财害命了。

田戈记得小时候，大川会豪爽地到田戈家拿钱让田戈去街里买一只最大的烧鸡当做和田戈爸爸的下酒菜，每次烧鸡都好大好大，田戈想吃，但从来没有在买回来的路上偷吃过，甚至没想过要偷吃。田戈在全村皆赌的环境下长大，什么花样赌博的技巧都大致明白，但田戈就是不喜欢赌博，这一点连田戈自己都奇怪。而大川等人，将永远爱着乐趣无穷的赌博。

中国人喜欢赌博，这似乎是世界公认的，其实全世界的人类或许都热爱赌博，不然别的国家怎么有那么多的赌城。很多国家的赌场是合法的，中国澳门这个一国两制的典范就有合法的赌场。中国人购买彩票、股票的人大多抱着赌博的心态。如果是必胜的赌博，就不算是赌博，赌博之所以叫作赌博是因为具有偶然性。田戈不喜欢赌博是因为惧怕那种偶然性，而且田戈深深地知道，有赢就有输，输赢之间的转换其实是人性扭曲的根源。赌博具有一种快速的成功特性深深地让人着迷，让人的大脑兴奋从而产生快感。急功近利是赌博者的共同特点。虽然有稳扎稳打保证能赢的事情，但相信这种事情的小村人并不多，而相信赌博可以快速致富的人却从来都是大多数。

田戈并不觉得赌博者是愚笨的人，因为田戈自己也曾经参与过赌博，只不过赌注很小，但性质就是赌博。田戈购买过彩票，至少累积多年也花了几十元，当然没有中奖。田戈最终选择稳扎稳打，学习文化知识，锻炼自己的工作技能，每天有那么一点一滴的进步，不急不躁，既不羡慕发大财的人的好机遇，也不放弃自己的梦想，就这样一天一天地坚持着，终于在四十岁的时候，没有人再对田戈说，你这个大学上的没有用。而当年，田戈上大学的时候，其实并没有受到小村同龄人的羡慕，反而有人嘲笑他读书无用。田戈自认为得到了人生“豪赌”的秘籍，那就是每天坚持提升自己的实力，认真地活好每一天，到死都不后悔，那就是赌赢了。小村的人依然故我，总是找各种机会聚在一起赌博。当他们说自己要去“玩两把”的时候，语气中已经透漏着一种莫大的快乐，恰如田戈每月去领工资时的心情。

人类为什么会喜欢赌博？而动物们为什么不喜欢赌博？植物们为什么不去赌博？植物通过大量繁衍自己的种子，来博取下一年重新成长的机会。田戈觉得自己在植物身上学到了一种启发，那就是通过大量的学习来博取自己在这个世界上获得更多的工作从而养家糊口的机会。这种赌博虽然赢的几率很大，只是时间太久，所以在小村人看来这不是赌博，所以小村人很少有人认同田戈的思想。从物理学角度计算，小村人在麻将牌上搬运做的功应该比他们工作做的功要大得多。如果算上别的赌博，估计小村人花在赌博上的时间超过了他们在床上睡觉的时间。

11. 蹲水猫儿

在村头的公路边，有标志性的公交汽车站，那里可以看到全村人的贫富程度。从那里坐公交汽车，20 分钟就进入了城市中心，谁家进城返村那里都是必经之地。田戈上大学就从那里出发和回家，每次站在那里似乎都觉得能被全村人看到。

80 年代以前，车站附近有一大间砖房，门口有一个钢管做的架子，专门用来将马和骡子拴在架子上，然后给马掌上用钉子钉上一个四分之三圆环的铁圈，铁圈是铁匠精心打造的，正好和牲口蹄子的外圆相同，相当于给牲口穿上了铁鞋底，目的是保护牲口的蹄子不被现代化的公路磨损太严重。90 年代田戈买皮鞋之后一定要找鞋匠钉一个铁掌，道理相同。那间房子被大家称为钉马掌。小时候，田戈最喜欢看匠人用刀削平马蹄子上的趾甲，然后钉铁掌。田戈长大后回忆看钉马掌的过程仍感觉是一种享受。钉马掌周围是小摊贩的集散地，其实也就三两家小摊，多了也没人买东西，但就是这三两家小摊，在田戈小时候看来比现在的大超市还有吸引力。那橱窗里金黄的麻花也只有看看，根本买不起，四十岁的田戈觉得，当年买不起的感觉比如今买得起的感觉要好一些，这大概就是因为田戈老了，童年的一切都成了美好的回忆。

但90年代钉马掌彻底消失了，那个地方却开始一年四季都蹲着一群人，衣裳很旧很土，数量足有四五十。每当一辆汽车路过减速的时候，一群人便奔跑过去。车停下来，门开了，下来个人，说上来五个，于是便有五个人陆续上了后面的车厢，车马上就开走了，剩下的人返回原地继续蹲着。这些人就是村民称为“水猫儿”的人，说清楚一些就是以搬运装卸为主的体力劳动小时工。这样的工作方式叫做蹲水猫，简称蹲猫儿。这个名称令人过耳不忘，但谁也说不清这个古怪名称的来历。

2009年的一天，三十六岁的田戈开着汽车回村，路过钉马掌的时候，从人群中看到了一个高高个子的成年人，那面孔很熟悉，分明就是邻居西院的西院的大猛，这个大个子小时候曾经追随田戈好几个月，但因为夯呼呼的，田戈从来就不喜欢带他玩，现在他居然已经成了一个职业水猫儿。当年大猛的妈妈是多么宠爱自己的这个高大的儿子啊！城市中的桥头处，一旦聚集一批人但又不像观摩车祸的，那就是水猫儿，你可以叫他们去干各种体力工作。2014年某一天，田戈听到工厂工人抱怨工资低，工人们说：“现在雇个猫儿一天还得二百呢，我们一个月才一千多的工资，太他妈少了！”

水猫儿是最容易找的工作，这个工作不需要复杂的技能，也不需要学历、经验、身份证、简历、介绍人、找关系、打电脑、写文章、面试、笔试、试用期、转正、签劳动合同、讨好上司，等等，因此小村人格外喜欢水猫儿这种工作。田戈如果去当水猫儿，一定是最差劲的水猫儿，因为田戈善于将工作复杂化而不是简单化。田戈喜欢策划一件工作，比如明天下午16：00，一辆奔驰汽车开进厂区，从里面走出一位总经理……水猫儿们则不需要策划，只要习惯性地带上一个大水瓶子别让自己渴着就行了，至于撒尿则不受任何限制，他们可以在任何时候感到尿意就痛快地就地解决。

复杂的田戈将自己的生活变得日趋复杂，但是田戈可以预测自己今天晚上几点可以回家，明天几点开始忙什么事情，而且可靠性很高。水猫儿们则不能计划这些，他们的工作内容充满了不确定性。田戈多年的奋斗得到的是短期的可预测的生活，水猫儿们随性乐观的生活得到的是不可预测的快乐生活。究竟人类该过刀耕火种的日子，还是非要把自己变成一个用大脑连一根导线就可以开飞机的高等生物，田戈有时候想不明白，但人类的主体社会确实是向着高科技方向发展，似乎不可逆转。未来的人活着需要更多的技能，所以就显得更加艰难。

不过谁也无法确认，水猫儿这种职业的未来前景究竟如何？因为在鲁迅先生的笔下，阿Q就是一个水猫儿，历史又向前推进了近百年，水猫儿依然活跃着，那么未来呢？谁又能说得清！

12. 张赖狗偷了53条黄瓜

"铛！铛！我偷了53条黄瓜呵！"锣声和喊声顺着村里的环形围堤传播了一圈。

20世纪60年代以前的小村在雨季容易出现洪水，因此祖上传下来的方法是将村子用一道堤围起来，足以抵挡三米以下的洪水。田戈听父亲说，洪水来的时候，堤外的高粱穗子露出水面，要撑着小船砍高粱穗。这情景田戈没见过。田戈家的院墙建在围堤上，站在院里看院墙很高，站在堤上看院墙很矮，这种奇特的感觉让田戈对围堤印象深刻。后来田戈的父亲找大川帮忙运土垫院子就是希望院子能与围堤水平，于是后来田戈家人从院子进屋子的时候是向下跳进去的。总之围着围堤走一圈，就相当于绕了全村一圈。

张赖狗出名了，因为他的喊声很快就成为村里孩子们模仿的标准用词。孩子们以喊一句"我偷了53条黄瓜"为很有意思的自我表演。张赖狗当然不是自愿要喊的，是因为他确实干了这件事情而被抓住之后不得不在神圣的保卫班民兵的押送下喊的。其实村子里的人家几乎或多或少都拿过生产队的公共财产，比如田戈偷过生产队的一个不成熟的茄子，但当时就用嘴吞下了罪证，而不是像张赖狗那样用筐装着罪证带回家。

犯了更大的罪过，则要押在汽车上游街，罪犯们站在解放牌汽车上，低着头，用手抓着没有也不准系腰带的裤腰，不抓的话裤子会掉下来。村民们看着自己熟悉的大孩子们成了罪犯，没有过多的嘲笑，也没有过多的可怜，对村民来说这就是一件事儿，过去了就忘了。几乎没有家长会对儿子说不要学他们啊！村里的保卫班民兵在秋收季节最忙，那时候他们的工作被称为护秋，就是防止村民偷生产队的财产。偷一个茄子的人很多，拿一个玉米的也不少，但数量达到53的，只有张赖狗一个人，至少被抓到的只有他一个。包产到户之后，保卫班慢慢地没有人提了，护秋工作似乎不需要了，而村民也很少听说谁家的庄稼被偷。这并不等于说是村民风气变好了，因为开始听说谁家已经打好包的粮食被人夜里从院子里偷走了，贼人变懒了！更贪婪了！

看到别人的东西想拿走的村民占了全体村民的大多数。80年代，在田戈这个小孩子看来，这些大人从不掩饰他们偷窃的欲望，区别只在于有的人只是想，少数人真的去实践。田戈的邻居瞎大刚家的人就属于把想法积极落实的人，他们炫耀自己的时候说的全是成功偷盗东西过程的豪言壮语。田戈的妈妈从来没有给过孩子们任何暗示高兴他们去偷东西，因此田戈的偷茄子行为是不敢说出来炫耀的。母亲的言行似乎一直在告诉田戈做人要堂堂正正，小田戈一直认为那些偷窃行为其实是错误的。

张赖狗让全村记住了他的事迹，大家从中领会最多的是千万不要被抓住，而不是千万不要去偷。是贫穷让全村的孩子们成了小窃贼，长大后成为张赖狗吗？田戈多年后思考这个问题时得出的答案是村民们似乎没有信仰。在这个村民们张开嘴除了吃饭就骂街，随时随地吐痰的村子，只有极少人家拥有书籍，田戈的爸爸70年代用乐谱背面抄了唐诗三百首来读，这还多亏村子里有一个1958年下放的右派，否则到哪里去抄诗？

偷窃似乎也是人类特有的现象，和赌博差不多。但区别在于赌博是你情我愿，偷窃是你不情但我愿，恰如通奸和强奸。赌博很少被抓进监狱判刑，但偷窃则是小村人牢狱之灾的主要理由。通奸在小村最多是大家笑哈哈地过去了，强奸则可能要被枪毙。偷窃和赌博都是大家希冀暴富的手段，因此屡禁不绝。通奸和强奸都是格外刺激的性行为，所以屡见不鲜。人类把自己同别的动物区别开，为什么不仅仅是集体合作改善生活条件，就像蚂蚁族群，而偏偏要生出这么多的弯弯绕，这让田戈觉得活着太累。

当个体追求利益最大化的时候，集体利益就会朝最小化方向发展。但人类个体能力太强大，所以容易犯过度追求自身利益的错误，因此人类需要用一种方法，建立起一种关于集体利益最大化的行为规范，并设法使大家笃信不疑。无论是主义还是宗教，如果能起到人类长期利益最大化的作用，都是值得研究的，但纵观当今世界，田戈发现还有太多对于全人类来说的不确定的因素和风险。对于田戈这个小村人来说研究世界大战的问题似乎有些杞人忧天，但田戈确实想过第三次世界大战爆发时将是怎样一种情景。

13. 扑不灭的火焰

伴随 80 年代的改革开放，村子里开始流行那首台湾歌曲《外婆的澎湖湾》，这种歌曲的调子和《唱支山歌给党听》之类的歌曲完全不同。正统的革命歌曲人人会唱，但歌词的意境和现实的生活脱节太久了，大家疲倦了。流行歌曲那种轻松的上下句似乎不挨着，又没有什么政治意义的歌词完全符合当时青年的口味，“那是外婆拄着杖将我手轻轻挽”和“我把党来比母亲”相比前者更容易让青年接受。在那种以俗为乐、以怪为追求、以放纵自己为标榜的年代里，村子里培养出了一群“找乐儿犯”。

“社员同志们请注意！今天晚上有电影！电影名字是《扑不灭的火焰》！”路边电线杆子顶部的大喇叭传来罗锅广播员那尾音拖延得很长的

声音。那时，村里大队部总要隔三差五地组织放一场电影，地点就在村子地理中心的广场上，那时电影几乎是传播流行文化的唯一途径。一句标新立异的台词很容易广为流传并产生潜移默化的影响，而能够传播的往往都是反面角色的台词，比如：“我胡汉三又回来了！”

村民们带着板凳到广场看电影《扑不灭的火焰》，电影结束的时候，传来了“着火了”的喊声，于是大家从电影广场奔赴火场。柴火垛着了，一个挨一个地烧，直到形成一片火海之后才慢慢地消失。火基本没法救，只有小脚老太太喊：“抓把盐，撒火里，杀死他。”谁说这样的话，就证明柴火垛就是她家的。以后生火做饭没有柴烧是一件麻烦事，只能另想办法了。

那一阵村里总是着火，有一次甚至烧毁了生产队的公用房。柴火垛不值钱，只要有力气，到庄稼地里还能去拣，但房子烧了可不得了，公家财产被破坏了，这个乐子找得过头了。深夜里，火灾现场的人群更显得数量巨大。十五辆大型红色消防救火车赶到的时候该烧的都快烧完了。各种场面都非常壮观，非常热闹，纵火者一定会从中感受到了极大的快乐。

村里传来谣传，说就是那群看上去很前卫的，总哼上一句“都是一片海蓝蓝”的家伙们干的。火灾太多了，一个夏天就烧了几十把火，警察抓了人，将几十个人送进了监狱，村民们把这些罪犯称为“找乐犯”，用来区别盗窃犯、抢劫犯、强奸犯。

小村的年轻人追求刺激的方式总是特别的，甚至是残忍的。残害动物就不必说了，手段简直无所不用其极，而把那同类的苦难当乐趣，恐怕也不是小村人独有的。车祸发生了，总有人喜欢围观。谁家夫妻吵架了，总有人去围观。在别人的痛苦中，小村人找到了比较优势，获得了快乐。田戈想，从火灾中获得乐趣的家伙们究竟是不是天性中的残暴？ 19 世纪 40 年代，当德国军队把犹太人赶进杀人生产线的时候，大概也有不少人从中获得了极大的乐趣。1940 年代，当日本军队拿中国人做残忍的必死无疑的试验时大概也从中获得了快感。更有一种变态电影，专门拍摄血腥场面以满足一部分人的残忍爱好，这类人也一直存在着。我们人类总有个别“找乐犯”存在，如果这些人进了监狱，则对社会的危害会小得多，但倘若这些人成了当权者，那么社会将如何呢？小村后来的当权者有不少曾经都是残忍过的人，这给小村带来了很大的影响，此为后话。

14. 老蔫媳妇和西门通奸

通奸这种事情在明朝是死罪，可依旧有人照犯不误，其过程的快乐令当事者沉迷，只要没被抓住。村子里关于通奸的传闻数不胜数，似乎稍有姿色的女子都会成为大家议论的对象，议论她有若干奸夫。而最著名的故事当属老蔫媳妇和西门通奸，因为那是一次被抓的通奸，而非传说。

故事发生在 1984 年，那一年田戈已经上小学 6 年级了，当时同学之间经常在课间自发演出“西门偷情记”，其实孩子们谁又能弄懂偷情是个什么事情呢？反正田戈当时是不懂的。西门是小村里的治保主任，高个子，双眼皮，一副笑嘻嘻的面孔，似乎没有什么坏脾气，用英俊形容不大恰当，用村子里的话说长得挺俊。如果西门和老蔫媳妇一个人通奸，那可能不至于被抓，而西门实际上是同时和两个人通奸，算是淫乱，另一个女人是西门的下属老矮的媳妇。老矮个子很矮，但感觉上应该比《水浒传》里的武大郎要高些。老矮娶了一个乡村级别的潘金莲，除了个子矮小体态稍胖之外，那妩媚的眼睛对村民还是具有一定杀伤力的。勾搭成奸的过程，田戈无法知晓，因为他一个小孩子很难听到细节，只知道西门这个威风八面的治保主任犯了通奸罪，被抓起来了。

老矮依然舍不得自己的妻子，因为他确实觉得配不上自己的媳妇。西门的妻子也原谅了西门，因为那个长成男相的女子确实对西门痴情一片。至于老蔫，本来就被称为傻老蔫，对自己妻子出轨的事情或许并不在意，总之，就这样波澜不惊地过去了。

西门被抓进去三个月后放出来了。尽管学校里总是有高个子男学生左拥右抱两个小个子男生说‘我是西门，你是老矮娘们儿，你是傻老蔫娘们儿’，歪歪扭扭地走来走去引起哄堂大笑，但成年人似乎忘了这件事情，没有人再提这个故事。至少，治保主任不是西门了。而其实西门这个治保主任，比以前那个治保主任似乎温和得多。

以前那个治保主任的名字是大人吓唬孩子时的常用词，三岁以内的孩子父母说：“别哭啦，再哭大老虎来吃你了。”10岁以内的儿童则改为：“别哭了，再哭黎福祥来抓你了。”黎福祥就是前任治保主任的名字。黎福祥素以严格著称，他的大儿子也在若干年后当上了华城的副市长，二儿子当上了村书记，不过有传言，他二儿子的钱挣得太多，其中难免有违法问题，这些都属于田戈听到的传言，不足为信，此处说这个话题也有些跑题。

通奸在中国的历史上曾经是重罪，在20个世纪80年代也算有罪，但在今天的社会已经不算犯罪了，不过还是不道德，如果是干部通奸，则全国人民都能够在媒体上看到通奸的字样，可见这种事情还是被主流舆论判定为错误。动物用武力来控制自己的性伙伴，人类也曾经这样，但如今的社会太复杂，大多数情况下没办法用武力控制，这或许又是人类给自己折腾出来的事情。马克思说在共产主义社会，婚姻是个人的事情，社会不再干涉，那时候通奸就自动消失了。社会的变迁造成婚姻制度也在不断地变化。不同的年代，在婚姻这个问题上观念差异很大，不同的宗教也有不同的婚姻观。小时候，田戈认为，婚姻法实在是奇怪的法律，结婚的事情也要立法，真是奇怪。长大后田戈才发现，婚姻法还真是人生最重要的法律。在社会中生活，就要遵守社会的规矩，别管对这个规矩你个人多么不适应、不满意，否则就要付出巨大的代价。

无论如何，随着社会的变迁，婚外的性行为都越来越不是个事儿。如果把中国历史浓缩成一年，那么官方在这个问题的态度上是反反复复的。没办法，我们要适应世界变化，相信法律，个人的不痛快会换来集体的利益保障，个人的放纵则会造成种族的灭亡。

15. 嫖娼像瘟疫袭击了小村

20 世纪 90 年代后期，没有人再拿西门通奸事件当回事儿。因为在村子东北方向的几十里外，有一个叫做大东北的地方，在那里，嫖娼就像到超市里买三黄鸡一样方便。据说过路的汽车司机稍加留意，就可以看到路边“野鸡”店门口的姑娘们撩起红裙子的春光。村民们难以抵制这种公然的诱惑，就像过年要吃炖肉一样赶往大东北去“买肉”。

当 2006 年田戈终于有机会路过“大东北”的时候，那里已经被彻底清理了，但从路边空房子的数量来看，当时的一线从业女子应不下千人。90 年代后期，田戈在外面打工，每个月回家一次看望父母，大家拉家常的时候提到了这个话题。田戈的哥哥说，那个老谢家的爸爸和儿子一起去大东北，东屋一个西屋一个，爷俩同去同回。基本的廉耻在那父子之间已经荡然无存了。田戈的哥哥又说，那个王府化，就是原来的大队长，听说他染上了花柳病，那里都烂了。堤上的大妮爸爸，看上去多老实，也去了。田戈问，这些事大伙是怎么知道的？哥哥说警察很绝，抓一个就审问，要求咬出三个再罚五千不用进监狱。初步估计全村 30% 的成年男性中招，罚款保守估计要达到 500 万。一年后村派出所搬迁了，原来的平房被遗弃了，取而代之的是三层楼房，独立的院子。

田戈一直想，为什么村民难以抵制去“大东北”嫖娼呢？村里流传一句话，叫作“笑贫不笑娼”，可见嫖娼这件事如果被抓，只会让村民觉得倒霉，而不会觉得丢脸。因此有的男人公然说，有了钱不去打炮儿，活着还有什么劲，挣钱不就是为了打炮儿吗？他们说的打炮儿，不是军事训练，而是嫖娼。

由于小村蓄养牲畜的需要，给母猪配种这种事情就像种庄稼一样显得自然而然。男女老少看着猪圈里的公猪趴在母猪臀部交配，时不时传来喝彩，这种情景田戈见怪不怪。那年田戈家的老母驴晚上突然乱叫，田戈全家走到院子里一看，一头高大的公驴正在设法要“强奸”家里瘦小的母驴，但母驴很不情愿地百般抵抗。田戈要赶走公驴，父亲说别赶走它，要是母驴怀上小驴是好事。母驴实在太老了，公驴没有得逞，最后还是跑了。至于狗们交配更是几乎每天都能在街道上看到。因为狗没有太大的实用价值，所以其交配行为往往遭到孩子们的追打，而大人们则哧哧地笑而不管。在这种哺乳动物繁衍行为比比皆是的村子里，谁又会拿嫖娼这件事情当道德评价标准呢？小村的人把这种事当作动物交配。以怀孕为目的的牲畜交配，雄性牲畜的主人要收钱。以快乐为目的的人类非法性交，雄性的人要给雌性的人钱。反正这种事情，谁主动谁花钱。牲畜未必明白自己的交配和繁衍有关，但每次交配成功率很高。人类应该明白自己的性交和繁衍后代有关，尽管每次交配的成功率较低，但为此还是形成了以进一步降低性交成功率为目标产品的巨大产业。这种违背地球物种基本规律的生理现象值得人类思考。文明，就是让我们和地球上的动物习性越来越不一样，活得越来越不自然，每天的日子越来越紧张，混日子越来越不容易。

小村里自古以来就没有贞节牌坊，也没人鼓励寡妇守节，女人的贞操和男人的顾家都不是美德，田戈从来都感觉不到封建社会的道德观念在这个村子有什么残留，所以念书的时候学到反封建时就理解不了。小村的人道德观如今更加颠覆了，据说已经有人暗地里娶了几个妻子生了几个孩子，这虽然违法，但却令小村里别的男人羡慕不已，当然这也许是造谣。

16. 强奸与杀人

离田戈家八条胡同处，有一个破落的家庭。丈夫据说是退伍兵，但精神不大正常，妻子长得小眼睛小身材，也没有文化，所以家里的日子很不像样，以至于门窗玻璃都碎了，用塑料纸勉强遮挡着，屋顶的荒草很高，一副很天然的情景与周围人家的利落形成鲜明对比。这家破落户生了三个孩子，老大名叫傻丫，眉目清秀容颜姣好，但看上五秒钟就能看出来是个弱智，因为那肥厚微张的嘴唇永远都是闭不上的。当老大长成亭亭玉立的大姑娘时，确实已经成为街头一景，她的身体发育良好，硕大的乳房被一层布松松垮垮地挡着，显得更加饱满坚挺，只是走路的时候双脚迈八字，显得更傻了。

90 年代的时候，身材性感的傻丫姑娘终于还是被奸污了。大家还是从她日渐凸起的肚子发现的，但这是谁种的孽种，则无从知晓，也没有人出钱去检验 DNA 找那个罪犯。没有人可怜傻丫，大家都当作笑谈，而傻丫是否明白发生在她身上的一切，无从知晓。傻丫的妹妹是个好强的女孩，在这样的家庭里居然学习很好，最后当上了村小学的老师，赢得了所有人的尊重，只可惜傻丫妹妹的容貌更像妈妈。

90 年代初，十八岁的田戈正在上大学，听说儿时熟悉的一个年龄稍小的村民居然犯下了杀人罪。罪犯当时的年龄是十六周岁，那孩子从小就有一种格外邪恶的气质，田戈不喜欢那个人，一群孩子们玩的时候，田戈从来不和他说话。被杀的是一个五岁的小女孩，尸体被装在蛇皮袋子里丢在围堤外的池塘草丛里。女孩的父母到处找失踪的孩子时被人告知发现了尸体。法医做了验尸。村民传说孩子的双腿都被劈折了。一个十六岁的少年残害了一个五岁的小女孩，在村里也是破天荒的事情了。由于凶手不满十八岁，法院判了死刑缓期两年执行。那孩子最后大约坐了不到二十年牢后被放出来了。村里人对从监狱放出来的人感情是复杂的，一方面鄙夷，一方面恐惧，一方面忍让，一方面躲避，而少数人心生效仿，比如说村里那位当年的大流氓后来装扮成大绅士的儿子，在十八岁的时候就迫不及待地进监狱“镀金”去了。

小村的坏男人们好赌成性、好色成性、好偷成性、好酒成性、好说脏话成性。其实世界上哪里都有坏男人，但田戈感觉，小村的坏男人占比是不是多了些。没有统计数据，当然不能随便下结论。在这个小村里，通常说的“吃喝嫖赌抽坑蒙拐骗偷”十件恶事，确实是深深地困扰着这个村庄。2010 年之后的城市化会不会减少这些现象，田戈觉得会的。无恒产者无恒心，常住在动物园里的野生动物必然慢慢地减少了兽性，而城市的公寓楼，以其神似现代化养殖场必然减弱居民的匪气，带来越来越多的温和与老实。

17. 关于葬礼

无论如何，死亡都是一件人生的大事。当死亡来临小村的时候，死者无论生前多厉害，一死就对其生前的所有场面失去控制。葬礼却是活着的家人不得不办的大事。村子里处理这件大事有一套祖辈传下来的仪式，但随着改革开放，这套仪式也发生了让田戈无法理解的变革。而且这种变革让田戈根本无法从心理上接受，可又不知道如何化解。

2009 年的一天，田戈回家看到了一个震撼的场面，那是村里最有势力的人死了亲爹办葬礼的一个场面。鞭炮铺满了村子的主街道，据说是用几十辆卡车运来的，上千米的街道被红色的鞭炮铺得满满的。招魂者的队伍也是村里最长的，达到数百米。村子里的人把鞭炮当作各种仪式的主要消耗品，远远超过酒的消耗。照此估计中国的鞭炮产业应该是世界最大的。田戈无法理解村民对鞭炮的热情，但现实生活中鞭炮的消耗愈演愈烈，一个清明节一个大家庭就要花费几千块钱购买鞭炮上坟，而大家的收入其实并不高。至于村里新贵们每家每年的鞭炮消耗，则足以够普通百姓几个人一年的收入。辛辛苦苦赚来的钱就在震耳欲聋和乌烟瘴气中迅速耗掉了。当然一次放几十卡车鞭炮的那个人家赚钱要容易得多。小村人对鞭炮的热情亦如对赌博、偷情、盗窃的热情一样浓烈而持久。

除了鞭炮以外，另一个不理解来自于葬礼上专业的哭灵者。对逝者的怀念之情用眼泪和哭声表达是恰当的和自然的，但用雇来的人哭灵这实在是太令人匪夷所思了，而事实上却堂而皇之地在现实中一幕幕地上演，其场面堪比文艺作品的拍摄现场。死者的亲人在葬礼剧组中似乎只是客串了一个角色，他们为何不是主要角色？因为雇来哭灵的人才是主角。这些受雇者要具备的基本条件有三个：第一要有动人的歌喉，跑调是不行的；第二要有充沛的情感，眼泪要随时可以控制收发，如果有声无泪是不行的；第三要有专业演员的心理素质，逝者的身份和自己现实中的关系被从心理上忽略，自己随时扮演各种孝子贤孙，亲切的称呼脱口而出而不能让家属有丝毫虚情假意的感觉。高超的技艺和高度的意志力才能成就一个高级的哭灵人，田戈家的邻居皮鞭子大嫂就是其中的一位佼佼者。

皮鞭子大嫂在80年代非常喜欢唱评戏，尤其擅长大段的悲调，比如评剧角色杜十娘唱的“好似那凉水浇头怀里抱着冰”，被皮鞭子大嫂演绎得淋漓尽致。那时候小村文艺节目不少，公社组织社员排练戏剧，田戈的父母都是乐队成员，皮鞭子大嫂也曾经是主演之一。随着公社被乡政府取代乃至后来又变成了镇政府，乡村戏剧难以坚持，想畅快地展现演唱的天分，哭灵无疑是一个好工作，只是这工作比较费眼泪，不像演戏剧可以假擦眼泪。哭灵必须是真眼泪，否则主家给的钱便打折扣，乃至影响他人对自己的专业评价。有需求就有市场，哭灵职业后继不乏人才，经常可以看到90后的年轻人，打扮得不男不女，戴一个耳环，头发不长不短不黑不白的，唱出来的声音也很中性，不过哭声感人：“让我再看你一眼，我要把你记在心间。”那些以亲人为名字的歌曲大受欢迎，比如《父亲》《母亲》《大哥你好吗》。

村里的葬礼已经逐渐演变为新的模式，乃至发展为一条龙服务模式，包办几乎所有事项。想一想就连悲伤都可以包办，还有什么不能包办的呢？葬礼的模式必定还要演变，但从趋势上看，似乎离中华民族的传统越来越远。在田戈看来，说什么在葬礼的时候，也不该让雇来的乐队反复演奏那首著名的民歌《今天是个好日子》。但事实上这首曲子确实是经常演奏的曲目之一，因为主人往往任由乐队发挥而不去干涉，对乐队来说，今天确实是好日子，有吃有喝又有钱赚。亲人已经沦为葬礼的傀儡，职业的葬礼服务团队包办着一切，这种葬礼已经成为一种新文化，让村子里的百姓不去适应也不行。

奢侈、浪费、吵闹、荒诞随着葬礼就像洪水冲下来的死尸一样惊恐地恶心着田戈，但田戈是无能为力的，谁都没有办法。就像瞎小萍不在意自己的儿子瞎白混死活，村民们也基本不会在乎死者亲属的真正感觉，或许活着的人，大多数觉得“他死得太晚太慢了”，因为这样的庆祝使人不得不这么想！

18. 乡村爱情和婚姻

经人介绍，男女双方见面，然后交往一段时间，正式筹备婚事，年龄一到法定下限，就正式结婚，这是小村里男女青年典型的爱情模式。田戈的哥哥和妹妹就符合这样的爱情模式，只不过中途会有变化，比如在认识后的交往过程中，一方感觉不好，就会提出分手。就像在商场里购买衣服，看着还好才会试一试，穿上之后如果发现不好就算了，不买了。

在乡村爱情模式中，男方在经济上要多一些风险。比如交往中男方如果中途提出解除奔向婚约的关系，那么女方不会将男方之前送的财物退还，只有女方主动提出的时候，才有可能退还财物。交往过程中女方是不会送男方财物的。这其中的合理性在于交往过程中难免有个肢体小动作，要是不成夫妻，那便算是女方吃了亏，经济上应该有些补偿。而介绍男女双方认识的人通常都会提醒男方家长什么进度应该花多少钱。田戈的哥哥妹妹都不是第一次乡亲就成功的。

除了这种传统的三媒六证之外，自由恋爱也不少。男女双方都已经私订终身了，再和家里人说按照传统潦草地补一些手续。而最不稳定的婚姻往往就是这些自由恋爱的人，当然这并不等于说自由恋爱不对，而是在小村敢于自由恋爱的人都是思想比较活跃的人，比如田戈家东边第三排的邻居家的老二，名字叫国雄。

国雄比田戈小四岁，所以在田戈眼里他是个小不点儿，田戈在听说国雄的爱情故事的时候感到不可思议。国雄18岁之后，拥有高挑的身材，端正的五官，配上蓝色的呢子大衣和白色的长围脖，颇有《上海滩》里男主角的味道，走在乡村的土路上显得格外显眼。这样美好的男人村子里一直都有，但屈指可数，国雄算是一个。国雄爱上了一个“小姐”，那是一个以出卖色相为职业的姑娘，这种爱情是难以被周围人接纳的。国雄他爸他妈说，儿子你玩玩儿就算了，你还真把她娶回家啊？国雄说：“我爱她，就想和她过一辈子。”如果大家都祝福这段感情，估计这段感情也未必能永恒，但事实上国雄的爱情遭到了全家的反对。

国雄的家境算是殷实的，门风也算正统，因此也就更加难以接受这段孽恋。苦闷的国雄经常去喝闷酒。这个外表漂亮的大男孩大脑里的知识并不多，所以也就找不到好的解决方案。一次国雄把自己灌醉了，仍然坚持去开自己的汽车，然后汽车就开进了公路边的泄水沟里，国雄就这样死了。有人说国雄是故意自杀，从此大家就深信不疑，或者宁愿深信不疑。村民评价说国雄是条汉子，不过这种事在这个村子似乎空前绝后，可见国雄的行为明显不符合乡村爱情的观念。

乡村的爱情以父母为主题，传宗接代为第一，孩子们大多不懂爱情，等懂得爱情的时候，那便可能是通奸的开始，准确地说是婚外情。那些结婚不到 8 个月就做了父亲的人明明知道孩子不是亲生的父亲们往往选择隐忍，并在别人面前装作那孩子是自己婚前所制造，原因大多是因为小村的男人娶一次媳妇实在可以算是政治经济层面的终身大事了，很难经得起第二次折腾。

19. 一件不容易的离婚案

之所以称离婚案，是因为村子里的离婚都要经过法院判决，田戈没听说过谁家是协议离婚的。田戈家更远的邻居家有个女孩起了一个很容易与别人重复的名字叫二丫，她从青春期开始便是劳动能手，比普通男人不差。二丫羡慕城市的生活，经人介绍嫁给了一个城市的普通工人名叫风于天。风于天的面相老实近乎傻，中等身材，有些谢顶让他看上去比实际年龄大二十岁，这样显得他常有的憨笑比较真诚。风于天虽然家在城市，但其实住在城市贫民区的平房里。婚后二丫和丈夫挤在一间小平房里生活。

风于天是工厂工人，这在 80 年代还是有工作保障的，但随着下岗大潮袭来，这个没有任何专长的笨人第一波就被下岗了。二丫是小村户口，在城市里靠打短工为生，无非就是扫地之类的工作。婚后一年，他们养育了一个漂亮的男孩，大大的眼睛人见人爱，但这孩子见谁都不认生，从来不哭，总是笑眯眯的。两年后大家都看出来了，这孩子是个弱智，根本就不正常，两只眼睛的黑眼球总不在一个方向，谁都搞不清他在看哪里。孩子长大后，脑袋顶部微尖，和下巴对称使得整个头部成为偌大的立体菱形。风于天失业之后在火车站附近开“狗骑兔子”，那玩意儿算是一种常见的城市黑出租车。风于天自己介绍工作时总是说自己是开“狗骑兔子”的。

所谓“狗骑兔子”是一种小型机动三轮车，这个名字流传很快，不知道从何而来，但能让人过耳不忘。而另一种叫做“王八背锅”的特种车则并不被人熟知，主要是数量不够多。有些比较爱脸面的人，比如皮鞭子大嫂她丈夫，就是皮鞭子，因为当过乡村赤脚医生，则不乐意把自己的机动三轮车称为“狗骑兔子”，而是深情地说：“我这辆兔子……”二丫的傻儿子越来越高大，傻相也越来越明显，生存的本能让这个孩子学会了一种技能，逢男人就喊舅舅，这样就不会挨打受气，偶尔还能得到一些奖赏，比如别人吃剩下的半块饼干或雪糕。

进入 21 世纪，不知不觉中城市里的洗浴中心如雨后春笋，遍地生出，风于天就是在洗浴中心嫖娼被警察抓获的。本来没有希望的生活又加上这个杂碎男人身体的出轨，让二丫在绝望中决定离婚。此时这个五十岁的女人满脸的苦相，眼睛已经变成了三角形，带着高大的“全村傻外甥”开始了新生活。

想起当年青春健美的二丫，田戈心里总是酸酸的。如果二丫像她姐姐一样嫁给一个庄稼汉，她的生活本应该和她姐姐一样幸福。另外风于天的爸爸意外死亡可能也加速了二丫婚姻的解体。风于天爸爸的尸体被发现的时候，风于天的妈妈正在平静地用抹布擦屋中地上的血迹，从擦痕的巨大面积来看，老头的血可能都流干了。没有人说得清老头为何流血，于是村里传言老头是被老太太打死的，不然为何她能从容擦血而不呼救。草民的生命如同草芥，老头的死因没有调查就正常安葬了。二丫说看着恶婆婆就心里发毛，因为她知道老头活着的时候就经常挨打。

羡慕城市生活的二丫终究还是回到了生她养她的小村。今天的小村从面貌上不知道要比天于风他们家那平房好多少倍。全村人在80年代都没有想到过小村会有今天的情景，尤其二丫更是没有想到，否则她说什么也不会嫁给风于天。苦命的二丫回村之后应该就结束了婚姻的苦难，田戈希望是这样的。对二丫来说，最可惜的是人生不能重来。

20. 聋鲜儿的一生

田戈家往西隔四个胡同，在围堤的外面第二排，紧挨池塘边，住着聋鲜儿一家五口。聋鲜儿的丈夫人称小聋爷儿，意思是聋鲜儿那矮小的爷们儿的简称。她和丈夫有三个孩子，性别顺序为女男女。聋鲜儿和田戈的爸爸从小是邻居，又是同龄，因此关系极熟。聋鲜儿确实曾经是个青春美少女，但因耳朵在十岁的时候聋了，所以算是残疾人，不然应该不会嫁给小聋爷儿。其实聋鲜儿是爱通奸的治保主任西门的亲姐姐，聋鲜儿这个名字是小村人根据其又美又聋的特点给起的绰号。按照惯例，很多人当面都叫她鲜儿，背地叫聋鲜儿，或许妇女们用聋这个字眼找回自己不如她美丽的心理平衡，而男人们用聋这个字也能掩饰对她美貌的垂涎。

和聋鲜儿说话唯一的障碍是必须让她看到你的嘴唇，然后她几乎能无误地猜出你所说的话，或许聋鲜儿不是猜的，而是有十足的把握判断的。这样的说话方式让聋鲜儿肯定感受不到悄悄的情话。聋鲜儿会说话，只是语调与众不同，喜欢在每句话最后加一个尾音，类似“呢”字的三声，比如她到田戈家来看到孩子们老老实实地等着锅里的窝头快熟时就会说一句：还没吃饭了呢?

田戈家和聋鲜儿家本来没有来往，小田戈8岁前甚至不知道还有这么一个近邻。是因为田戈家养了三只鸭子跑出去不见了，父母这才顺着堤外的池塘边找啊找，就找到了聋鲜儿那紧挨着池塘边的家。从此，两家人正式结识了，而田戈爸爸其实是找到了10岁时候的邻居，这种感觉田戈无法体会，但可以想象应该是比较复杂而愉快的。在父母熟悉的情况下，两家的孩子也会熟悉起来。

1983年的时候，田戈的妈妈又一次当上了邻村中学的代课老师，兼语文和生物课。由于交通十几里都是土路，起早贪黑不便，田戈的妈妈就住进了学校宿舍，每周回来一次。此后田戈家的三个孩子吃饭问题马上就凸显出来，因为田戈的爸爸也要很辛苦的上班，回来之后又要给孩子们做饭。聋鲜儿主动来帮忙给田戈家做饭，而且手艺和效率都很好，有的时候，两家的孩子也会一起吃一顿好饭，比如：大灶炖泥鳅。田戈的妈妈坚持了一年的老师职业，还是放弃了。尽管她为自己的教学成绩很自豪，尽管校长一再挽留，都无法让她继续工作，她必须回来照顾家庭。后来田戈的妈妈对田戈说，那时候聋鲜儿总是来咱家给你们做饭，所以我就不能再当老师了。

田戈的爸爸是个有魅力的男人，男女朋友极多，聋鲜儿算是其中一个。聋鲜儿虽然风韵犹在，但她肯定不是田戈爸爸喜欢的类型。田戈猜想父亲除了深深地爱着妈妈之外，应该喜欢那种文艺女性。而聋鲜儿因为是个聋子所以从来不会唱一句歌。聋鲜儿的娱乐活动只有一样那就是打麻将牌。田戈的爸爸归根结底是一个对家庭负责任的好男人。

小聋爷儿是个建筑工人，曾经帮助田戈家重新修复了坑洼不平的火炕。经过小聋爷儿的设计施工，田戈家的火炕质量极好。几年以后田戈家的屋顶一角塌下来的时候，火炕仍旧完好如初。田戈的爸爸对小聋爷儿是尊重的，田戈从他口中知道小聋爷儿其实是来自城市里的建筑工人，并且进过监狱，比聋鲜儿大10岁。小聋爷儿的身高比聋鲜儿矮5厘米，并不是聋鲜儿太高，而是小聋爷的身高不到160厘米。聋鲜儿夫妻共同的爱好就是打麻将牌，在田戈的印象中，聋鲜儿家永远都是在打麻将牌，是全天候的。用一个流行词叫做“娱乐至死”来形容聋鲜儿的家是不为过的。

聋鲜儿的大女儿遗传了她的美貌，是村子里最漂亮的姑娘之一，人们都说不比电影明星差。到了结婚的年龄，她女儿嫁给了村里有名的富家恶少，之后总是挨打，然后是离婚改嫁，可以定性这个漂亮姑娘的婚姻绝对不幸福。正因为聋鲜儿家里穷，聋鲜儿的女儿才希望嫁到富裕的家庭，而像田戈家虽然精神上自我感觉良好，但贫困约等于聋鲜儿家，注定两家无法联姻，甚至双方都没有提过有关联姻的一点点话题。

聋鲜儿的儿子比田戈大一岁，遗传了舅舅西门的相貌和小聋爷儿的性格。所以这孩子空有一双丹凤眼，却注定无法搞通奸活动，而是很早就成为拥有了“狗骑兔子”的专职司机。让聋鲜儿不顺心的是这儿子不知道什么原因，无法和儿媳妇制造出一个孙子，就算是孙女也好啊！听说后来抱养了一个孩子。聋鲜儿的儿女婚姻看起来都是不幸福的，然而这并不影响聋鲜儿一如既往地用打麻将过生活。

小聋爷儿稀里糊涂地病死了，聋鲜儿也得了类风湿性关节炎，但聋鲜儿依然开着自家的赌局，当然这个赌局并不收费，只是给大家提供一个乐在其中的活动场所以及免费提供热水。聋鲜儿因为吃了肾上腺皮质类激素，满月脸，水牛背的副作用越发明显。聋鲜儿那苗条的身材终于在五十岁之后变成了一个肉球，几年后病死了，追随她丈夫而去了，从此大家失去了一个免费的麻将牌馆，也失去了一个忠实的牌友。在田戈的印象中永久地留下了聋鲜儿在十九岁时候嫁给二十九岁丈夫时的一张黑白合影照片，照片中的聋鲜儿扎着油黑粗整的大辫子，确实美若电影明星。那张照片应该是1968年拍摄的。小村穷人家的女儿嫁给条件不好的城市工人的婚姻不少，但几乎没有幸福的，可见幸福的婚姻与物质条件关系不大，可这个结论在几十年以来的小村不被理解。

在田戈的印象中，聋鲜儿的一生应该是努力装成幸福的，至少在别人面前她没有哭过，没有过痛苦的表情，没有骂过谁打过谁，更没有抱怨过谁。因为她是聋子，别人和她说话必须认真让她看口型，乃至自然要放慢些速度，这样小村那些口头禅一样的骂人的话自然就无法对聋鲜儿说，总不能慢慢地对聋鲜儿说：操他妈妈的……因此在聋鲜儿的世界里，一切都是干干净净的。田戈设想，如果聋鲜儿没有聋，她的命运会如何？可惜没有如果。

21. 关于自杀

小东他爸自杀了！多么可怕的消息，千真万确。

前院的大姑喝敌敌畏了！还好抢救过来了！

围堤上那谁家的三丫头喝农药了！

那谁家他爸把他妈剁了，然后自己在门楼里上吊了，死了！

那谁他奶奶跳河了，连呛带冻死在刚结冰的河里了！

小区里的谁谁谁从六楼跳下来死了，听说是癌症疼得受不了了！

小村的百姓时刻都可以感觉到活着的艰难，凡是坚持不住的，就会选择自杀，也就是亲手杀死自己，以此解脱自己无边无际的痛苦。好在绝大多数小村人都是顽强的，而且他们会找到生活的乐趣，给自己活下去的充分理由，不为信仰，只为拥有短暂的快乐，就足以过一生。

小东是田戈的同班同学，他爸爸是 1984 年自杀死的。而此前他爸爸已经自杀过一次，被救过来了。小东的爸爸和田戈的爸爸是建筑公司同事，所以两家的孩子自然产生一些亲近感，但因为并非近邻，所以两个家庭的关系不近。从小东他爸自杀这件事情可以看出来，田戈的爸爸绝对不是小东爸爸的朋友，他们只是同事，当然在离家几十里的公司里，他们还是老乡。小东的爸爸是因为什么自杀呢？多年以后田戈判断是因为小东他爸爸性格中的缺陷形成了忧郁症。田戈的爸爸是个乐天派，忧郁症永远远离他，而小东的爸爸动不动就要以死来谴责周围人对他的不公，最后终于自杀成功。

据说小东的爸爸是因为涨工资问题没有得到解决，从而认为自己无法更好地养家，而选择自杀的。其实问题远远没有小东爸爸想的那么难以解决，但他还是用他的死谴责了公司领导不给他涨工资的错误。而依照小东爸爸的工作表现，公司领导确实有充分理由不给他涨工资。田戈记得在小东家的菜园子里，见到过小东他爸摘黄瓜，蔬菜种得那么好的建筑工人，为什么要自杀呢?

前院大姑到农具商店买农药敌敌畏，说是要灭四害之一的苍蝇。商店售货员从前院大姑的眼角看到了泪痕，再结合小村人喜欢优选喝农药自杀的特点判断前院大姑或者有所图谋。于是在前院大姑拿着农药走后不久，售货员跟随她到家没有让她发现。果然在前院大姑喝下农药的瞬间，售货员抢了药瓶子，及时喊人将她送到了医院，经过抢救脱离了危险。这个售货员就是后来从建筑公司辗转调回小村供销社的田戈爸爸。

跳河的那个大娘，因为两个儿子争她的房产，最后两个儿子都不管她了，房产也没了，大娘可能觉得活不下去了，就自杀了。

小村人说话喜欢简短并加上儿化音，自杀的方式用小村语言分别是：喝药儿、上吊儿、扎河儿，自从搬迁之后又增加了跳楼儿。

总之小村人活着确实不容易，因此用赌博和偷盗活动强壮了自己的心理素质，从而面对困难勇敢地活下去。其实，再艰难也还是能够活下去的。80 年代后的小村人没有出去讨饭的，似乎都能找到活着的门路。小村人说老天爷饿不死瞎家雀儿，但小村人的自杀率肯定超过全国的平均水平。

无论用什么方式自杀，都得不到小村人的同情。面对自杀事件大家的态度就是冷静与冷漠，很多消息都是在大家打麻将牌的时候传播的。说这种话题的时候大家的心情一点儿也不沉重。田戈听说过一个迷信说法，人如果是自杀，天堂和地狱都不收这个人的灵魂，自杀后只能是当孤魂野鬼，这大概是对自杀的谴责的映射。自杀违背人类的天性，成员自杀更是社会判断邪教的标准之一。总之，田戈认为人说什么都不能自杀。

22. 瞎而黑的结局

瞎而黑是一个恶棍，他在 1993 年的时候以收取“保护费”为职业。那时候小村的农贸市场已经转移到堤外的主干道上，从围堤到钉马掌大约四五百米的距离每天都有很多做生意的，无论是谁在这里做买卖，都要给瞎而黑上交保护费，当然瞎而黑说这叫管理费。这种收费既没有标准，也没有发票，账目全在瞎而黑的脑子里，但从瞎而黑的面貌和行为来看，他的头脑里只有赌博、打架和偷窃，没有账本这种莫名其妙的东西。瞎而黑收保护费纯属见景生情，雁过拔毛，他的标准是：要把生意做，留下保护费！

1993 年临近春节的一个周末，田戈从大学回到家，进屋后就觉得气氛不对。哥哥躺在床上盖着被子，妈妈在旁边抽泣。田戈问怎么啦？妈妈说你哥哥让瞎而黑给打了，好在伤得不重。田戈说他凭什么打人？妈妈哭诉说，你哥在市场上卖供销社的鞭炮，瞎而黑来收管理费，你哥说没开张呢，回再给，瞎而黑不同意，就扭打起来了。你哥打不过瞎而黑，被他骑在身下打，我都给他跪下了，他还不停手，最后打累了才完事儿。田戈的妈妈还在抽泣，田戈注意到妈妈说话的时候手一直都哆嗦。田戈说，什么时候打的？妈妈说就你进屋前半小时。田戈觉得非常气愤与难过，说我没赶上，要不然我和我哥俩人一起打死他。君子报仇十年不晚，这仇咱不能不报。

田戈和哥哥差两岁，虽然哥俩没有太多共同点，但那句“上阵亲兄弟，打仗父子兵”的道理绝对适用于田戈家。小时候，哥俩曾经共同面对同龄孩子的欺负，小田戈用砖头打破了人家的头，因为那个人把他哥哥骑在下面了。后来田戈爸爸的一个同事来家里撒酒疯，田戈和哥哥合力把那个人打了一顿。田戈想，如果当时自己在场，手里要是有把刀，肯定会把瞎而黑剁死，这方面田戈知道自己其实也是一个冲动的人。如果是在战场上，田戈应该是一个不怕死的战士，视死如归是可以做到的。

这场战斗报了派出所，瞎而黑没有被抓，也没有表示歉意。医药费也很久都不赔偿。田戈家这次真的是被欺负了，是前所未有地被欺负了。瞎而黑似乎得到了警察的保护，田戈总是怀疑瞎而黑把医药费给了警察，所以警察才拖延不管这件事情。田戈的舅舅也是警察，但不在小村派出所，所以也不能直接干涉这件事情。多年以后，舅舅在酒后提起这件事情的时候说他当年和处理那件事情的警察沟通了，但那个警察年龄大资历深，不肯主持正义，不过那个警察已经被拿下了。田戈知道舅舅说的是真的，因为此时舅舅已经升官了，可以主持正义了。

在小村的恶霸里，瞎而黑只是其中之一，也是最低俗的那种，抢的也都是小钱，连田戈家这种本分人也挨了欺负。田戈记得父亲曾经被打了两次，结果都是打人的一方来家里道歉，买礼物赔礼，又委托中间人说和。田戈觉得虽然父亲吃了些亏，但至少在面子上和经济上没有吃亏。而瞎而黑对哥哥的暴打，对妈妈下跪的漠视，都是深仇大恨，这种恨逐渐转变为对小村的恨。所以田戈长大后除了自己的家，谁家都不愿意看到，最后发展到过年也不想到任何一个亲戚家拜年，只要是小村的人，他心里都鄙视。田戈觉得母亲在给瞎而黑下跪的时候，周围人都看热闹而不援手，这一跪就把田戈对这个村子的所有感情都跪没了。田戈变态地设想，如果自己有机会拯救这个小村的时候，自己一定会拒绝的。父老乡亲啊！你们是多么的无情多么的冷酷！田戈在心里对他的故乡全部否定了，也就相当于否定了自己童年的一部分。当然，田戈长大后确实没给这个村子做过任何贡献，而这个村子的人也丝毫不把田戈当同乡看，一有机会他们就会欺负田戈。而田戈依然忍气吞声地面对他的父老乡亲。田戈就是这样被仇恨折磨了很久很久才慢慢地平静了下来，而真正的转机是瞎而黑的死。

没等田戈想到报仇的方法，等来报仇的机会，就听说瞎而黑死了，听说是得了肝癌。瞎而黑死的时候或许是五十岁，田戈说不清，反正不是长寿的命。田戈因为瞎而黑的死而减少了对瞎而黑的恨，当然对于瞎而黑，其实田戈在繁忙的生活中都几乎已经忘却了，只是听到他的死讯才想起来这个刻在脑海的事情，田戈发现自己原来把这件事情记得那样的清楚。田戈对自己的母亲爱有多深，对小村冷漠的乡亲们恨就有多深。怨恨折磨田戈很久让他难以释怀，但可喜的是，田戈随着年龄的增长已经逐渐地接受了这个世界的不公平和自己对自己变态怨恨的深刻认知。不过要让田戈消除对小村人的厌恶，估计还要很长时间。好在随着瞎而黑的死，这种恨真的是与日剧减。小村出身的田戈却如此恨这个村子，这实在是一种悲哀。

23. 大三儿断指要钱

大三儿是田戈小时候最害怕的流氓，也算是小村里最著名的流氓。和后来从监狱里放出来后发迹的流氓相比，大三儿是最流氓的流氓。田戈之所以有这样的结论，是因为田戈记得大三的相貌首先就很特殊，他长得极其冷酷，怎么化妆都不像好人。而别的流氓剃个平头换身衣服不开口往那里一站，也许就像个党员干部。但大三在外貌上没有一点儿可塑性。

田戈小时候听说大三儿被抓走了，犯了流氓该犯的罪。田戈听说大三儿来信找家里要钱，家里没给，后来大三儿就寄来了自己的手指头。这件事情是一个创举，别的流氓干不出来。

大佬儿是小村当代的名人，和大三儿比较，他当年的名气不如大三儿。大佬从监狱出来之后赶上改革的好年头，就开始养猪。田戈的爸爸曾经买过大佬家猪的下水，所谓下水就是血淋淋的除了心肝肺以外的猪内脏，心肝肺在小村叫上水。田戈看着那些东西就不想吃了，这和小村人的习惯不大相同。再有就是田戈爸爸炖的猪头，田戈也基本不吃。田戈似乎对哺乳动物类食品一直不大喜欢。大佬养猪赚了钱，据说本钱是从小村信用社贷的款。后来围堤外的池塘突然成了大佬家的鱼塘。田戈此时已经是大学生了，不用再去池塘里洗去身体上冬天攒下的泥垢，因此对鱼塘被霸占还能接受。而几年后鱼塘填成了自由市场，好大好大的池塘啊怎么说变就变了。2014 年的时候，很多高档社区在建设的时候必须要先挖一个池塘提升小区的档次。1996 年的时候，大佬却将小村的池塘全部填埋变成了一个大大的农贸市场。大佬在垫平的池塘里盖了一间间十几平方米的房子，每间房子一个月要上千元的租金，大佬儿真是会做生意。田戈不知道大佬儿是在给村民造福还是在借机发财致富。总之大佬儿越来越比大三儿著名了。

当年的大佬喜欢留长长的头发，脏脏地披散在肩膀后面，散发着独特的气质，使人不敢小看，更不敢大看。2010 年的时候，田戈和妹妹在家聊天，妹妹说欧阳建国不能连任村主任了，选举把他选下去了。田戈说谁是欧阳建国，妹妹说是大佬儿啊！你不知道啊？田戈笑着说，你是说以前那个长头发的流氓吗？妹妹说对啊，你怎么不知道他名字呢？人家现在可不是流氓，是主任，是党员，可没少给老百姓干实事。建国！田戈念着这个名字，发现读音和贱果这个词很接近。大佬儿是个有贱果的人，想干成事情，所以事情就干成了，所以这人算是了不起的。

2010年的春天，田戈和父亲一起去村委会给母亲办住院医疗费报销手续，见到了西装笔挺、面目和善、短发干练的建国主任，田戈好久才和很久以前那个长头发、光膀子的流氓印象联系起来。田戈想，当年对人家的流氓印象也许是不对的，不是进过监狱就是流氓，不是霸占池塘就是流氓，更不是把池塘变成自己的市场就是流氓，而关键要看人家是不是为老百姓办事。小村的平改人家建国主任可是做了事情的，仅仅用六年的时间就有三分之二村民搬了新居，两年盖房子，四年搬迁，当然这事也不完全是建国主任干的。小村的农民之所以现在都有事情干，打工啊，开黑出租啊，溜冰啊人家建国主任可是没少操心。溜冰是个什么玩意儿，田戈第一次听说的时候曾经问过，家人解释说就是吸冰毒。当然这些都是田戈道听途说，人家建国主任肯定没干违法的事情，否则法律是公正的。那些满天飞的传单田戈看过，都是胡说。因为没有具体细节，说什么建国主任有四个媳妇四个儿子，说什么建国主任花多少万干了什么，什么村里卖地的钱说不清楚，这些都没凭没据的，在小村当领导太难。

大三儿被彻底遗忘了，那种留着长头发，浑身刺青尽情显露的赤膊男人也很少看到了，大家都是文明人了，三十年前的穷困和三十年后的富有让小村人彻底改头换面了，但田戈想，那些曾经的恶行，小村人真的能彻底忘记吗？

24 大螃蟹要当村民组长

大螃蟹是绰号，其真名叫做解庞大。大螃蟹在小村这回算是出名了，因为他花了三百万给全村老少发红包。大螃蟹疯了，至少田戈听说这件事情的时候是这样想的。据说大螃蟹花钱要买选票，目的是当上村民组长。三百万能买多少张票，就算一千一张也能买三千张。三百万的数字来源不可靠，因为那只是田戈在家里听说的数字。大螃蟹没有当选为村民组长。贿选这种事情田戈听得很多，难辨真假，但家人说得很具体，似乎真有这么回事。田戈每次听家人说这个事情，都想问问自己的家人有没有得到过贿选的钱，但都忍住没有问。

如今小村选领导的标准实在是拿不准，田戈总结了一下大致的标准是：曾经违法乱纪进过监狱；品行应该是小村恶习中的佼佼者；一定更要充满让普通百姓害怕的邪气；对公家的可能出卖土地得到的钱充满贪心；文化素养一定是同龄人中下下者、当选前个人赚钱的能力超长，能够拿出足够的钱贿选。以上七条村民总结为七个字叫“监恶邪贪粗有钱”，不具备这些特点又想要参选，在21世纪初的小村一定会被当做神经病。唉！这个条件让田戈想到自己的家人再过一万年也当不上村主任。谁知道呢？反正现在当干部比一百年前当干部复杂得多，但也简单得多。

2008年的一天，田戈听说两个候选村主任的人正在请全村人吃饭，两个面对面的饭馆均有几个维持秩序的彪形大汉服务员，任务是欢迎村民来白吃饭，不过吃饭的时候一定会被默认你将推选请客的人当干部。有的人两家的饭都吃了，在小村这样的地方，敢请百姓吃饭的人还真是诚恳得可爱。大螃蟹在理论上能够买到60%的选票，因为他的钱据说发给了足够60%选民的数量，可结果证明，大螃蟹发的钱买来的都是村民口头的许诺。小村人从来不把口头许诺当回事，否则他们也不会把“操他奶奶的”挂在嘴边，因为“他奶奶们”太老了没有人真有侮辱老人的想法，更别提行动。小村人似乎生来就具有白吃白喝白拿的本能。传说中的如果是事实，则可以证明，用钱买不来任何有效的承诺。大螃蟹失败了。然而没有人弄得清，村干部都是怎么选出来的。因为小村人的头脑是随机应变毫无规律的。

田戈偏见地认为，这个小村的村干部都是不称职的，小村人不配拥有称职的村干部。当小村的土地消失的时候，小村人由城郭人变成了城里人，小村大量的商品房里充斥着外来人口，小村的民风就改了，小村就消失了。而今天，正在这个过渡期，小村人自然是只顾眼前，谁给钱都要，尽管这钱需要承诺给人家办事，但只要不是当时一手交钱一手交货，小村人在骂一句“操他奶奶”之后什么都敢答应，没有丝毫的心理负担可言。

大螃蟹作为小村人的佼佼者，居然不能明白小村人承诺的不可靠，这实在是个大大的笑话。田戈想，也许在大螃蟹看来自己做了一件了不起的事情，而大佬儿也一定自认为自己是小村最成功的人，从一个小人物，成了全村的焦点人物，了不起啊！从某种角度讲他们确确实实是小村的成功人士。而在小村人眼里，田戈这样从本村走出的大学生实在是一个已经和自己毫无关系的陌路人。

田戈感觉到所谓的民主对小村来说是没有概念的，什么是民主，小村人不知道。田戈大学毕业都二十年了，从来没有感受到选举权和被选举权是个什么样子，而小村人眼里的选举就是卖选票和到饭店去吃饭。于是20%的成年小村人号称自己吃出了糖尿病。“白吃”和“白痴”读音一样很有意思，让你白吃你就吃出糖尿病，那你不是白痴吗？

小村人像一盘散沙看似容易聚拢，但其实不知如何下手，而当你不去管它的时候，它就静静地待在那里，不生不灭。田戈忽发奇想地认为，小村人的幸福就是将其投入城市的海洋，让小村人彻底地湮没在城市中。在目前可耕的土地消失之前，小村人赶快学会工作的技能，这种技能田戈总结为听话和诚信，但小村人要掌握这两种技能其实是不容易的，因为小村人谁的话似乎都听，但心里总有自己的一本账，让听话这件事情显得一点儿都不靠谱。诚信对于小村人来说就更难了，对父母子女都做不到诚信，对别人又怎么能诚信呢？当然小村人不都这样，最多也就占80%，田戈这样偏见地给小村人做了总结，当然他觉得自己是小村人的例外。

25 小黑的眼泪

小黑不是狗的名字，而是小村里的一个村民的名字，是八九十年代活跃在小村钉马掌附近的一个著名流氓的名字。小黑的家庭是个大户人家，兄弟很多，家族很有势力，而小黑又是其中最有流氓气质的人。

1987 年，田戈在公路边卖自己家种的蔬菜，大葱一毛一小捆，黄瓜一块钱四斤，每天能卖十几块钱，那是丰收的季节。那天下午，公路边的派出所门口忽然围了很多人，田戈和妈妈请个假，也去看热闹了。派出所的院子中间，站着一个身材挺拔，脸色黝黑，穿着长腿大喇叭裤，大鬓角留到下颌骨的人，年龄大约在二十多岁，田戈认出那就是著名的小黑。小黑像一匹受惊的野马，手里拿着一大块砖头，不时地将砖头轮上一个圈，肢体语言的意思明显是谁也不要靠近他。观察一会儿，田戈看明白了，原来是小黑和村供销社的一个经理打架了，那个经理长相也颇邪恶，只是年龄近四十岁，着装也很正规，但村子里人都知道邪恶经理不好惹。那个经理人称振华，是一个一抓一大把的名字，全村各大姓氏均有此名。小黑打了振华经理，到派出所了，小黑还真够横的，在派出所的院子里砖头都没放下。人们纷纷议论着现场的情景。但大家都知道毕竟是在派出所里，那么多的警察不会让事态失控。

当小黑转身的时候，田戈清楚地看到了小黑的脸上明晃晃的，眼睛红通通的。天啊，小黑哭了。小黑是因为委屈才哭还是因为害怕才哭，或者因为吃了麻辣火锅呛的才哭？但无论如何，在男儿有泪不轻弹的中国文化背景下，小黑真的是哭了。从此在田戈印象中，小黑是个懦夫而不是真正的大流氓。说也奇怪，从此田戈再也没有听到任何关于小黑的消息。

田戈从小黑的身上看到了小村流氓们的脆弱，原来他们不是武侠小说里的侠客，也不是敢于和鬼子拼刺刀的英雄。他们只是心理还不够成熟的大孩子，他们只是找不到更好的解决方案从而用暴力手段解决问题的孩子，他们只是需要得到社会认可，让社会给机会的孩子。田戈对小黑的评价随着年龄的增加由可怕到可悲到可恨到可怜，不时的变化着。或许是这个社会顾不上对小黑们的教导，就像小村田里的庄稼永远不会每一棵都得到了应有的照顾。勤快的人家，杂草被及时地清除了，懒惰的人家，杂草和庄稼并抢阳光和肥料，秋天一起被收割。

26. 当年的幸福院

1985年的夏天，田戈参加了学校组织的演出队，这一天的任务是到小村幸福院演出，田戈的节目是二胡独奏歌曲《血然的风采》，观众是幸福院里的老头和老太太。所谓幸福院据说住的都是孤寡老人，在十二岁的田戈眼里，老人们的生活确实幸福，房子是砖建造的，有自来水，大院子，有饭吃，有衣服穿，共产主义也就这水平。

田戈家的责任田离幸福院不远，每年的春播夏锄秋收时，田戈都要到幸福院来喝水，还要用铁皮水壶打一壶水给家人。田里干活一壶水不够喝，回家取水路太远，幸福院恰好处在村外临近耕地的地方，到这里取水就成了必然的最优选择。幸福院门口里有一个自来水龙头，让田戈觉得格外的亲切，因为只要拧开水龙头，就意味着自己可以解决难以忍受的干渴，随之而来的是无比的幸福感。

每年的夏天，田戈和哥哥，有时田戈一个人都要到幸福院附近的河沟里去捞鱼，一天下来，总会弄个三四斤鱼回家改善生活，有效地补充了蛋白质，而幸福院此时又解决了小渔民田戈的喝水问题。在田戈的记忆中，只要从幸福院过，必然要进去喝水。田戈作为小庄稼人对那种干渴的感觉实在记忆太深刻了，因此对幸福院的记忆也就格外的深刻。田戈每次看到电影里描述穿行沙漠时演员们干渴的表情就感同身受。只不过电影中的角色不像田戈那样清楚幸福在哪里，演员们往往表现出的是绝望。

作为一个演员和作为一个小农民、小渔民来到幸福院的感觉是不一样的。作为一个演员的田戈到幸福院演出居然没有喝水，也没有口渴。在得到十几个老人的欢迎之后，演出就马马虎虎地结束了，但一直到 2014 年田戈回忆起那次演出却还有演出没有结束的感觉。原来很多事情是需要结束仪式的，否则我们总是惦记着这件事。

事情的结束需要一种仪式去体现，否则田戈心灵上的那件事情就没有结束。比如田戈的一个同学在十八岁的时候因车祸死了，田戈听说了，但没有去参加葬礼，所以在田戈的记忆中，那个同学似乎没有死。中国的礼仪讲究很多，田戈想其目的应该就是让人们从心理上承认事实，接受现实，跟随生活的延续随遇而安，从而得到心理的平衡，进而可能产生幸福感。而在田戈几十年的生命中，很多仪式缺失了，所以田戈有时候觉得自己的心理是不健康的。

幸福院什么时候关闭的，田戈一直搞不清楚，但田戈知道幸福院真的已经没有了，取而代之的是后来建起来的工业开发区，那个解渴的水龙头的位置应该是一家纸箱公司厂房的所在地。由于没有目睹幸福院的拆毁，田戈心中依然有幸福院，在幸福院演奏《血染的风采》成了田戈最后的演奏，之后再也没有演奏过这首曲子，巧合的是这首曲子后来在社会上也戛然而止不知所踪了。

2014 年，田戈听家人说村里的老人都不愿意去养老院，据说好好的一个人，住进养老院最多活两年就死了。田戈觉得这应该是个案，绝不是普遍现象，否则养老院肯定开不下去。不过小村人不乐意去养老院，因为他们认为，只有当年住幸福院的那些孤寡老人才应该去养老院，而凡是有子女的应该死也死在自己的炕上，这才是幸福的。而只生一胎的父母们如今很多也开始步入老年，养老问题将越来越困扰一部分中国人，怎么解决或许没有人有标准答案，但可以预知，到时候就会解决。

27. 消失的度假村

随着改革开放大好形势的到来，村里决定在耕地边缘建造一个大水库。

水库建好了，形状是不大规则的五边形，水面有三千亩，有一道大闸门通向临近的运河。1987 年，这里筹备建造了游乐场，还起了一个响亮的名字，叫做天河度假村。游乐场建在水库最靠近公路的一条短堤上，这边铺上沙子，模仿沙滩，那边盖上房子，以便可以吃住。水库同时也是一个养鱼的大鱼塘，但因为这鱼塘太大，所以鱼都养在网里，专业术语叫做网箱。养鱼的水注定比较肥沃，颜色也一定随着季节变化，因为里面长满了浮游生物。而大家在这里模仿海水浴，便形成了壮丽的景观，在金黄的沙滩映衬下，湖水显得格外的绿，像一碗菠菜海苔汤，骄阳似火，穿着游泳衣的男男女女在菜汤里尽情享乐。可惜这样的游乐场很快就经营不下去了，原因不详，田戈猜测根本原因就是小村人不懂得经营之道。

还是静下心来养鱼吧！当游乐场入不敷出的时候，管理人员是这样决定的。水库被人们认定也只能有储水功能，顺便养养鱼就足够了。洗浴这件事情，大海边可以搞，人们充分享受海浪的神奇，除此之外都不大好弄。2014 年 5 月的一天，田戈开车行了 100 公里就发现有 5 家曾经金碧辉煌的洗浴中心倒闭了，可见游乐这东西不大好弄，不是卫生不好办就是顾客不明原因地再也不上门。

田戈眼中的小村人只能做小生意，很难做大生意，因为小村人不大会算计长远利益。当然田戈自己其实也是一个一事无成的人，但他还是自不量力地评价小村人干不成事。

田戈家曾经养过猪，养过鸡、鸭子、兔子、驴、鹌鹑，尤其是鹌鹑曾经一次养了 2000 只，可以说是规模养殖了，但都因为不大算计投资和回报问题最后坚持不下去了。小村人普遍缺乏算计的能力，但做那些小本生意还是不错的。比如批发零售日用百货、水果、鱼肉等还是养活了很多人的。小村没有坚持下来的村办企业，也没有土地之外的公共财产，不是因为小村资源不好，而是小村的领导从根本上不具备坚持经营下去的意识，如果这项工作对自己利益不大，那么就算对大家再有利，这事儿也弄不成。所以小村在 2014 年的时候沦为了商品房地块，而工业发展极其缓慢。2006

年的时候，田戈作为邻镇的经济管理顾问，明显感觉到邻镇的经营管理是现代化的，小村是落后的。邻镇的领导们不是流氓出身，但小村的领导团队中流氓出身太多。

田戈认为，小村的娱乐场和工业发展不起来，农业没有任何特色，村民自生自灭，旧村拆迁几年都完不了，这些都是因为人祸，而非天灾。科学发展观说以人为本，确实是说到根本上了，小村有什么样的人，就得到什么样的结果。流氓们过一天算一天，没有长期稳定的收入来源，只靠托关系走后门挣一次性的钱，这绝非科学发展。而小村看似大家有了新楼房，但其实只是出卖了村民以前赖以为生的土地换来的钱盖了房子。如果没有商品房土地的政策，小村依然穷得就剩赌和偷。而中国其他省的农民盖起了别墅花园和洋房，远远比小村的公寓楼漂亮，而且人家还拥有稳定的工作和收入保证，尤其令田戈羡慕的是，人家的别墅盖在稻田里，稻田不会消失，记忆不会被快速抹去，那样的生活应该是更美好的。

今天，地理意义上的小村已经基本消失了，人文意义上的小村还在。住在居民楼里的小村人依然爱说：“他奶奶的！”

第二章　田戈心中的家

1. 母亲

男人对自己的母亲往往一生都是依恋和热爱的，田戈在这一点上很平常，他一直都深深地爱着他的母亲。尽管他可以说出母亲的很多缺点，但这绝不影响他对母亲的爱。

田母出生在1947年的华城市郊区，比田戈父亲家离城市远8公里的凤凰屯。田母家是一个传统的农民家庭，田母的父亲是一个精明能干的农民，田母的母亲是一个慈祥美丽的母亲。田母从上学开始就表现出了惊人的学习才能，以至于小学毕业的时候已经能写出几千字的作文供学校展览。田母初中毕业的时候以最优秀的成绩考入了郊区的核心高中，田母就用扁担挑着行李，走18公里的路到学校去上高中，那是1965年。田母在核心高中的日子是艰难的，因为她必须每周步行回家取一周的干粮和咸菜，学校的饭菜根本没有钱买。两个月以后，她因缺乏营养得了夜盲症，于是她认真分析了自己的情况，决定转学到离家6公里的一所普通高中，那个高中在小村与凤凰屯中间，名叫城郭中学。当田戈的父亲在城郭中学念初三的时候，田戈的母亲从核心中学转到城郭中学念高一。

城郭中学外语课学的是俄语，核心中学外语课学的是英语，田戈的母亲没有受到影响，保持了她一贯的第一名成绩。1966 年的时候，田戈的母亲作为学校学生会主席，被认定一定是未来的人才，但“文化大革命”让田戈母亲的大学梦破灭了。老师们纷纷被批斗了，而那些满腹经纶、名牌大学毕业的师长一夜间就沦为了人下人。作为学生会主席，田戈的母亲采取见风使舵的态度，别人喊口号她就喊，别人批斗老师她就跟着斗，只不过她作为一个女学生是不用出手打人的，男同学包办了打人的任务。这个学习极其刻苦的女学生在 1966 年突然之间找不到自己人生的目标了。学校停课了，学生们还在学校无所事事。没有人知道“文化大革命”什么时候将进展到什么状态。1966 年，学生们去北京天安门见到了毛主席，接下来，田戈的父母同时加入了大串联活动的组织中。1966 年冬天，他们决定深入到革命老区去体验生活，大家背着行李步行出发了。到了老区，用介绍信找到了管饭的老乡，又在当地观摩了当年八路军打游击战的地方，逗留几天，再背着行李返回。他们初冬从家出发，回来已经进入了腊月。田戈的父亲每次回忆这段历史都似乎很怀念，田戈的母亲却没有机会和田戈说他们串联这段往事。田戈父亲的多才多艺让田戈的母亲动心了，串联结束之后，他们都明白了彼此初生的情愫，但因为年轻和大环境的影响，而不可能充分表达爱情，当时田戈父亲十八岁，田戈母亲二十岁。好在 1970 年，两个相爱的青年人克服了所有的困难，终于结婚了。

1978 年，三十一岁的田戈母亲参加了高考，成绩过了分数线，但政审不合格。因为她已经有了三个孩子，最小的三岁，最大的七岁，显然这是无法去上大学的。从此这个看到书本就着迷的女子彻底破灭了上学梦。田戈知道，母亲最留恋的就是中学时代，因为她那时是最优秀的学生。但田戈的母亲并没有因为曾经是好学生就当不了好农民，事实证明她也是一个好农民，好母亲。

当田戈母亲和妯娌之间发生矛盾的时候，她会选择退让。但与此同时，她会找来纸和铅笔即兴创作一首诗歌，在朗朗上口的同时给妯娌嫂子以辛辣的讽刺。看着孩子们似懂非懂地和自己念诗，田戈母亲总是笑。由于田戈母亲见书就读，记忆能力又好，所以田戈父亲对母亲在学问方面总是敬重的。实际上，田戈母亲给他父亲在学问方面做了不少指导。令田戈至今难以理解的是为什么母亲从来不管儿女们的学业，既不教导也不督促，任其在学习成绩上自生自灭。田戈的哥哥没有考上高中，田戈的妹妹勉强上到初二，因各门功课都不及格而辍学。田戈知道哥哥、妹妹都是聪明人，自己只是幸运一些，因为性格孤僻才学习成绩稍好，以各门功课勉强及格的成绩考入了高中和大学。不知是不是“文化大革命”让田戈母亲的心伤透了，才让她拒绝教导儿女学习。而她当中学代课教师的时候分明证明她的教学能力很强啊。或许是人穷志短使得田母在教育儿女上没有了更高的追求，能养活这三张要命的嘴她就知足了。

田戈母亲彻底成了喂养儿女的劳模，她用了很多方法，花费了很多力气才让三个孩子基本健康长大，但再也没有精力去教孩子学习了。在田戈的印象中，母亲总是很累的样子，三个孩子的衣食住行全要照顾好，她怎么能不累呢？当田戈四十七岁的母亲在稻秧田里突发脑出血之后，她基本就不用再受累了，因为她无法再到田地里重复重体力劳动了。那一年，田戈已经临近大学毕业，田戈的哥哥和妹妹都有了能挣钱的工作，田戈父亲挣的钱也足够买粮食买菜了，家里的日子刚刚能够温饱。四十七岁以后，田戈的母亲依然是好强的，尽可能地做家务和照顾田戈哥哥的孩子以及后来田戈妹妹的孩子。这两个孩子从小和田戈的母亲学会了唱歌和做人，所以身上没有小村人的骂街、吐痰的气质。田戈身上缺乏小村人的气质其实也是因为受到母亲的影响。

五十三岁的田戈母亲脑出血复发，但幸好发现及时，抢救过来了。六十一岁的田戈妈妈再发脑出血，那一天是 2008 年的 3 月 8 日。2008 年 5 月 12 日的时候，田戈的母亲非要自己练习走路，在家人不在身边的时候，摔倒了，股骨头摔裂了。而那一刻同时也发生了汶川大地震。糖尿病、脑出血、脑血栓、股骨头摔裂，这一系列折磨让田戈的母亲终于彻底躺在了病床上。此后田戈每周去看母亲，2014 年的一天，田戈在床前摸摸她的手，给她唱几句歌，很多想说的话也说不出口，母亲似懂非懂地看着他，没有任何反应，从母亲的眼神里，田戈似乎看到了关爱，但似乎又没有。田戈全家现在只希望母亲活下去，活一天就胜利一天。田戈的父亲和妹妹全天候地照顾着母亲，不知道母亲感受如何，她与儿女、丈夫无法有效沟通，但她绝不是什么都不懂了，因为有的时候她分明是有表情的。

田戈母亲作为曾经的天才好学生就这样几乎过完了一生，她一生从来都没有放弃过努力，而且她又是聪明智慧的，可命运偏偏和她过不去，让她总是学无所成。她最大的遗憾是没有保护好自己的身体，最大的安慰是家庭整体在她的努力下是健康积极向上的。她所爱的男人自始至终留在她的身边照顾她，这应该是她最大的幸运。如果给一个母亲打分，满分一百的话，田戈会毫不迟疑地给母亲打满分。

作为一个女人，田母也是爱美的，比如她曾经跟着流行风气烫过自己的短发。比如她也喜欢颜色艳丽的衣服，希望得到别人的赞赏。不过在田戈的记忆中，母亲几乎没有在外人面前穿过裙子，衣服的颜色基本上都是蓝色、灰色、黑色，头发都是过耳短发，用黑漆钢丝发卡固定。现代化的化妆品与她无缘，耳环、戒指、手镯之类的与她无关，田戈只看到过母亲用凡士林擦脸防止干燥的冷风吹裂皮肤。田母是一个从青春少女时代到老年时代装束基本固定的人，她的所有心思都是让家人活下去，至于她自己，已经将自尊完全淹没在几十年如一日的生活态度中了。田母曾随手在纸片上写随想体的诗歌，田戈后来读到的时候，心里酸酸的，尤其是田母在五十五岁的时候在诗中表达了对邻居送来一箱方便面的感动。而那时候，田戈一个月才回家一次，每次都匆匆忙忙的，没有和母亲好好沟通过。田戈思考母亲这个人，发现除了长相普通之外，她几乎有自己喜欢的全部特征，这包括勤劳、善良、节俭、朴实、聪明、智慧、大气、自尊、爱唱、爱说、爱笑，能奏琴，能识谱，能写诗，爱读书，爱家庭，爱生活，会洗衣、做饭、种地、贩卖农产品、养家畜、织毛衣、做棉鞋、絮棉被、担水、拣柴等样样能行，生儿育女，宽容大度，语言文明，待人友好。五十岁之后的田母自学阴阳五行生辰八字的玄学，居然得到若干人的推崇，使得数百信徒在婚丧嫁娶等方面经常来请教田母测算，并且对田母的测算深信不疑。田母帮人算命完全是照本宣科，她似乎就是告诉别人你问的事情书里是这样说的，但找她的人对文字大多不入门，所以田母就给大家转化成易懂的语言，比如是否般配或是否合适。和顶仙算命的人不同，田母的测算从来都是免费的，在此中，田母得到了心理上的满足，她毕竟是这个土台上最聪慧的女人，甚至也找不到比她更智慧的男人。如果说缺点，田母也确实在小村的大环境中没少打麻将牌度日，小村里所有的赌博方法她都精通，同时作为一个女人，田母实在缺乏表面的柔情，某种程度上她更像丈夫的好朋友。

对比 2014 年的年轻城郭女子，田母这样的好女人已经绝迹了。她属于历史中的一个类型，田戈会永远记住自己了不起的母亲。

2. 父亲

1950 年 1 月，农历腊月，田戈的父亲出生在小村。

田戈的爷爷 1958 年死于肝炎，田戈的奶奶 1985 年死于衰老。作为孝子的田戈父亲在母亲下葬的时候跳进坟坑非要和妈妈一起走，可惜被众人给拉出来了。大家赞叹他的孝顺，田戈也知道父亲没有丝毫虚情假意。

田戈的父亲总是和儿女们说自己九岁没爹，充分显示出他对自己早年丧父的哀伤。也说明他对自己儿女教育实在缺乏上辈人的传承，以至于在儿女们上学的成功率上只有三分之一。除了田戈外，那两个儿女明显浪费了优秀的遗传基因。

田戈的父亲无疑是个非常聪明的人，这一点得到了身边所有人的公认。

我们不妨用第二人称讲述田戈父亲六十五岁以前的生活，这样比较简单，接下来的他就是田戈的父亲了。

他从上中学开始表现出了异常的聪明，一个初一的小男孩能够将一个女巫婆演得惟妙惟肖，全校轰动。初三的时候，他报考了华城音乐学院附中，以第九名的成绩被录取，专业是板胡，他常说参考的人数超过七百，相比 2014 年，1966 年的音乐专业要热得多。他自己是在没有名师指点的情况下自学成才，成绩优秀。那一年他十七岁，踌躇满志，以为自己将来必定是一个音乐家。十八岁开始在“文革”中拿到录取通知的他又等到了停课通知，从此他又开始等待华城音乐学院附中的复课通知，但终生都没有等到。录取通知书一直珍藏在家里的楠木箱子里，直到 1987 年夏天的一场大雨浇塌了屋角，砸坏了箱子，湿透了通知书，他这才恋恋不舍地丢掉了。他再来到音乐附中的时候是带十一岁的儿子田戈来考试，专业同样是板胡，但因田戈的水平差太多了而没有考上。

十七岁时他是红卫兵小将的校学生领袖之一，积极参加了毛主席在北京天安门接见红卫兵的活动，而后又因为说错了话被关进牛棚。他说歌颂毛主席万寿无疆与歌颂乾隆皇帝万寿无疆从形式上很像，但乾隆是封建皇帝，毛主席是人民领袖，因此不应该说毛主席万寿无疆。这种天真得近乎无知的话，让他几乎遭受了灭顶之灾。

将近十八岁时，他参加革命大串联，步行几十天到革命老区，最大的收获是结识了后来的妻子，可惜他那时还心有所属，对后来的妻子最初的表白还不大心动。

二十岁时他与自己的初恋情人分手，原因是家里太穷，女方家长死活不同意。

二十一岁他与田戈妈开始书信往来，二十二岁与田戈的母亲结婚，生了田戈的哥哥，二十四岁又生了田戈，二十五岁又生了田戈的妹妹。

二十二岁他活跃在华城郊区的文艺宣传队，并被推选为队长，因为他以吹拉弹唱演全才和善于讲道理而服众。他跳起新疆舞蹈和西藏舞蹈颇有神韵，他创造的曲子、编的歌剧以及幽默的表演赢得了所有队员的佩服和尊重。所以当二十二岁已为人父的他被一个汇演时认识的姑娘爱上的时候，大家都不大吃惊，但又很乐于等着看他如何收场，大家觉得那一定是一幕喜剧。他巧妙地回避姑娘的问题，有些庆幸地吃了人家姑娘的几顿肉菜。最后当那姑娘要给他做一身新衣服时，他知道必须马上告诉对方自己已经结婚了，于是他和队友配合，假装不经意地夸他的儿子有多可爱。

文艺宣传队聚集着一大批“文革”中的优秀文艺青年，而他又是这些人里最出色的一个，只可惜小村太小，无法让这个大家心目中的天才有更大的舞台。几十年以后，他的队员一直都认为当年他的喜剧表演天才堪比如今电视上的任何一位喜剧明星。这些老队员们，每年春节都要设法到他家里聚一聚，一次又一次地回忆当年他们的趣事。在回忆中，他们由帅哥靓妹变成了爷爷奶奶，尽管满脸皱纹，但笑声依然爽朗烂漫。

二十五岁的时候，他放弃文艺工作选择到建筑公司工作，只因为三个孩子需要那每月多出五元钱的工资。这个酷爱文艺的人放弃了自己全部的理想，全心全意养家，本身就是了不起的错误选择。他牺牲了自己的理想，养活了三个儿女。

为了眼前的生活，他放弃了遥远的希望，从此文艺活动成了他的业余爱好，而这个爱好一直跟随他到老。他的钢笔字写得如同硬笔书法字帖，他的口才如同单口相声演员，他思维的跳跃性能让人听着不自觉地跟着笑，这样一个人物怎么就成了建筑工人。他二十六岁的时候，因为出众而成了建筑公司的工会主席，从上到下大家都认为他应该可以成为一个好工会主席时，他偏偏和领导们对着干，可见丧父太早使他无法当好领导，很快就因为坚持自己所谓的正义而得罪了领导。于是他这个工会主席又成了公司的看门人。

在三十岁之前，他的身体实际上是很瘦弱的，174 厘米的身高却只有 54 公斤的体重，这是一个被老丈人评价为养不了家的男人。

二十七岁他得了伤寒病，几乎丧失了生命，多亏他的舅舅，著名的下放右派原华城医院主任医生果断的诊治，才使他活了过来。右派舅舅医术高，胆大心细，与主治医生据理力争，但主治医生哪里会买这个无名老头的账，大吵之后惊动了院长，院长赶来一看是右派舅舅，马上毕恭毕敬尊称主任您什么时候来的？原来院长也还算是右派舅舅的小晚辈。右派舅舅是德国著名在华大医生的学生，划为右派，主要是因为他是华城西医的权威之一，导火索是因为这个大医生在开会的时候给共产党提意见说为什么新中国成立以后的香油不如解放以前的香油味道更香，这显然是医生的真心话，但这个问题足以让这个大医生的事业从中年开始戛然而止，从此他只能在农村把行医当作业余爱好了。

二十八岁他和公司领导斗智斗勇，当时自以为胜利，但多年之后他告诉参加工作的田戈，千万要听领导的话，积极争取入党。他彻底明白了做一个口头胜利者的代价就是被领导彻底闲置不用。他说中国不乏能人，但缺少被领导认为可用的能人。

二十九岁，他被借调当了人口普查员，因为他很会写字。

三十二岁的时候，他被借调到公安局当审案记录员，深受公安同事肯定。

但无论是什么工作，他总是和同事打成一片，显得很友善，而对领导天生就反感，这或许因为他缺少父爱的童年给他留下了心理阴影。因此，他总是在得到基层同事肯定的同时，得不到领导的欣赏。好在那个年代，工人阶级到哪里都一样工作，工资都是固定的，没有特殊的福利和社会地位高低的比较。文化局、建筑公司、统计局、公安局、商业局对他来说都是一样的工作。

1983 年，三十六岁的他辗转调回了小村供销社，担任售货员，因为颇有思想，很快就被委任门市部经理。这倒是成全了他补充营养的强烈需求，利用工作方便，将自己逐渐从 55 公斤养胖到 90 公斤，腰围也从二尺三涨到了三尺二。

从 1983 年到 1986 年，他的生活是快乐的，因为有不错的伙食，有丰富的业余生活，当然主要是麻将牌，有完全可以掌控的工作，乃至应付各种盘点小亏空的招数，比如将酱油兑到面酱里或者将食盐开口放充分吸收空气中的水分，以便谋取差价和额外利益。但他坚定地守住自己最后一道防线，那就是绝不贪污一分钱。多出来的钱全部用于改善大家的伙食以及宴请来检查下级工作的领导。他的孩子们依然过着贫穷的生活而他其实也只是有口福而已。从穿着来看，他最考究的衣服也就是一件洗得发黄的的确良白衬衣。1990 年，他穿着借来的西装和领带参加文艺演出时，儿女们忽然发现他原来很适合穿西装。当他终于捡起田戈因度数不够了而淘汰的近视眼镜戴在自己脸上时，儿女们才发现他原来是个近视眼，以前不戴眼镜是因为没有钱配眼镜。戴上眼镜后的他突然变得风度翩翩了，有人说他长得像国务院总理，也有人说他长得像一位著名的相声演员，可那位相声演员和总理完全不像，可见群众的眼睛是有很大误差的。

1987 年，他的住房塌了半边，还好没有人受伤，但房子确实是危房了，于是他带着儿女搬进了供销社的职工宿舍，全家挤在在一间 14 平方米的房子里。那宿舍其实是村边最偏僻的所在，而且还要带上一头驴和 2000 只鹌鹑，窘迫的环境让他开始思考必须要盖房子了。

1988 年，他动用了所有的资源，扒掉了老房子在原地盖起了四间砖房，建筑面积达到了 70 平方米。从此，这个家庭在小村也算有了真正体面的家。搬入新居之后，他和已经懂事的孩子们说起了自己盖新房子的真正动力，这也算是他的一次深刻反省。他说在麻将牌桌上，大家斗嘴，那个姓西门的小村通奸名人居然讥笑他说，你有什么啊？他反问西门你有什么啊？西门得意地说我有三间大瓦房。他被伤了自尊，因为他一直是穷困的，但他一贯斗嘴常胜的惯性让他迅速反击。当然他没有拿西门曾经通奸被抓的事情反击，那可能会难以收场。然而西门用他的穷困来取笑他实在让他有些难堪，于是他也用了西门的另一个小村人在意的弱点攻击了西门。他说，你虽然有三间大瓦房可那都是死物，而我有两个活宝。这句话是他自以为的经典之作，至少他是这样认为的，他觉得自己用有两个儿子的事实来讽刺西门只生了两个女儿的弱点来反击西门对他的讥笑再恰当不过了。西门没有儿子是事实，被他反唇相讥之后也没有设法改变这个事实，但他却因为这个讥笑而下决心盖起了四间瓦房。否则哪天西门说你有儿子盖不起房，将来没人愿意嫁都打光棍，他还会受不了。

1990 年 4 月，他继承了田戈奶奶的传统，开始信佛教，他暗地许愿，如果儿子能考上大学，观世音菩萨就是显灵了，否则便不信了。在形式上，他请了一尊白瓷观音像，那像至少也要花 10 元钱才请得到。从此他成了佛教的信徒，环境、器具、仪式等都越来越专业。到 2014 年的时候，他已经拥有了一间令人观之肃然起敬的佛堂。

1990 年 7 月，他的儿子田戈考上了大学，学费、书费、学杂费加在一起要 450 元，而且以后每个月的生活费至少也要 50 元，这对他来说是一个巨大的负担，他只有让妻子解决这个问题，而妻子也只能去找娘家弟弟借钱渡过难关。四十一岁的时候他送田戈上大学，帮田戈扛起了全部行李，一直到学校基本安顿好之后，才悄悄地离开了学校，没有在学校和儿子一起吃午饭。儿子已经是大学生了，他知道自己肩上的担子更重了，他必须寻求更赚钱的方法。

1993 年的时候，他似乎有了一些钱，但其实也只是够买火车票到外面出差跑业务而已，而那些业务其实也只是简单的生意，比如将华城的废铁屑卖到西北高原的小炼铁厂，从中赚些差价。这种倒买倒卖的生意往往看上去赚钱，实际赚的钱都在对方欠的帐里，会计学称之为应收账款。到了 1994 年的时候，他的主要业务已经由收购发货转变为出差要债。这种生意除了混一个了解西北风土人情之外，不把本钱赔光就不错了。1995 年的时候，他带着城北法院的法官去要账，最终也沦为实质上的陪法官旅游。总之，到了 1997 年，他干的本职之外的事情没有让他挣很多的钱，但也让他在院子前面又盖起了四间比原来那四间还大一些的房子。他的妻子也就是田戈的母亲给他的业务起了一个名字叫做“跑瞎飞”，田戈的母亲其实也具有天性的幽默。

1994年，他的妻子突发脑出血，妻子的病让他深受打击，以至于21天里离开医院的时间没有超过半天。这场病花光了全家所有的积蓄，如果没有这次意外，他有可能会将仅有的几千块钱用来送礼，以便把自己临近大学毕业的儿子田戈分配到城北当个政府干部，将来能当个沾上光的官。北郭先生不过是个政府秘书，就显得意气风发以至于他不好意思收他的点心盒子，他当然希望他那大学生的儿子当官了。人事局的内部传来消息，田戈要到政府工作需要花6000块钱，可田戈母亲这场病，花了8000元。田戈自然没有指望父亲给自己找工作，因为大不了就是国家统一分配工作，这似乎没什么。

1997下半年年，供销社的工作受到农村市场经济的冲击，基本上处于半停业状态。他决定和朋友开一个饭馆，筹备本钱的时候，他和田戈商量看能否投些钱。田戈爱自己的父亲，但田戈听说这个饭馆的经营模式主要是靠三陪小姐来吸引吃饭客人的时候，田戈深深地感到不安，因为他觉得这种模式是错误的。最终田戈没有借钱给父亲，父亲从田戈妹妹那里借了上万元钱和朋友开起了饭馆。这种变态的经营模式是流行的模式，田戈父亲属于跟风的，这注定会失败，商业模式都是这样，跟风的往往最终是吃亏的。

1998年的时候，他的饭馆举步维艰，各种问题随之而来。他的合伙人也确实是不称职的合伙人，就是那个一毛不拔的北郭先生。那个时候，城北所有的乡村饭馆几乎都有三陪小姐服务，所谓三陪就是陪吃、陪喝、陪笑，而说穿了不过是允许来吃饭的男顾客用手摸摸三陪女的胸、掐掐屁股、亲亲脸。三陪女荡笑着满足了广大村民公然调戏妇女而又奇妙地不被谴责的原始的本能欲望。如果为流氓行为花了钱，这似乎就不是流氓行为而是消费行为，这就是所谓的嫖客心态。村民的代价是花钱，有酒钱、饭钱、小姐钱。如果陪睡，顾客自己和小姐私下商议，饭店管不着，这种不会以生孩子为目的的性活动一定数量巨大到无法统计。

田戈听妹妹说，她有一次上午稍早一些去饭店，亲眼看到北郭先生尚未睡醒，鼓鼓的被窝中分明还有另外一个人，北郭先生被吵醒起身的瞬间，田戈妹妹看到了北郭先生被窝中那个人的长头发。田戈妹妹问，北叔叔您这是和谁一块儿睡，北郭先生说："啊啊啊，你管她是谁呢？"北郭先生要不要给三陪女钱答案是毫无疑问的，必须给，因为人家三陪女以此为生，但也一定会打折，因为这是北郭先生的价值观，不打折怎么能体现他北郭先生的英俊潇洒、风流倜傥、身份尊贵呢？要知道北郭先生可是区政府的大秘书。这个饭店和众多饭店一样是败坏民风的，是为法律所不容的，尽管这种吃饭兼低端色情场所的玩意儿比比皆是，但也注定是不可能长久的。

1999 年春节，田戈的妹妹给田戈打电话，说咱爸欠了三千元的债，年要过不去了，你看能帮助他渡过难关吗？田戈拿着三千块钱回到家，对父亲说，您开饭馆我认为经营模式不对，迟早要赔本，所以我绝对不借钱。但现在饭馆黄了，要还债，三千元我可以出。此时他才发现这个大学生儿子似乎还是有用的。

2000 年 4 月，田戈的儿子出生了，那是他的长孙，全家庆祝，还请了亲朋好友。这次庆祝活动中，他发现妻子的嘴角有些歪，于是敏感地意识到可能是脑出血复发，当机立断把妻子送进了医院。在他心里，这个不美丽、不健康的妻子已经是自己的亲人，是自己的一部分，自己最大的责任。好在此后妻子每次住院的医药费基本上都是儿子田戈担负了。

2001 年的时候，他应邀到西南盆地的一个寺庙去校对经书。他欣然前往这千里之外的异乡，事后对寺院没有油水的饭食念念不忘，因为他是一个爱吃肉的人，他的口头禅朋友们都清楚，说是一天不吃肉心里就难受，两天不吃鱼难受就别提，三天没喝酒连脉都没有。一个月的佛经校对工作之所以让他终生难忘还有一个重要的理由，就是他最终得到了印刷好的一套经书，算是报酬，那难懂的经书封底赫然印着定价 500 美元。那套经书他郑重地送给了儿子田戈，田戈郑重地放到书柜里。田戈打开看过，但一句都看不懂，比英语还难懂，因为没有词典可以查，据说都是用中国字写出来的梵文读音，原著作者是唐僧。多年以后，田戈研究《西游记》时，对道士骂唐僧“你那谁也听不懂的梵文就是骗人”的说法非常理解，对普通人来说梵文真的是无法理解。

2004 年的时候，他决定到中原某市参与一个佛寺的建设，起因是一个文学博士出身的法师和尚说可以化缘千万元在一个小土庙的遗址上盖一个大大的寺院。他在小土庙的遗址处住了下来，耐心地等博士法师化缘建佛寺，青灯古佛、小米稀粥、酱油野菜、野蘑菇、灵芝草、山风陪伴他有百日之多。他最后判定博士大师真的是化缘失败了，所以就自己回家了。是田戈开着自己的汽车到华城火车站把他接回了家。

2008 年 5 月 12 日，他的妻子在脑出血复发恢复期间把股骨头摔坏了，从此他沦为了妻子的长期护工。但他不抱怨这件事，也不发脾气，而是尽心尽力甚至很用心地创造不同的照顾妻子方法。他曾经对田戈说，你有信心救你妈，我们就都有信心。田戈说我们想办法尽力而为，到什么地步都可以，只要问心无愧。医院不收这样的病人，他们就把家里布置得如同病房，他和自己的女儿全天候地照顾着妻子，到如今已经六年多了。妻子从在床上从还可以说话聊天到逐渐失去了语言沟通能力，他一如既往地和妻子说说笑笑，好像妻子真的听得懂他的玩笑话一样。长期卧床的病人容易出现的各种感染他都小心地预防着，食品和药品都细心地确认好，再一点一点地喂到妻子的嘴里。除此之外每天念经打坐已经成为他的生活习惯，在这个过程中他在反思着自己以往的得与失。

2009 年冬天，小村要拆迁，他立即签字同意，在 2010 年 1 月份，就把自己刚从医院出来的妻子送进了崭新的公寓楼房，从此再也不用住那早已烦透了的阴冷平房。尽管村子里有至少三分之一的人用观望的态度妄图多捞些好处从而用拖延搬家的唯一手段和村委会斗智斗勇，但对他来说，享受新房的温暖才是这个冬天最好的选择，经济上的账他连算都不算，他就是这样把舒适快乐永远摆在第一位的人，当然他的快乐有很多时候是以别人也感到快乐为前提，这才让他拥有很多的朋友，尤其是北郭先生这类喜欢占所有小便宜的朋友。

然而就是这样一个居家好男人，却一直被传销这个社会顽疾感染着。貌似智慧十足、阅历丰富、谈吐不俗、信仰虔诚的老人，却难以摆脱传销发财梦的鼓动。近十年以来，他把所有能够用来工作的热情都投入到了种类不同的传销活动中。当然他除了照顾妻子，还培养了自己孙女和外孙女学习演奏二胡的兴趣，这是他引以为傲的事情。传销活动给他带来了希望和失望，带来了兴奋和恐惧。田戈就听他说过不少他身边的人如何赚了上百万，如何进了监狱，如何把赚的钱又投入进去最后突然所有的钱都被卷走，如何组织协调下线和上线的关系。他自己算过传销给他的影响，总体来说经济上小小的赚了钱，协助上线骗了不少下线，总是离被抓的程度差一点点，总是寄托于下一个传销项目。他们这群传销人对明显用电脑拼接的领袖与产品合影照片或印刷品笃信不疑，或许装做信任的样子，又或许他们自己真信。

田戈和他沟通过，说这传销明显是害人的东西，和佛教劝善的本质相互矛盾，为什么父亲大人您还要去传销呢？他说先挣钱再说吧，管不了那么多了。发财梦始终激励着他，成佛梦始终激励着他，孙子、孙女成为音乐家的梦始终激励着他，而他身边也有一批这样充满梦想的人。比如他常提起的邻村老牛，七十九岁了，身体很好，要开一家专门销售法国农庄正宗窖藏红葡萄酒的公司，他问田戈这生意他是否该合伙干。田戈说老牛大爷当了七十九年农民，搞不清红酒的运输、储存、品质、营销，也弄不清资产负债、应收应付，又没有官方背景、流氓大亨的协助，他凭什么做红酒生意？他对田戈说老牛的女儿在法国啊。田戈最后判定这又是一个美丽的梦想，叫父亲千万别当真。

他的身体不错，精神也不错，对未来充满期待。田戈帮他换了烤瓷牙，让他咬肉、啃骨头丝毫不费劲，田戈每月给钱，还承诺带他去佛教名山旅游，这些让他对自己大儿子的不满意渐渐地淡化了。

他总体来说是一个好人、能人、不得志的人、有信仰的人、负责任的人、平凡而普通的人。2015 年除夕的早晨，照惯例全家要吃团圆饭，他在饭前拿着一大摞证书念给儿孙们听，有五好家庭、文明家庭、文化家庭等政府颁发的荣誉证书，田戈知道这辈子自己是得不到那样的证书的，由此他觉得他父亲还真是了不得，只可惜那些证书不能解决吃饭买药的问题。田戈想，这样一个艰难的家庭居然还能过得这样快乐而不给政府添麻烦，实在应该是一个奇迹。在一本华城城郭名人的汇编材料上，田戈看到父亲占了其中好几页，也为他感到高兴，那本材料虽然不是公开发行的，至少因为有文化局长的签名而属于半官方材料。

3. 父母的爱情

我们已经知道，田戈父母的爱情是以自由恋爱的形式开始，以田戈母亲失去自理能力由田戈父亲无微不至地照顾下去为结局的，我们不知道的是这对夫妻的爱情过程居然还有不少精彩的故事。

田戈的父亲是这样对田戈诉说了他们夫妻恋爱的过程。为了叙述简洁，我们将田戈的父亲转为第一人称。

我那时候十八岁，在学校无所事事，也没有课要上，大家都在搞“文化大革命”。有人响应号召发起了去革命大串联的活动，其实我也算是发起人之一，大家一说这事儿，很快就凑了二十多人，背着铺盖卷，大冬天的就出发了。你妈妈当然也参加了那次革命大串联，我那时和她不熟，心里还有些瞧不起这个长着一张圆脸、眼睛不大、身体微胖的女同学。但大家都知道，她是学生会主席，是高一的，比我高一届，以往学习成绩都在年级第一名。

你妈妈背着的铺盖卷看上去总是捆得松松垮垮，但无论走多远的路就是不散落，而且路上休息的时候，往那一坐，铺盖自然就成了靠背，可以很好地休息一会儿。这让我很佩服。我们整整走了十多天，路上吃的都是自己带的玉米面窝头和芥菜腌制的咸菜，水壶里有早上灌的凉水。所有人都累，但大家互相鼓励，互相开玩笑，一起唱歌，我还背着一把破板胡，有时间还要演奏一曲。从中学出发到河北县象牙山，也不大认识路，队伍人又多，男男女女的，所以走不快。其实大家吃得不好，自然就浑身没劲儿，能走到就不错了。一路上，有人提议，男同学要分组照顾女同学，我被分到和你妈妈一组，要照顾她一路。我们不大熟悉，而且我心中有初恋的女同学，但这次那个女同学没有参加大串联，所以我对你妈妈那时确实只是同学之间、队员之间的照顾。其实你妈妈的耐力比我还要好，反而是她有时候照顾我，给我一些好吃的，比如几颗花生，我也不知道她什么时候有的这些好东西。

好不容易到了象牙山，听当地老乡讲了象牙山六壮士的故事，当时确实是听得热血沸腾，一定要上山去看所有老乡们提到的地名，比如仙人渡、龙盘坨什么的。大家休整之后，开始上山，依然是分组照顾。我和你妈妈一起上山，险路自然要相互扶持。听老乡们说，这山摔死了不少人，有些就是我们这些知识青年。山上有积雪，路很滑，我们不能分开，怕出危险。走平路，女生确实不差，但爬山，我当然比你妈妈利索多了，因此我在爬山时对她的照顾自然很管用。为了缓解旅途的疲劳，我们就互相倾诉各自的家庭、理想、朋友、信念，等等。当我把自己八岁就失去父亲，家庭条件艰难的情况告诉她之后，她停下了脚步，从背包里拿出了煮熟的羊杂碎，让我吃。我想不明白她是从哪里弄到的羊杂碎，或许是从老乡家里买的。我吃了羊杂碎补充体力，真的很好吃。你妈妈看着我，认真地对我说，如果我愿意，她可以一辈子照顾我。我很感动，但因为心里还惦记着初恋的女友，所以没有正式答复她明确的表白。当然那时候我更加惦记的是音乐学院附中开学的通知，那张录取通知书，我留了好多年，一直到1988年，咱家下雨把房子一角浇塌了，箱子里的东西都泡了，其中就有那张录取证书。

在象牙山老乡家住了几天，大家就往学校返，回来的路当然也不轻松，而且天气更冷了，回到学校都已经进入腊月了。我和你妈妈心里都有了对方，但由于各种原因，我们的关系没有继续往深处发展。当然这是我的感觉，也许你妈妈并不这样想，或许她对我这个全校文艺名人一直难以忘怀。

转年，我和初恋女同学的恋爱关系遭到她家父母的严重反对，因为年龄越来越大了，也快到谈婚论嫁的时候了。二十岁的时候，初恋女友因为和我恋爱甚至被锁在家里出不来。从感情上讲，我们完全可以相互信任一定能白头偕老，但现实中她父母的反对起到了关键的作用，我不得不考虑放弃这段感情，说到底还是因为自己穷得只剩下骄傲和自卑，什么都没有啊！在我二十一岁的时候，你妈妈来找我，和我说她要嫁人了，是父母给介绍的一个新对象，见过面了，家庭条件还行，相互还不了解，她又说如果我愿意，他可以马上和我结婚。我哥哥，也就是你四伯父劝我说咱家这么穷，你还挑什么，人家乐意嫁给你，你就别犹豫了。就这样我们结婚了，你叔叔用自行车把你妈接过来的。没有房我们就借了你舅爷爷家的一间房子先住着。

田戈听了父母的爱情故事，深深地被感动了，怪不得父母现在这么不离不弃，因为他们的爱情是从革命圣地象牙山形成的。

田戈从小的印象中父母确实有很多时候是心平气和地沟通的，他们之间好像也有说不完的话和共同语言，他们有共同的爱好和共同的背景，但他们往往也因为一些琐事而争吵，父亲甚至对母亲大打出手。田戈父亲骂田戈母亲的话是典型的小村风格，直来直去地骂，而田戈母亲却从来不会骂她的丈夫，因为在她这个高中毕业生嘴里，没有骂街字眼的容身之所。当夜晚来临的时候，静静的夜突然传来田戈父亲的叫骂，随后是田戈母亲挨打时的哭声。孩子们无法分辨也不乐意分辨父母谁对谁错，邻居们跑来，有的拉有的劝，就这样把这个穷困的家弄得乌烟瘴气，这就是田戈小时候对家庭——那个篱笆院圈着两间小土坯房的家的深刻记忆，这个记忆之所以深刻是因为这样的场景几乎每周都要重复。当田戈还是一个少年的时候，他曾经在父母吵架的时候质问父母为什么不离婚？

田戈小时候，记得家里总来一些漂亮的阿姨和英俊的叔叔，他们都是搞文艺的，是村子里的明星。田戈母亲也有良好的音乐素养，能识简谱拉二胡，能唱所有的大家排练的歌曲、戏剧的唱段，只是她的嗓音不够好，只能小声唱，不能上台唱。田戈的记忆中母亲唱得很好听。因此，田戈父亲的各种文艺活动自然就要带上妻子，因为妻子也算是唯一的女琴师。田戈和哥哥妹妹经常看大人们排练和演戏，有古装的《铡美案》，有近代的《杨三姐告状》，也有反映改革开放农民致富故事的戏剧。田戈能记住很多唱段，同时也能感觉到全家在音乐艺术方面高度的统一，只有这时全家才是最祥和的，父母也是有说有笑的，相亲相爱的。

田戈的父亲在小村是一个全能文艺家，所以小村的文艺爱好者自然都喜欢和田戈的父亲来往，理由都是请教和学习。比如老王家的三个女儿便都是田戈父亲的文艺追随者。老王家的大女儿后来当了音乐教师，嫁的也是一个音乐教师。二女儿当了科员，也嫁给了音乐教师，三女儿没赶上知识青年选调招工，但凭借一点文艺才能到小学当了一名音乐代课教师，那时候田戈上小学五年级。小王老师经常到田戈家找田戈的父亲学音乐课本上的歌曲，田戈的父亲从乐谱到歌词一句一句地教，田戈听也听会了，转天上学小王老师再教学生们唱歌。小王老师后来嫁给了一个教物理的老师，但他们经人介绍初次见面认识也是在田戈家。而面对这些女学生们，田戈的父亲总是充满激情的教导者，田戈的母亲也很享受丈夫此时展现出来的男人的魅力，她的大度与宽容让田戈的父亲度过了很多快乐时光。田戈长大后有些好为人师的毛病，或许就是受父母在小时候的那种熏陶。其实田戈的父母在教文艺的时候，别的五花八门的知识也在不断地传授给别人，他们就是这样快快乐乐地、穷困清苦地生活着。直觉告诉小田戈，父亲和王家三女儿的关系不一般，但他们没有传出任何风言风语，田戈更没有看到过任何他不该看到的场景，只是田戈觉得那个姑娘确实讨男人喜爱，应该有些什么才是正常的。

田戈的父母养育了三个孩子，而仅凭田戈父亲的工资是养不活这三个孩子的。田戈的母亲一直承担着所有的家务和利用冬天到附近的军营稻田地里捡残留的稻穗，这种工作等田戈他们三个孩子长大之后也都参与过。

一个稻穗捡起来放在口袋里，再寻找下了一个稻穗，一天的劳动换来能吃几天的稻米。过春节的时候，家里能有稻穗稻粒上千斤，装满各式各样的口袋，这便是下一年全家能活下去的保证。小时候田戈经常吃稻米饭加酱油。田戈的父亲挣钱，田戈的母亲做家务捡粮食，这种情况一直持续到1984年，田戈家也开始有稻田后才渐渐改变。田戈母亲承受了家里农田七成以上的劳动量，这让本来就不美丽的田戈母亲显得更加黝黑和快速苍老。但田戈母亲说话依然喜欢用文辞修饰，她的心依然是文艺女知青，而且时不时地用语言刺激田戈父亲的到处留情。田戈的父亲有时一笑了之，有时则用小村男人骂人的话怒骂自己的妻子。日子就是这样一天一天地过着，孩子们也一天一天地成长，田戈的父亲也丝毫不掩饰对自己三个孩子的爱，尤其对田戈更是充满期待，因为这个孩子似乎更好地继承了自己的音乐才华和她母亲的勤劳品性，以及这孩子的聪明也似乎在小村无人能及。田戈父母的爱情因为田戈兄妹三人而历久弥坚，但在田戈的记忆中，他们之间的争吵乃至大打出手也实在是太多了些。田戈母亲喜欢让六七岁的田戈在客人面前表演两位数乘法心算，客人们惊奇这孩子是怎么算出的结果，客人只能用纸笔来验证算得对不对，小田戈自然肯定自己算得是对的，因为那对他来说不难。

田戈上大学之后，有一次周末回家，赶上父亲出差了。晚上，田戈和母亲躺在大炕上聊天，一直聊到天亮。那一夜，田戈总算明白了这么多年他们为什么总是吵架。原来，自从父母结婚之后，田戈父亲一直对这个长相太普通的妻子不大热爱，好在妻子在音乐、文学、生活、劳动等方面非常好才算弥补了他的一些遗憾。当田戈的哥哥刚出生不到一个月的时候，田戈父亲的初恋女友就来找田戈父亲，诉说当年是怎么被家里锁着出不来，现在总算自由了，希望能够重新开始。这些田戈的父亲没有瞒着自己的妻子，都实话实说了，也说为了孩子绝对不会离婚。从此，田戈的母亲对自己的婚姻始终没有真正的安全感，但穷困的日子让全家相依为命，能活一天算一天，也就没有了那么多婚姻危机感，取而代之的是全家生存的危机感。

田戈清楚地记得小时候自己对着母亲喊饿，母亲说等等窝头就熟了。说完之后，母亲躺在炕上，眼角滑下了一颗一颗的眼泪。当然田戈当时无法理解那眼泪的内涵，但他将这个画面刻在了脑海里。这也就是田戈后来为什么对父母尽可能孝顺的原因之一，他知道自己能活下来对父母来说是多么的艰难。那一锅黄玉米面窝头即使没有任何蔬菜对孩子们来说也是那样的香，因为都饿一天了，田戈自然不知道哪来的玉米面，她还奇怪妈妈为什么躺在大炕上流泪。

那晚，田戈母亲给田戈讲了关于姜二姨的故事，田戈问母亲说的是小时候总来咱家的那个漂亮的姜二姨吗？田戈母亲说是啊！那时候你六岁，你哥八岁，你妹五岁。田戈说我记得那个姜二姨在咱家住，晚上帮我脱裤子，我不乐意，因为裤子里面没有裤衩，一脱就全露出来了，我不好意思，所以我就哭闹，但裤子还是被扒下来了。田戈母亲说是啊，那时候咱家就一间里屋能住人，外屋做饭放粮食，姜二姨是你爸爸的同事，当时客气地叫法称她为二姨。其实她家在 30 里外，我从来不认识她。你爸爸说同事来了，晚上回家也不方便，那就住在家里吧。咱家就一间屋子，你爸住最东边的炕头，她住最西边的炕梢，中间隔着我们四口人。以田戈妈妈的智慧来说，她明白姜二姨和她那越来越有男人魅力的丈夫当真是发生了爱情，可如果她吵闹是没有用的，不如以礼相待，让她看看这个家有多艰难和多温馨。在六岁的田戈眼里姜二姨确实是美女，一直到田戈年过四十的时候田戈也一直很理解父亲和姜二姨的爱情，同时也敬佩和感激父亲能够维护家庭的完整。

田戈母亲的坚强与乐观，让田戈父亲和姜姑娘很无奈和惭愧。为了表示对这个家的尊重，姜姑娘拿出了十元钱给了田戈母亲，然后平静地离开了。从此就成了田戈远房的二姨，直到田戈结婚的时候，姜二姨才又进了这个家门来祝贺婚礼。田戈母亲在那夜之后的早晨接受了姜美女给的十元钱，因为她知道那可以让三个儿女活过未来的一个月。但从此，她的心被情敌种下了一粒种子，日子久了长成了一棵菩提树，此后她的心田又被种了若干棵小杂草，但因为有那棵树在，小杂草也就没那么可怕了。换句话说，就连未婚美女姜二姨都没能把田戈父亲从这个家庭里抢走，那些没文化的村妇们又怎么能够从实质上破坏这个家庭呢，比如聋村妇之流。

2010 年当田戈的母亲躺在病床上已经无法自由活动的时候，经常对田戈说，你爸爸那一屉一屉的追求者都盼着我赶快死，他们好占这个窝！田戈笑着安慰母亲说，那您就好好活着，别让她们得逞。

那个夜晚，田戈的母亲在和儿子彻夜长谈时，说了一句让田戈终生难忘的话，又似乎是对她自己说的："放心吧，我和你爸的感情一直都在，我们不会离婚的。"

田戈的爸爸女人缘很好，男人缘也不错，家里总是有客人，不论是否已经搬进了公寓楼房。在田戈的印象中，父亲爱开玩笑，所以大家都喜欢他，但他至少表面上是个正经人，所以从来没有因为男女关系被人指责，更不会有哪个女人的丈夫会来田戈家里闹，因为田戈父亲和那些女人的丈夫关系一样好。姜二姨结婚后，和田戈父亲变成了老同事的关系，而再没有实质的接触，这也反映出田戈的父亲做事是有分寸的。他对家庭的责任心远远超过了对美好爱情的向往。这样一路坚持下来，却成就了一段最可敬重的爱情，那就是周围人公认他对妻子的照顾无人能及、世间少有。

田戈的母亲躺在床上，只有一只手和眼神比较灵活，田戈的父亲总是当着田戈的面夸母亲是多么有才华、有办法、有特点、有毅力，当田戈看到父亲用手轻抚母亲的脸时，父亲手背上黑色的老年斑显得尤其明显，而父母的爱情又显得格外的高尚。田戈想起来就害怕，如果母亲离开父亲会不会受不了，因为每次田戈母亲病危都是田戈父亲从死神那里救回了妻子的命，八次住医院他都几乎是全程陪着妻子在医院中度过。但田戈也坚信，笃信佛教的父亲有足够的智慧化解一切生离死别，田戈也经常得到父亲智慧的启迪。田戈想这个时而讲佛学和人生智慧的父亲与扮演口若悬河的传销经理的父亲为什么会是一个人。田戈又想，这个对久病卧床半植物人状态的妻子照顾得无微不至的丈夫和那个喜欢热情接待来家里的各种类型不同、美丑不一的妇女的大男人为什么会是一个人。

一个是对丈夫和孩子肯付出全部精力的女人，一个是面对中风二十年的妻子不离不弃不厌不烦的男人。一个外表不美但心灵很美的女人，一个多才多艺有些玩世不恭但最终选择了家庭的男人，他们之间的爱情应该如何评论，作为他们的孩子，田戈实在没有办法评说，田戈只有默默地祝福这对夫妻，自己的父母，一天一天地好好活着，此外便是一如既往地落实自己认知的孝道，简单的描述就是每周多点时间陪伴和每月给钱。

4. 哥哥的命运

田戈的哥哥比田戈大两岁，生于 1971 年，和田戈相比他是一个典型的小村农民。同样的生长环境为什么却造就了两兄弟差异很大的人生，这是田戈多年来一直在思考的问题。虽然是亲兄弟，基因并非完全一致，否则他们的外表不该有这么大的差异。田戈的哥哥与田戈比较，个子要矮几公分，皮肤要黑一些，头发也少一些，身体的素质也差一些。田戈遗传父母的优点多一些，田戈的哥哥遗传父母缺点多一些。田戈的父亲嗜酒、做事容易懈怠，田戈的母亲腿不好，皮肤也黑，这几种典型的特征，田戈的哥哥都很好地遗传了下来。

田戈的哥哥名叫田文，比田戈大两岁，自然也就比田戈早受了两年苦。田文小时候是招人喜欢的，因为是家里的老大，又是虎头虎脑的样子，自然就得到家族的优待，当然这种优待其实都是口头的，没有什么实际的意义，因为那是一个物质匮乏的年代。在一个物质匮乏的年代，也就不要指望精神有多高的境界，因为大家每天一睁开眼想的首先就是吃饭问题。所有的人见了面第一句都是不假思索的“吃了吗”，甚至在公共厕所里大便碰上了熟人，也要先问一句“吃了吗”，然后才可以安心地开始排泄上次吃饭消化后的粗粮残渣。

田文小时候因为缺钙叫过腿疼，而田戈则没有，因为田戈父母在田文身上找到了育儿的经验。从遗传学上分析，田戈的父母在生田戈的时候，年龄要成熟一些，神秘的遗传力量必然也要大一些。据说，科学家的父母大多是约三十岁的时候生了科学家。所以如果按照遗传信息多少的角度来分析，田戈比哥哥要多遗传一些信息，因此也可能更优秀，田戈经常这样胡思乱想。而且田戈身边的优秀的人是家里老大的并不多，这一点似乎印证了田戈的猜测。假如真的是这样，那么中国的计划生育对人口素质岂不有了重大影响？这样想来就有些显得荒谬和可怕。

田文当然是个聪明的孩子，所以小学五年都是好学生，班委、三好学生、中队长都当过，眉清目秀、健康活泼的小田文人见人爱，而田戈则更像一个受气包。田文似乎有长兄的责任感，但这种责任感并不强，他觉得弟弟妹妹要听自己的话，可是自己也没有什么话要让他们听。至于课余的游戏玩耍，自己倒是能给弟弟一些示范，但自己也并不是很优秀。田文在读课外书方面确实是弟弟的启蒙者，甚至他的书也经常被他父亲拿去看，爷仨都喜欢金庸的武侠小说。父母的宽松教育与大量的课外书籍让田文没有动力去学那些枯燥的死记硬背的课程，比如英语和政治。因此，在中学毕业的时候，田文以一分之差没能考上高中。面临辍学的田文终于被父母开始重视他的学业，于是决定换一个学校复读初三。一个学期之后，田文依旧因为迷恋课外书而不乐意花时间研究英语和政治，同时还严重地厌学。1987 年，十六岁的田文彻底结束了上学的生活，开始成为家庭的一个劳动力，他当时是不后悔的，从某种角度来说这也是他自己选择的，只是让他自己选择本身就是他父母犯的一个大错误。多年以后，为人父的田戈认为，嘴上可以让孩子对自己的前途有所选择，但父母一定要记住，如果孩子选择了错误的方向，那么一定要纠正，为了不失信于孩子，在孩子选择之前就应该把各种选择可能导致的结果和父母的意见说清楚，以便让孩子做出正确的选择。无论从任何角度来说，选择放弃上学，都是田文一生中最失败的选择。接下来的一连串错误选择似乎都因为首个错误选择而无法避免。

辍学的田文开始了新的生活，就像小村的绝大多数人一样，要找事做。

田文的父亲给田文找了一份到附近大水库协助养鱼的工作，内容也就是喂鱼捞鱼之类的。这对一个十六岁的少年来说实在是很简单，多余的精力就在水库里戏水。田文长到十六岁，除了两岁前缺钙之外很少生病，身体发育得也很结实，而田戈则动不动就发烧，所以家里人对田文的健康问题从来没有考虑过。但十七岁的田文突发腿疼病。那是 1988 年，家里正在盖新房子的关键时刻，田文因为膝盖肿痛住进了医院。田文的父亲有老同学在这个城郭医院里当医生，于是似乎有很多照顾都给了田文，比如抽膝盖里的积液，比如用各种药，比如各种离谱的诊断。客观地说，那些医生的医术是低能的，但对于一个小村家庭，他们的医术堪比华佗再世。田文进医院的时候，大夫说腿得了关节炎，治疗一个月之后，大夫说这腿可能保不住了，要截肢。在综合权衡之下，田文父母决定让他出院，并为他制造了双拐。幸运的是，田文出院的时候，已经住进了家里新盖的房子。从此田戈与田文住一间房，田戈记得哥哥身体的肌肉一直是发达的，夏天的晚上在他做俯卧撑的时候，后背的肌肉尤其明显，而田戈则一身白白的皮肤，肌肉似有似无的。

田文的腿没有锯掉，而是奇迹般地好了，此后除了阴天有些不舒服之外再也没有过什么大问题。可见当时城郭医院的大夫是胡说八道、危言耸听。以田戈多年的经验，城郭医院其实能治疗的都是简单的病，只是他们不承认自己水平不行，于是就有很多冤死的农民，甚至死者家属也根本不知道自己的亲人死得冤。例如有一个病人急诊症状是眼睛失明，没有外伤，于是眼科医生反复检查说没发现问题，转天病人就死了，大家猜测说也许是脑梗塞，但人已经死了。多年以后，田戈的父亲因为心脏早搏到城郭医院检查，医生说，这是严重问题，必须住院，马上准备住院费用。可田戈的父亲觉得自己应该已经缓解了，不至于住院，犹豫期间，田戈带着父亲到本市权威胸科医院诊治，经主任医生判定，开了一瓶价格不到 20 元的药，病就基本控制住了。由此，田戈更加认定，城郭医院多年以来没有进步，固守着不可靠的医生个人经验再加上多拿奖金工资的刺激，已经变成了一个庸医挣钱的好地方而不是村民治病的好医院。不过到2014年的时候，那医院早就从记忆中的平房改造成了今天 20 层的大高楼。

十八岁的田文在舅舅的帮助下当上了一名保安，也就是在公安局开的保安公司工作，属于新生职业。各大公司为了满足安全要求，从保安公司雇佣保安，将保安费用给保安公司，保安公司再给保安们发工资。田文对这个职业充满热情，因为保安的服装非常好看。田戈就以穿哥哥的保安服为一种特殊的享受，这种享受一直到田戈成为大学生之后还延续了两年。而田文看着逐渐长大的弟弟也自然产生了对弟弟的手足之情，这对兄弟共同语言很少，但也从来没有发生过什么争吵和矛盾。哥哥有一个朋友圈子，弟弟熟悉但插不进去，弟弟没有朋友圈子，所以早早地谈了恋爱，那一年弟弟十七岁，哥哥十九岁。对哥哥来说，弟弟有恋人无疑是对自己的一个刺激，于是哥哥从二十岁开始也开始谈恋爱。

田文有女同学，但都没有一个成为恋爱的对象。田文的母亲放出消息，要给儿子介绍对象。田文身高 168 厘米，体格健壮，五官端正，穿上保安制服也还算是仪表端正，但这样的家庭条件和平凡的外表注定找不到那些村子里最出色的姑娘。比如聋鲜儿的漂亮女儿就绝对不会选择田文当未来的丈夫，其中金钱的影响要占八成。第一个经人介绍的对象是小村里一个叫小叶子的姑娘，这个名字明显来自于当时流行的日本动画片《聪明的一休》。小叶子并非像动画片里的角色那样可爱，只是因为她个子小并留着小叶子那样的刘海儿头而得名。这段恋爱没有实质的进展就结束了。由此，也稍稍地伤害了两家的感情，好在两家本来也没有什么感情基础，都伤害没了，也损失不了多少。

田文的第二个恋爱对象是来自邻村的一个典型的农村妇女，她身体健壮，面貌平凡，皮肤黝黑，鼻子外形像一头大蒜，一看就是一个种田的能手。田戈从心里觉得这个女孩比小叶子靠谱。但因为田文母亲发出去的邀请太多，以至于田戈那个半仙表舅也把他邻居的一个女孩介绍给了田文。田文居然可以二选一，这实在是幸运的，于是他选了半仙表舅的邻居，因为在田文眼里，这个姑娘笑起来更好看。蒜头鼻子姑娘不无伤感地接受了田文的选择，因为她对田文及其家庭已经表示了满意的态度。此后，田文也开始给半仙表舅的邻家女孩写情书，这算是正式开始谈恋爱。

1993年，田文二十二岁，和半仙表舅的邻居女孩结婚了。1994年8月份，他们生下了第一个女儿。田文在妻子怀孕的时候会拉着妻子的手到小村广场去看露天电影，这让田文父母感到欣慰，这小两口感情好，比什么都重要。当田戈的母亲从医院出来之后，中风后遗症让她的嘴还有些歪，她努力地练习独立行走，终于在8月份孙女出生的时候，达到了个人活动完全自理的程度。这个大孙女很快就成了田戈妈妈的生活核心。

已为人父的田文不甘心一辈子做保安，于是开始和父亲学做生意，但父亲的生意除了供销社的常规经营外，别的都以失败告终，这让他也无法学到什么有价值的东西。田文想办法购买了一大堆武侠小说，干起了出租书籍的小生意。但小村人读书的不多，租书的顾客居然主要是六十岁以上的老人，而且他们喜欢那些不正经的武侠小说，喜欢书里面的女淫魔，当老头儿们看完了所有女淫魔传之后，书籍又不可能无限更新，电视节目和香港电影录像带更容易吸引人，所以田文租书的生意越来越差，最后不了了之了。此后田文决定卖些书本文具赚钱，但终于因为难以守得住初期无人问津的寂寞而放弃了。再后来田文去过小村周围陆续建设起来的企业，也因为企业里工资有限，自己只是个操作工没有升迁的希望而辞职。田文喜欢读一些算命的书，他研究的命题是：一个人生下来的时刻及家居、祖坟的布局对这个人的影响是最为关键的。而破解霉运的方法除了家居和祖坟的布局变更之外，还可以通过起一个好名字来转运。在这个命题支持下，他做起了为人起名字的小生意，属于无照经营。

田戈无法得知田文所起的名字给他的客户带来了多少具体的价值，但田戈却受到哥哥的委托，给他2006年出生的二女儿起一个名字。由此看出，他的所有理论自己是不大自信的，但弟弟的学识与弟弟个人财富的增加则是明显就在那里的，因此二女儿的名字还是应该由田戈来起。田戈欣然应命，为小侄女起了一个雅致的名字，这名字让曾是半仙表舅邻家女的嫂子非常满意。

田文始终觉得自己是可以发财的。于是他在经过认真思考之后，在没有经验和没有数据的前提下，办起了小加工厂，生产的产品是提供一种将电线和各种接头焊在一起的服务换来加工费。他的客户是附近的电子工厂，客户老板都是韩国人，那些焊好的东西最终都变成了手机充电器或者电子产品数据线。这样的作坊既没有合法的手续，也没有管理的制度，当然坚持不了多久。田文当了一年多的老板，终于难以坚持下去，最后不得不卖掉所有能卖的生产资料。好在也没有赔掉本钱。田文的收获是有了带领十几个工人干活的经验，不过田戈偏见地认为，他的经验对他今后没有任何意义，因为他觉得那基本上都是错误的经验。其实人生的经验哪里有什么对错，只要有总结，就可以是好经验。

田文关掉了小作坊，又换了一个门脸房重新开始他的给人起名字的生意，只是收入勉强够房租。同时他买了一辆轿车，用于“拉活儿”，就是没有营业执照的出租车。而在 2010 年的一天，他开着他的不合法出租车终于被“钓鱼”了。

这里说的“钓鱼”并非是需要鱼竿和诱饵的那种捕鱼活动，而是指执法人员为抓获违法出租车而假装乘客，将违法人员诱骗到指定地点将其抓获，并提出高额无票据罚款要求的一种行为。按照这个思路，警察可以假扮嫖客抓获妓女，城管可以假扮顾客抓获小贩，警察可以假扮毒贩抓获毒枭，再大就是间谍了。这种“钓鱼”是违法人员防不胜防的，因此便屡试不爽。这个世界只要有利益，就会有人去追逐，而不论其身份是什么。当然也一定有人拒绝不正当的利益，恰如田戈小时候看的黑白电影，汉奸永远是电影里不可缺少的角色，游击队和共产党员也一定是正面主角并最终取得胜利。然而试想那些汉奸在现实生活中一定不相信自己有那样的下场，否则当汉奸的人一定会少之又少的。

被“钓鱼”那天，田文开着汽车在乘客的要求下，来到了华城另一个区，大约开了几十公里的距离，到了地点停车后，乘客没有给钱，车就被围住了，执法的警察立即扣了驾驶证、行车证，假乘客趁田文不备消失了。汽车被别人开走了，田文被带到了交警大队，简单问了问就放了人，说等通知吧。当田戈接到哥哥的电话时，哥哥已经和舅舅沟通了，田戈说哥哥你别急，舅舅会有办法的，要不然他这个官儿不是白当了吗？舅舅不久便打电话来让田戈把哥哥先接回来。田戈驱车前往，由于路不熟，还找路上卖盒饭的买盒饭问路。中午，田戈见到了在交警大队门口有些茫然的哥哥。田文对田戈说，他们把我的车开走了。田戈说不要紧，车被警察开走了就不会有事儿。下午一上班，田戈和哥哥去找警察，此前已经得到舅舅的指示，到交警大队办公室去礼貌地要车。田戈的气度要比田文好很多，一个看上去是个文化人，一个明显就是交警眼里的一条“鱼”。田戈说警察同志，我是田文的弟弟，我舅舅让我来跟您商量这事情怎么办。我舅舅也是您这个系统的，他在公安局，是您这个区的一位副职领导。警察说没听说过这个领导啊，但与此同时态度也变得客气多了。办事警察意识到这次钓鱼可能失败了，但还要做最后的努力，不过田戈的沉着冷静让警察更加明白，这个事情不简单。经过一个下午的反复沟通，田戈的舅舅打电话来说，今天是星期日，事情不好办，你们先回家吧！在田戈开车带着哥哥回家的路上，接到了舅舅电话说你们现在回去取车，事情都办好了。田戈和哥哥顺利地将车取回，但也不得不交了一百元无票据停车费，因为人家说在那个极为偏僻无人的停车场里每小时收费要 16 元。这次事件，舅舅说他调用了全部的关系，才在星期天一天里将这件事情办好，话中带着一些自豪，而田文是从心里感谢舅舅，否则他将花掉至少一年的收入赎回自己的汽车。此后，田文没有再被“钓鱼”，但仍然处在被“钓鱼”的风险中，好在有舅舅。

田文的妻子依靠自己的聪明从 20 世纪末就开始在附近的外资企业打工，之后被提拔为班组长，后来还当了主管、科长，2014 年的时候一个月的工资已达数千元，是这个家庭的稳定经济来源，解决了他们的大女儿上学昂贵的学费问题。如果不是田戈父亲的教导，田文的大女儿就不会学习拉二胡。田文会唱歌的大女儿其实学习成绩也还算不错，考上大学应该是没有问题的，但这孩子偏偏想学二胡。田戈偶然找到关系，让田文的大女儿拜了华城音乐学院附中专业二胡教师为导师，但学费的负担马上大了起来。田文虽然抱怨学费太贵，甚至咬牙切齿地说二胡老师收的学费也太贵了，但他还是支付了所有的费用。田文的家总算维持得不错，孩子的前途似乎很光明，妻子以初中毕业的学历当上了外企的小主管，只是田文自己缺乏恒心和长久的规划，弄得自己一事无成，没有一技之长，健康的身体也开始出现各种各样的小毛病，挣钱发财一直都是美好的愿望，但这愿望本身也越来越渺茫。田文希望自己的弟弟能够当官，自己也能沾光，可是弟弟似乎也不是当官的料，现在能够从经济上减轻自己孝顺父母的负担也就差不多了。

田文的人生似乎是活在了太平洋的小岛上，既饿不死也看不到大陆，他期待有一艘大船来把自己带到新的世界，但他其实也不知道自己是不是真的喜欢新世界，至少在这个岛上，他还有基本的安全感。田戈其实也就是来自另外一个海岛的人，他那个岛物质条件要好一些，但相对来说工作也累很多。他们渴望的大陆也许是不存在的，至少在盼望多年后都只是失望的时候，他们是这样怀疑的。

2014 年的一天，田文和田戈在饭桌上围着爸爸吃饭，田文问田戈，他们会不会把我当传销头目抓起来？田戈心一惊！哥哥太像父亲了，居然成了传销的骨干！田戈没有回答哥哥的问题，因为他对传销充满了厌恶，但对哥哥的行为他又能说什么呢？

5. 妹妹

田戈的妹妹生于 1974 年，长大之后就成了一个典型的小村家庭妇女，也就是每天洗衣服做饭伺候家人，不用出门挣钱的家庭主妇。她之所以是家庭妇女并不是因为她嫁给了有钱人，而是多种原因综合形成的，同时要强调的是她其实嫁给了一个可靠的穷人。

田戈的妹妹叫田凤，田戈母亲在怀上田凤的时候，田戈还没有出哺乳期，也就是说田戈出生 6 个月后，就因为母亲怀孕而没有奶喂养田戈了。在那个没有鸡蛋、奶粉和肉的岁月里，田戈的生长是极其缓慢的，以至于三岁的时候，田戈因为脱水被伯父用双手捧着就去了医院，治疗期间病友给了田戈一块馒头，就把这孩子的病治好了，田戈的病其实就是饿出来的。

田凤的出生加剧了这个家庭的贫困，因此田凤的妈妈在怀上第四个孩子的时候果断决定流产了，而且顺便做了绝育手术，在小腹上留下了深深的疤痕，她痛苦地知道这个家养不起第四个孩子了。这样的家庭注定田凤小时候营养也是不良的，而且因为卫生条件不好，田凤小时候头皮上总是生疮，两个哥哥因为头发短，才没有这个困扰。田凤被剃成了光头，这个小姑娘的头发就这样一次一次地被剃掉。田凤因为最小而且是女孩，所以就最不被重视，但她毕竟也是这个家庭的一员，而且也一样拥有这个家庭相对邻居而言非凡的聪明基因。不然，田凤的女儿怎么会从上小学第一天起就当上了班长，而后无论是学习还是音乐都保持班里永远的第一优势，无人能够超越。

田凤的脾气有善良的一面，也有刻薄的一面，她总是能够一针见血地说出对面的人的错误或短处而让对方尴尬，这显示她很聪明但又不大懂人情。因此，田凤的很多玩伴都和她若即若离的。当初能够一起玩是因为她的善良和热心，而大家都不再需要善良热心而开始追求一种自尊的时候，田凤则无法满足朋友们的需求而失去了她的朋友们。但无论如何，田凤都是一个善良的女人。

田凤十四岁的时候还经常穿两个哥哥剩下的衣服，她从不挑剔，当然也无条件挑剔，而且每次穿一件哥哥们刚刚淘汰的衣服都像穿新衣服一样高兴。绫罗绸缎花花绿绿的衣服与小田凤无缘，取而代之的是男孩子的衣服占据了她的童年，这使得田凤的性格少了一些温柔，多了一些刚毅。十四岁的时候田凤辍学了，和大哥田文一起参加了所谓的工作，她的第一份工作是在供销社一个家具店里站柜台买东西，属于临时工。后来又到果酒厂刷瓶子或把成品酒装入纸箱子中。田凤也在 90 年代家乡附近建起来的韩国大工厂流水线上工作过，但因为受不了主管的欺负而反抗竟然导致双方大打出手。田凤的身高和打架的本领与她刚毅的性格不相称，因此打架往往要吃亏。以她这种不吃亏的性格，怎么能够在工厂里干团队合作的工作呢？当然，田凤干那种刷酒瓶子和包装一种叫作“狗宝解毒丸”的药还是很有成绩的，因为她不怕吃苦。同时在小村生活就很难不沾染小村人那种干什么吃什么的典型特征，无论田凤从事什么工作，家里都会出现她生产线上的产品，比如一瓶葡萄酒或一盒“狗宝解毒丸”，或许这就是小村人不被资本家喜欢的原因之一。相对来说，田凤的大嫂，那个半仙邻家女则几乎从不拿工厂的东西回家，这或许是她能把工作干好的根本原因。当然田戈也做到了不往家拿公司产品的原则，因为田戈记着父亲说：“贪便宜受害，爱小丢人。”田凤没有被当场抓到偷工厂的产品不等于别人不知道，田凤和伙伴们都拿公司的产品也不等于法不责众，拿了就等于没拿。总之，田凤因为脾气性格和小村习惯以及后来的健康问题而失去了职业女性的资格。

田凤的身体与两个哥哥比本来是最好的，她没有腿疼的毛病，也没有动不动就发烧的现象。她在 1988 年，以十四岁的年龄成为了家里盖新房子时的主要劳动力之一，她的劳动量不比田戈少，而大哥田文在医院治腿，盖房子过程的零零碎碎的活多得干也干不完，但最终还是干完了。田凤也是家里农活的主要劳动力之一，这个女孩丝毫也没有得到特殊的照顾。田凤结婚生女之后莫名其妙地得了哮喘病。那是在田凤生了聪明的女儿之后不久，身体外表的尺寸已经异乎寻常，她的身高不过 155 厘米，腰围却达到 100 厘米，体重更是达到 80 公斤，她的大腿越来越像肉鸡的大腿，整个人就像被吹起的气球。少女时期的田凤虽然已经比较胖，但至少腰部是相对纤细的，而少妇时期的田凤无论如何看上去都是太胖而显得不健康，果然，她得了哮喘病。

当田戈的母亲带着田凤找他一起去看哮喘病的时候，田戈有一种凄凉的感觉，这个年轻的妹妹，还不到三十岁，就得了这么一个病，以后可怎么办？好在后来也就是在2010年之后，田凤搬进了父母分到的公寓楼房，环境的改善让她从哮喘中解脱了很多，最后几乎也不碍事了，不过就是准备一些喷剂以备发病的时候喷一喷，但却是已经不是让大家很担心的事了。

母亲似乎最不喜欢的就是这个女儿，因为这个女儿几乎没有优点，长得不漂亮，学习也不好，性格倔强，说话自作聪明，喜欢刺激别人。但田凤的女儿却得到了姥姥的极大喜爱，连名字也是姥姥给起的。因为这个女儿的缘故，使得田凤夫妻和田凤娘家越走越近，到后来母亲失去自理能力的时候，田凤全家搬到娘家照顾母亲显得格外自然。而田凤的女儿也喜欢姥姥家胜过自己本来在邻村的家。当然，田凤父亲对外孙女的喜爱程度也是无与伦比的。那个孩子确实是一个天才，与给她生命的父母相比显得有些不协调，似乎父母的智慧在她身上不是平均而是叠加。

母亲失去自理能力之后，田凤和父亲全力照顾母亲，这件事在田戈心里总是显得格外沉重，所以田戈才会尽力去回报妹妹一家，但田凤却真诚地说照顾母亲是自己应该做的，这种善良确实很好地继承了妈妈的特点。她的孝心已经换来了田戈的认可和感动，使得本来脾气不和的兄妹能够在和谐相处的同时形成了一种牢不可破的亲情。按照小村的习惯，嫁出去的女儿是泼出去的水，而田凤在田家是屋里的空气，一时也不可缺。田戈的母亲说过后悔生一个没用的女儿，但最终照顾她风烛残年的就是这个没用的女儿，而她以为骄傲的儿子田戈却从来没有亲手照顾无自理能力的她，好在儿女们出钱出力分配得很和谐，这也算是对田戈母亲善良一辈子的回报。

哮喘病让田凤从不到二十六岁之后就再也没有参加过任何实质的工作，好在田凤也没有继承她父母把打麻将牌当做终极快乐的生活方式，而是本分地守着简单的家，一天一天地过日子，偶尔展开自己不错的歌喉，哼上一曲流行歌，在城郭，她的生活简单得不能再简单。

田凤嫁的男人是一个外表木讷，内在聪慧的人，黝黑的皮肤和不大的眼睛使他显得憨厚，中等身材慢慢变胖，短短的头发似乎根本不生长，但这个人其实是一个干什么都有办法的人，尤其打麻将牌时各种小聪明显露无遗。田凤的丈夫家人丁不旺，他还不到四十岁，直系长辈都作了古，使得他到了田凤家生活显得自然而没有类似入赘的尴尬感觉。当然，田凤的丈夫是有自己的房子和家的，但他那个家和田凤家相比无文化传统和人气可言，田凤家因为多姿多彩，而将田凤丈夫家的文化与家风几乎湮没，比如，田凤家有孩子姥爷的佛堂、艺术的引领，孩子她大舅的命理知识，孩子她二舅的文化气息引领，孩子她姥姥的卧床不能自理，孩子她舅姥爷的大官儿背景，就连孩子的户口和自留地也都在小村，长期下来，田凤的丈夫已经逐渐成为半个小村人。田凤说起婆家，最多的话题就是她丈夫家的老“奶奶”，这个老太太年轻时死了丈夫，中年的时候死了儿媳妇，老年的时候死了儿子，每次因为一些事情气得昏死过去之后，田凤的丈夫熟练地盘起老太太的双腿，缓几分钟就好了。老太太九十多岁的时候终于死了，村子里的人都说她死得太晚，抢了儿子的寿。

田凤没出过远门，但她向往外面的世界。田凤没有工作，但她渴望有一份有收入的工作。田凤希望致富，所以对女儿学习艺术的前途充满期待。田凤希望丈夫发达，而她丈夫其实只是一个非正式编制的环卫工班长，不过她也没有什么抱怨。田凤就是一个普普通通的家庭妇女，一个几乎失去了所有儿时朋友的家庭妇女，但她以最认真的态度照顾不能自理的母亲、无事瞎忙的父亲、平凡朴实的丈夫和每周回家两天的飞上枝头似乎就要变成凤凰的女儿。

6. 奶奶

田戈记得奶奶唱起《苏武牧羊》曲子的时候，不唱歌词而是唱数字，5-1-25-421，田戈觉得很奇怪，后来才明白那是奶奶把简谱读成数字，把数字按照其代表的简谱音节来演唱。奶奶说这是年轻时候弹琴必须要记住的。小田戈想不明白奶奶弹的是什么琴，也因为从来不问问题而失去了知道真相的机会。奶奶死于1985年，享年七十八岁，守寡二十九年，儿女共七个，她的大儿子根本不是人，而是从娘娘庙请的大泥娃娃。关于“娃娃大哥”的故事，田戈的父亲说得很神奇，例如有一天奶奶将娃娃大哥罩在玻璃罩子里，目的是减少灰尘污染，但当天夜里，玻璃罩子莫名其妙地裂了，大家说娃娃大哥夜里要出来玩儿，那个罩子碍事，从此玻璃罩子再也没有罩在娃娃大哥身上。田戈的三伯父实际上是家里的老二，以此类推。大家都尊称泥娃娃为娃娃大哥，不过这个事情在“文革“之后就成了家族的小秘密。如果社会没有变迁，那个娃娃或许要在田家待上八十年，而且每年都要长大，糊上一层泥，刷上一层粉，画上一身衣服，还要符合他的年龄，大了要画黑胡须，老了要画白胡子，直到娃娃大哥的大弟弟去世才会埋葬娃娃大哥，华城人对娃娃大哥笃信不疑，这个娃娃大哥也是区别田戈奶奶曾经是城里少奶奶身份的重要物证。

至少从1979年到1985年的6年间，田戈对奶奶的印象是深刻的。在田戈的记忆中，奶奶始终坐在床上不能走路，而田戈的哥哥田文说记得奶奶是能走路的，只是后来腿得了关节炎才瘫痪的。田戈奶奶坐在田戈家的土炕上每天的主要活动就是摆弄纸牌，那是一种108张的长条形的类似麻将牌的纸牌。奶奶将其中54张错落有致地叠放成砖墙，这是在和奶奶成九十度角的田戈看来的印象。奶奶将剩余的54张牌一张一张地掀开，她认真地找出码好的牌里有没有和她掀开的牌一样的，如果有一样的，而恰好那张牌在砖墙的最上面，就算救活一张，如果最后所有的牌都被救活了，她就非常高兴，否则就重新把希望寄托在下一把牌。那六年里奶奶无数次摆弄她的纸牌，累了的时候，也会和看上去不大会说话的田戈唠叨几句话。奶奶用城市的方言说，想当年我一出门就喊“胶皮”“中国大戏院”，整天在包厢里听戏，要不就在家里打麻将。大洋钱把咱家的钱柜底都压塌了，猪肉每次都买半扇儿。奶奶有时爱唱：金戒指儿，谁给买的，那是我的情郎哥给我买的，一钱零三分，哎嗨哎嗨呦。田戈听着奶奶说的这些话，似懂非懂，但他由奶奶苍白的皮肤、干脆的言谈、神秘的内容等综合判断，奶奶曾经是个大人物。

奶奶的脚丫是畸形的，那是她多年以前用裹脚布缠出来的。脚丫子的大拇指趾甲弯成了勾，像蜗牛的壳子，好在她不用穿鞋，所以也就用不着修剪。奶奶总是将头发梳得整整齐齐，尽管她灰白的头发因为有头屑而并不干净，但因为整齐而就显得很干净。奶奶人很瘦，腋窝里面能放个大鸭蛋，颧骨高高的，浑身皮肤很白但没有光泽，挠一挠就飞起白色的皮屑，在阳光下显得格外的明显。

奶奶说，田戈你给我挠挠后背，田戈就按照以往的经验，用梳子帮奶奶从上到下的梳后背，而奶奶此时往往穿着一件褪色的红兜肚，那种衣服从后面看就是一根细绳。很多小村人来看奶奶的时候，都叫她大姑，因为她是她爸爸的大女儿。田戈记得奶奶每半个月都要搬家，孙子们用一辆人力推车把他从一个儿子家搬到另一个儿子家，而其实奶奶喜欢住在他身边最大的儿子家，田戈称奶奶的这个儿子为三伯父。可三伯父并不能长期满足奶奶的愿望，还是坚持要奶奶不断地搬家，儿子们孙子们把这种搬家称为轮班儿。在轮班儿的时候，奶奶体会着五个儿子和儿媳妇的孝顺程度，但她很无奈并且无力要求不到那些她不喜欢的儿子家，因为她的双腿不能走路。尽管如此，奶奶的威信在孙子们心中仍然是最高的，因为五个儿子在口头上都说自己是孝顺的。可奶奶总在她搬家的时候说："出了萝卜窖，又进咸菜缸。"以此来显示她的尊严。

奶奶身上多少有些钱，那是儿子们孝敬的，她除了跟着儿子家吃不同的饭之外，还能用自己的钱买些糕点和奶粉补充营养，其中绿豆糕就是奶奶喜欢的食品。田戈曾偶尔得到奶奶的奖赏吃上一块绿豆糕，田戈长大后也一直喜欢吃绿豆糕或许就是因为记忆中那是奶奶最喜欢的食物。在田戈印象中，奶奶的话并不多，每一句似乎都很厉害，她称呼儿媳妇们总是连名带姓一起说，显得她永远都对儿媳妇们不满意，也显示了她作为婆婆的尊严。

田戈的奶奶有三次差点死了，每次都是坐在那里低着头不说话，问什么都不说，大家就赶快把她送到医院，医院抢救几天，家里的儿媳妇们准备了后事所需要的物品，然后奶奶被拉回家，奇迹般地又活过来了。田戈的父亲总是在奶奶半昏迷的时候将奶粉兑好水，一勺一勺慢慢地喂，就这样奶奶死了三次都闯过来了。田戈的父亲说奶奶在四十九岁的时候，生命垂危，他和两个哥哥给老天磕头说愿意将自己的寿命给妈妈十年，这样算来，奶奶应该能活到七十九岁，而实际上奶奶活到七十八岁，或许是老天爷从四十九岁就算为一年，这样奶奶就该活到七十八岁。

奶奶死的时候田戈十二岁，那是一个还不懂得亲人死去意味着什么的年龄，因此虽然田戈经历了葬礼的全过程，但却没有流一滴眼泪。田戈只记得自己陪着磕头的数量不计其数。奶奶的故事是后来断断续续从父亲那里听来的，拼凑在一起大致的情节也算完整了。

田戈的奶奶是小村财主的大女儿，但地主家的大女儿其实活得也并不轻松，最让奶奶刻骨铭心的累活儿是“八大屉”，也就是每年农忙的时候，雇工收庄稼要管饭，每天要蒸八大屉的馒头。一个裹着小脚的少女，全程参与这件事情的过程一定体会到揉面的辛苦，烧火的烟熏火燎，搬笼屉的吃力，馒头出锅时的湿热，以及熬夜的困顿。如果雇工每天要干十六小时，那么奶奶就每天要十十九个小时，那些日子一定是噩梦一样难熬。

奶奶的父亲把女儿嫁给城里的少爷，算是一门好亲戚，按照年代推算，奶奶 1907 年出生，1927 年怎么也出嫁了。从 1927 年到 1937 年，那是奶奶最快乐的时光，她应该过着以胶皮车、大戏院、麻将牌为主的生活。那个年代，这位大姑奶奶每次回娘家的时候都要戴 10 个金戒指儿，顺手送给几个弟媳妇算是小礼物。奶奶的外貌和智慧应该都是出众的，不然田戈他爷爷也不会这么纵容妻子。

当日本人占领这个城市之后，奶奶婆家的生意全部停业了。爷爷仗着有学问会外语，到日本人开的货栈当上了会计。全家从城市中心临时搬到了货栈附近的镇子上。而据说此时爷爷有一个情妇，而奶奶在那个年代也只有睁一只眼闭一只眼了，毕竟她是个小脚女人，要靠丈夫养着。1945年，战争结束了，日本人战败了，给日本人干过活儿的爷爷虽然说不上汉奸，但也有可能被算成汉奸，毕竟他没有直接参与过战争，可货栈理所当然有军事物资。田戈他爷爷顾不上小情人儿，关键时刻，全家跑到了小村，带着全家投奔了奶奶的娘家。战争让地主们的日子也很不好过，奶奶只能住在娘家临时腾出来的牲口棚里，当然牲口棚要稍加改造的，比如加个简易门窗之类的。奶奶的长子也就是“大泥娃娃”的弟弟已经十八岁了，这个在战争中长大的孩子有些叛逆，很快就和小村的舅舅们吵架了。奶奶的长子终于还是不告而别了，很快家里都知道他参加了国民党的军队，之后又倒戈投降当了解放军，再后来又参加抗美援朝战争，这个浑身枪伤的孩子幸运地活了下来，而且给这个家庭换来了军属的荣誉，分到了从地主家里没收过来的青砖房子。这房子虽然比不上田戈爷爷家在城市里的大房子，但足以让这个多口人的家安顿下来，那时候田戈的父亲还没有出生。

奶奶在1949年解放的时候怀着田戈的父亲，带着4个儿子，一个女儿，最大的十二岁，全家要吃饭，这是多么艰难的日子啊。好在娘家的接济以及以往的积蓄让这个家勉强度日。然而她的丈夫根本不能入乡随俗，而且经常发脾气，大骂奶奶及其娘家人忘恩负义，而自己却不愿意接受政府任何工作的安排，就这样艰难地过一天算一天。1958年，田戈的爷爷在穷困、疾病、愤恨中死去了，奶奶的天塌了，幸好儿女们都已经长大了。

奶奶在过不下去的时候就回娘家拿吃的粮食，她毫不客气地拿，哪个兄弟媳妇要是不高兴，她就大喊着把人家的面攘得满地都是，她的霸道一直持续着，没人敢说什么，因为她常对娘家人说，你们以前用嘴把老田家的筷子都吮细了，现在吃你们这一点儿算什么？ 1958年她陪着丈夫住医院治病的时候，十三岁的女儿带着三个弟弟分别住在几个舅舅家里吃饭，每家一个孩子管吃管住。奶奶十三岁的女儿是个爱笑的女孩子，但脾气和奶奶有些相似，只要各家对孩子稍有不好，她就立即把所有三个弟弟都领回家，大喊着不吃你们家的饭让舅舅的媳妇们不知所措，最后总要派代表来哄回孩子们。因为太穷，所以日子总是在争争吵吵中一天一天地熬。

奶奶守寡后虽然穷，但所有知道她过去的人都不敢小瞧她，而且她的威风还在，傲气还在，几个亲弟弟对她还是尊重的。她敢开口骂所有的小村人，但这只能掩饰她内心的痛苦。一直到她的腿动不了的时候，也还要和孙子们说说“胶皮车、金戒指儿、麻将牌、大戏院”的故事。

奶奶的命运似乎和国家的命运直接相关，但由于她生来时不是穷人圈子里的，所以她的一生必定受了不少穷人的气。好在因为她一直是个善人，一直拜菩萨，她在“文化大革命”中没有被整算是奇迹，也有人后来主动承认是故意保护奶奶，理由是新中国成立前都在奶奶的婆家吃过很多白饭。田戈从小填表时就会写上出身贫农的字样。这对奶奶来说却是幸运的，毕竟她的娘家是小村的大户人家，无论什么革命，家里人数多总会有些优势，都穷得活不下去了，谁也不再难为这个有历史问题的寡妇了。

田戈从来没有从奶奶那里听说过爷爷的事情，关于奶奶的丈夫，也就是田戈的爷爷，田戈都是从父亲那里听说的。

7. 爷爷

田戈爷爷死的时候，田戈的父亲才九岁。

田戈父亲回忆爷爷的往事也只是几个镜头。比如因为父亲是左撇子，爷爷不允许他上桌子吃饭。比如父亲夹菜不按照规矩，爷爷就会用筷子狠狠地打他的头。总之，田戈感觉父亲被爷爷打得只剩挨打的记忆，没有丝毫的温暖与慈爱。田戈的爷爷是家族老大，田戈的曾祖父有四个儿子，两个女儿。曾祖父曾经是个资本家，从田戈家庭传下来的文物和口头传递的信息来总结，在国民党北伐战争之前，田家有大染坊、袜子工厂、钟表行、镶牙馆等产业。田戈看着家族传下来的当年德国人制造的狮虎牌染料配方染色标准样线头的时候，可以看到中国华城当年资本主义的发展程度。在日本人占领华城之前，大约从 1911 年到 1937 年，华城是外国人的天堂，如今外国人留下的建筑大多被列为华城的历史风貌保护建筑。华城的百姓很矛盾，因为那些著名的建筑既代表着华城曾经的繁华，也印证着华城当年的耻辱，华城人活得勉强，所有建筑都是临时的，时间久了，就坍塌了，而那些外国人建筑的房子确实结实得很，如果不去破毁，谁也不知道这些建筑什么时候才会倒。或许是因为洋人曾经打算永远住在华城，所以才把房子盖得那样结实。田戈的爷爷是大少爷，高中毕业，聪明能干，是少掌柜，全国有 32 个分号的生意往来都要经过少掌柜的算盘。少掌柜和未来的族长身份使得他从小养成了一种飞扬跋扈的性格，动不动就骂人以显示自己的身份。华城人的特点就是一张嘴说话就不是好人。在文艺作品中，经常用华城的方言来表现角色的庸俗和可笑。如果一个科学家和革命者在文艺作品中被安排说华城方言，那导演一定是疯了，然而华城果真没有英雄吗？当然不是没有英雄，只不过这些英雄一旦著名，就不可以再说华城方言了。

田戈爷爷会说日语，会说英语，会打算盘，会记账，会唱京戏，会写书法，会办很多事情。他四十岁之前过的都是好日子，过着剥削阶级的生活。但四十岁之后，他所有的本领都成了可能要命的原因，如果不是大儿子当兵，最后当了解放军，恐怕他难逃劫难。

当奶奶带着他回娘家避难的时候，他已经被社会的动荡折腾得几乎破产。他的不动产只能任由解放军处理而不敢去争，他的黄金也都被他挥霍了，当然就算没有挥霍，解放初期黄金也没有任何用处。当他的丈母娘可怜女儿，经常送些咸菜、窝头救济时，他在丈母娘走后一定是破口大骂。因为他始终认为他以前对丈母娘家的大方不应该只换来窝头和咸菜。后来，丈母娘送的几根可以盖房子的房檩，也被他气呼呼地当了劈柴烧掉了。更为不应该的是，他拒绝共产党为他安排去小村信用社当会计的工作，还扬言说田大爷不伺候你们。

田戈爷爷确实是一个不识时务而又骄傲的人，所以他抛下妻儿自己先走了，他留下了自己聪明的基因，留下了因治病而产生的债务，留下了田大爷的傲气，凄凉地死去了，而他的尸体永远地埋在了这个被他生前称为

"坑人的村儿，害人的地儿"的地方。田戈爷爷的几个弟弟，因为没有能力当会计经理，所以在日本占领时期，都当了城市里的工人，有的是钳工，有的是木工，新中国成立后成为骄傲的工人阶级而留在城市中生活，不过死后，他们的子女把他们安葬在小村祖坟中。田戈的曾祖父明智地在和儿子跑到小村时，用积蓄购买了一块坟地。田戈的爷爷一共有 11 个孙子和 4 个孙女，最终除了田戈外，所有的孙子孙女都没有回到城市中生活，儿子更是如此，他当年的决策，造就了小村有了田家的故事。

从田戈记事起，他每年都要对着爷爷的坟头磕头，但他始终也无法想象爷爷究竟是怎样一个人，这一切对他来说都是传说。

8. 老三

田戈的父亲有五个哥哥，最大的那个哥哥是个泥娃娃，二哥参军后几十年加在一起也没有回几次家，最后一次回来是 1970 年，因此田戈的父亲是在其他三个哥哥的保护下长大的。田戈还有一个叔叔，也就是爸爸唯一的弟弟。为了方便，我们直接叫他们老三老四老六老八老九，这种看上去有些错乱的排序方法，到了田戈这一代依然又继承了下来。老三老四老六老八老九分别是田戈奶奶的次子、三子、四子、五子、六子。造成这种混乱除了泥娃娃之外还有田戈爷爷的弟弟的长子在这个家族排行老五，而这个老五的亲弟弟排行老六，田戈奶奶的四子也排行老六，田戈小时候就奇怪自己怎么有两个六伯父。这个家族总是没有人站出来给大家好好排个顺序，下一代也是这样，下下一代也是这样。而在计划生育之后，这种困扰忽然没有了，因为男性人丁稀少得没人乐意费心排序。或许当一个家族没落之后，家族的凝聚力也就没有了。男人同辈排序问题居然能够看出家族兴衰，这或许是中国文化的一大特征。这种没落的家族也不乐意费心整理什么族谱，几十年以来，能活着就是最大的成功，对别的都已经不大在乎了。

田戈奶奶的二儿子老三是这个家族在1958年时候的实际长子，他没有什么文化，但可以看书，因为中国象形文字帮了他很大的忙，当然他也确实足够聪明。老三学会了戏班子里打鼓的技艺，但这个手艺没什么大用。老三和他父亲一样爱喝酒，甚至用工业酒精兑水当酒喝。老三最大的优点就是从小就有天生的领导气质，让乡亲们不敢小瞧，在乡亲们眼里，这个孩子毕竟十岁以前在城市里当小少爷，现在到小村算是落难，但人家父母都曾经了不得，所以大家对这个孩子刮目相看。老三无论走到哪里，都可以逐渐成为领导，但老三酒色财气都喜欢，所以无法当小村的高级领导，但小村的历任领导都要给老三面子。

老三在1994年死后，小村的人说起老三时总会提起三件事情概括他的一生。第一是没人说得清老三的酒量有多大，因为他喝酒后似乎永远不醉；第二是没人说得清老三有过多少女人和私生子，因为传说虽然不少但从没有被捉奸；第三没人说得清老三的长孙到底是不是老三的小儿子，因为老三的小情人突然嫁给了老三的儿子，并且结婚后不到9个月就生了孩子。

田戈小时候把去三伯父家当做大事对待，三伯父威严但不失慈爱，说话风趣但又不失族长风范。在家族里说一不二，尤其在瞪着他那不对称的俩眼球时更增添了他嘴里命令式语言的严肃性。后来有人说老三那个只会喊舅舅的傻外孙和另外一个外孙女眼球不对称都是遗传自老三。田戈十岁的时候在三伯父家常见到一个漂亮得如同电影明星的女人，田戈按照长辈要求叫她二姑，但不久这个二姑居然嫁给了大哥，成为了大嫂。大哥是老三的长子，外表愚笨内心精明。田戈亲耳听到过大哥说自己睡在大嫂身边浑身发冷。田戈后来分析那就是没有感情，否则应该是浑身发热。而二姑是老三的小情人这几乎是明眼人都知道的事情。二姑的家人反对女儿做老三的情人，反对女儿嫁给老三的儿子，反对女儿接近老三家的任何人，但二姑为情所困，和家庭断绝了关系，从此再不往来。田戈的大哥骂人的时候一改小村风格，从“你奶奶的”变成“你姥姥的”，以此表达他对丈母娘一家永生的不尊重。当然，丈母娘家在女儿出嫁时没有参加婚礼，出嫁后就断绝了关系。都是一个村子的乡亲，仇恨就这样做下了。

老三五十七岁时在一个寒冬的深夜静悄悄地死了，当时身边只有睡得很香的大孙子。在葬礼上，老三的小舅子对老三的大孙子发威说，给你爷爷再磕一百个头，哭着磕头。大家都觉得这个舅爷难为一个十岁的孩子有些不妥，但他辈分高，谁也不好说什么。正在尴尬时刻，一个平日里不大会敢讲话的远房亲戚突然说话了，那语气颇似老三，远房亲戚说："小鼻子，你要疯啊？你难为他干什么？这个家还轮不到你说话！孩子别理他，别处玩儿去吧！"小鼻子是老三小舅子的绰号，都是当爷爷的人了，谁敢当面叫绰号啊，更何况说话的人是个晚辈，而且是村里出名的懦弱的男人。葬礼上的人都愣住了，好一会儿才有人说，不好，"撞客"了。小鼻子舅爷还真就给镇住了，后来大家问那懦弱男，你怎么敢和舅爷叫板，懦弱男说，我就是觉得该说说他，所以就说了，这样说时他又恢复了懦弱。

小村的灵异事件历来就多得说不清，田戈知道的其中最为离谱的事是关于远房表叔"鬼打墙"的事情。那是大年初五，表婶一大早来田戈家找田戈父亲说，不好了，你看看去吧，你表哥昨晚"鬼打墙"了。田戈父亲一听赶紧问，怎么回事？表婶说，你表哥昨天去邻村拜年，一夜没回来，天亮了，我才听见敲门声，出来一看，他浑身是土啊！脸上也被划破了很多小道子，表婶说问他怎么回事，他就说昨晚围着一个坟头推着自行车走了一宿。表婶又说帮他脱了脏裤子，发现裤裆里全是干树叶。田戈父亲赶紧去了表哥家。田戈当晚听父亲和母亲小声说，白天去找那座坟头了，还真有，就在路边，围着那个坟头有一圈一圈的自行车车辙，踩得别提多平整了，还真是被"鬼打墙"了。小村人给"鬼打墙"的定义就是夜里倒霉遇到孤坟，不知不觉就会原地走圈，一直到鸡叫之后才能走出那个圈子。田戈是唯物主义者，但他也可以确信，这件事情是真的，因为表叔没有任何制造绯闻的动机，而且这件事情后来知道的人也不多。

在老三葬礼上的"撞客"事件为老三一辈子画上了圆满的句号，大家都说他是一个有气势的人。老三一辈子生了两个儿子两个女儿，都没有继承老三的优点，而那个说不清的孙子，偏偏又在多年以后被人们 99% 地肯定是一个同性恋者。田戈的大哥提起这个对儿媳妇不感兴趣的儿子就发愁，这孩子的同性恋倾向小时候表现为只和女孩子玩儿，长大后则表现为对妻子像对普通朋友，和善和保持安全距离。村里人都说那孩子经常去找那几个不大正常的男人，怀疑似乎同性恋。小村的同性恋罕见，以往最过分的表现也就是因为几个娶不上媳妇的坏小子在一起研究女人问题，个别人自制力不够互相安抚一下而已，这种情况应该类似监狱里的男犯人之间的性活动。但这些人结婚后都表现出对女人 100% 的兴趣。

2014 年的时候，三伯父的大孙子已经三十岁了，但仍然没有生育出下一代的迹象，这成了亲人们的心病。

9. 老四

1940 年，田戈奶奶生了第三个儿子，按规矩应称为老四，当时家里因为亲日，所以不愁钱花，少奶奶的生活仍在继续，但 1945 年就戛然而止了。1952 年，老四因为学习成绩差，被他父亲管教了一次，从此老四像变了一个人，学习成绩永远在第一名，所有的成绩都是满分。老四被保送到城市重点高中读中学，成绩依然是全优，中学毕业后，老四选择被保送到师范学校，因为他知道自己的家庭需要自己工作挣钱。1960 年，老四参加了工作，当上了人民教师，他的语文、数学、音乐三门课教得都好。老四曾经因为表演刘天华的二胡名曲《光明行》而在其母校著名。1963 年到 1966 年，在田戈父亲上中学时，老四每个月都要给这个聪明的弟弟 6 元钱。多年以后田戈父亲提起他的四哥，总是深情地回忆说如果没有那六块钱，自己上不了中学。

老四一生都在为这个家贡献自己的力量，但却没有继承家里的任何财产。老大是个泥娃娃，没有收支，在弟兄们排行老几的问题上，泥娃娃影响了兄弟几人的一辈子。老二参军后给这个家换来了一套地主住房，那房子是大青砖的，很气派，三间屋子之间用厚厚的木材隔断，上面有一层深色的油漆，显得格外高档，但这个房子无可争议地给老三结婚用了，当然田戈奶奶也住在这里。老四一直住学校分配的宿舍，从 1960 年到 1984 年，老四的住房都是大杂院式的职工宿舍，一排大房子隔成一间一间的独立单间，大房子对面盖一排低矮的小房子，算是厨房。八间大房子对面八间小房子组成一个院子，这样的院子一排有三个，一共有两排，住着 48 户非农业家庭，有小村的教师、警察、法官，等等，每家都全部是非农业人口，否则就没有资格住。小村的老村被围堤围在一起属于老村子，这个非农业宿舍区被村民成为“小鬼村”，田戈不知道这个名字意味着什么故事，而在出村大路的左侧又建了一片民居，小村人称那里为“新村”。

老四是个优秀的教师，田戈小时候就喜欢上四伯父的课，因为会充满笑声或者歌声。四伯父讲成语“此地无银三百两”的时候，把那个想藏东西的主人公说得惟妙惟肖，让田戈终生难忘。四伯父的歌声也充满男中音的感觉，“摇啊摇，摇啊摇，摇到长江大铁桥”或者“山里的孩子心爱山，从小就生长在山里面”，这些曲调田戈至今都忘不了。学校那架脚踩式风琴每天被同学们搬到各自的教室上音乐课，四伯父边弹琴边唱歌，田戈至今回忆起四伯父的歌声和琴声还会激动不已。四伯父在音乐方面最大的成就是发现了一个人才，四伯父算是那孩子的启蒙老师，那孩子在小学毕业时考入了华城京剧院学花脸。这在小村是空前绝后的，但后来赶上戏剧不景气，那孩子没有成为知名的艺术家，田戈在一些电视剧里看到过那孩子扮演过一句台词的角色，俗称跑龙套的。这孩子没有成为名角，实在是让四伯父耿耿于怀。

老四虽然生在城市，但从少年起就在农村生活，虽然他和妻子都是人民教师，可他却喜欢种地。他似乎有使不完的力气，从别人手里非正式转包了土地，自己利用业余时间种了多种农作物。老四在做学问方面没有什么突破，因为他没有花更多的时间研究学问，小学的课程对他来说实在就像种庄稼一样，简单得如同消磨时光而已。老四生活比较节俭，从不乱花钱。田戈家有什么困难，如果借钱，父亲这边只能找四伯父借，母亲那边则找舅舅借，因为他们的家庭都是双职工挣工资。四伯父可以救急但不会救穷，这使得他的兄弟们对他的印象并不是很好，而田戈觉得四伯父做人几乎是完美的，他本来就应该那样做，而不是像田戈父亲那样手里有钱就要花掉，而且主要是喝辣辣的酒，浪费珍贵的钱。四伯父似乎没有请过大家喝酒，除了是儿子结婚和孙女诞生，一直到他退休多年后过生日的时候，才开始宴请大家。

老四一生没有当一官半职，而以他的智慧和资格，他应该可以当学校里最大的官。当老四七十岁的时候，田戈才有机会和四伯父聊起当官的话题。四伯父对田戈说，组织是什么？组织就是一团空气，你时刻离不开他，但是你要抓却根本抓不到。有着这种思想的四伯父怎么可能当官呢？田戈这样分析四伯父没有当官的原因。当然，老四从来都不想当官，他拒绝当工会主席，拒绝当教导主任，拒绝当副校长，到退休的时候，他的身份就是一个干净的特级教师。

田戈的堂兄弟们提起四伯父，都觉得四伯父是个好人，但就是太吝啬。他从来不请大家喝酒，从来不主动办任何活动，从来不奢侈生活过一天。大家说他每月和退休的妻子有几千元的退休工资，但每天消费还是那么节俭，衣着还是那样的简单，这样攒钱为什么呢？四伯父攒钱在别人眼里似乎是变态的。田戈的父亲每月只有1500元的退休工资，但几乎每天都吃肉，每晚都喝酒，还经常到外面吃酒席，可这些对四伯父来说是基本没有的。

田戈记得四伯父也是有脾气的，因为上学的时候，田戈确实挨过四伯父的打，那是因为调皮。从四伯父两个儿子的嘴里得知，四伯父的脾气不大好，有时候也会和他们发脾气。四伯父一生的吝啬让大家觉得不可理解，四伯父学生时代的过分优秀没有遗传给两个儿子，也让人觉得不可思议。老四的大儿子高中毕业没有考上大学，到工厂当了工人，老四的二儿子初中毕业就辍学了，之后也进了工厂当工人。田戈无法理解，四伯父为何在儿子的学业上一事无成，因为四伯父的两个儿子智商明明都是很好的，可见四伯父在作为父亲方面也是不大称职的。对孩子缺少耐心的父母教育出学业优秀的儿女的可能性不大。这个不称职的父亲大概也没有从他的父亲那里学到什么好经验。

老四大儿子的女儿在高中毕业后考入了城市医科大学七年制硕士班，可惜在成绩单下来的前三天，老四去世了。他没有浪费医疗资源，从发病到死亡都在一天内完成了，而此前他几乎没有因病住过医院。老四死于脑出血，没有给儿子们带来任何负担，但却把他的妻子丢下了，此前大家一致认为他应该死在妻子的后面。老四享年七十三岁。

老四的一生是清清白白简简单单的，小村人每家都知道田老师是个好人，但全村人没有和老四走得很近的家庭。老四一生不欠人情，不欠人钱，没有错误。但老四在临退休的时候曾经把一个毕业班的成绩教得很差，这令人不可理解。四伯父曾经对田戈说田戈那个班是他一生教过的最优秀的班，那些学生成人之后有出息的最多，现在小村小学里有几位老师都是田戈那个班的同学，那几个人对田老师是极为尊重的。田老师最后的败笔不知道是学生素质差还是田老师教学方法出了问题。老四没有留下一部完整的文学作品，手稿也不知所踪，只留下了很多存款给儿子。老四的吝啬或者叫做节俭则被其长子很好地继承了。老四的学习精神则被其孙女继承了。老三死后，老四其实做了田家16年的大家长，但他却真的没有履行过大家长的任何一项职责，他对待这个大家庭的态度完全等同于他对学校的态度，管好自己的事情，别的似乎与他无关。淡淡的亲情对他来说已经足够，等他死了以后，田戈发现，田家的亲属们连这淡淡的亲情也再没有了，原来这淡淡的亲情就是也就相当于他最浓烈的亲情。

无论别人如何评价四伯父，田戈对四伯父总是心怀感恩的，他记得四伯父在自己上大学的时候给过100元钱资助，那时候每个月的生活费只有50元就够了。100元大约是四伯父一个月的工资，这种资助其实已经是小村最高规格的资助了。田戈在上大学之后始终都得到了四伯父的认可，甚至听到四伯父夸奖他在小学的时候他就是最聪明的学生了。四伯父说田戈从来都不认真听课，但老师的提问从来没有难住过田戈。有了四伯父这样的评价，田戈更觉得四伯父实在太可亲可敬了。

一个辛苦一生，与世无争，节俭生活，没有污点的男人就这样永远地离开了这个世界，逐渐被淡忘了，只剩下一年两次的坟前祭祀。

10. 老六

田戈父亲的六哥比田戈的父亲大两岁，外表看上去是健壮阳刚的。他的职业是铁路搬运工，属于正统的工人阶级，是小村人羡慕的对象。但他一生也没有离开过小村，只是退休前每天要离开小村去城市里上班，这主要是因为他的妻子是小村的农民，生了三个孩子也是农民，这种家庭就只能把家安在小村。

老六从小就被田戈的爷爷宠爱，因为这孩子长相最像他爹。据田戈的父亲说，老六从小就喜欢争夺父母的宠爱，而且不争到多一些绝不罢休，比如弟兄几人分炒蚕豆，每人分到8个，老六是要哭闹的，必须别人都七个，拿出一个都给他才行。可惜的是，田戈的爷爷死得早，老六十一岁就没了爹，再争利益也就失去了靠山。不知道是老六孝心使然，还是心眼儿太多，他总是在争夺利益失败的时候跑到田戈他爷爷的坟上哭，哭着哭着，别人就来劝，他就解下裤腰带要在坟地的榆树杈上拴绳上吊，结局当然是老六赢了。田戈的奶奶说老六是被彻底惯坏了。

田戈的爷爷有一个妹妹，出嫁后一直不生育，在绝望之余，想把哥哥家虎头虎脑的老六过继给自己当儿子，这件事情在田戈爷爷活着的时候是不可能的，因为田戈爷爷爱老六胜过所有的儿子，但田戈爷爷死了，田戈奶奶正愁孩子们怎么养活，十二岁的老六过继给他姑姑也不错。因为十二岁的孩子已经懂事了，所以这种过继实质上根本不可能彻底。老六就随着姑姑到城里生活了，但经常跑回来看看母亲。最后大家也就心照不宣，老六名义上就算姑姑的儿子，继承姑姑的财产和姑父的工作，但同时要给姑姑和姑父养老。老六在二十五岁之前因为姑父没有退休，只好在小村务农，这样田戈的父亲自然就得到他六哥的照顾。田戈父亲二十岁之后就离校务农了，挣生产队的工分，但必须干完生产队每天分配的任务。身体强壮的六哥干活既会投机取巧，又有力气，所以在别人眼里他的活儿又快又好。老六对根本干不动重活的弟弟从不吝惜他的力气，那个时候兄弟之间因为没有父亲而显得格外亲。老六二十五岁的时候，到城里顶替了姑父的工作，转了非农业户口，这算是天大的好事，只可惜这时他已经娶了小村的姑娘秀秀。秀秀其实还算漂亮，但一定要戴着口罩看，那双大眼睛总是含笑的。当摘掉口罩的时候，秀秀的歪嘴怎么也难以纠正。歪嘴秀秀看人于是总有一种不屑的表情，好像她什么都比别人强，而最强的就是她嫁给了老六，嫁给了一个迟早要成为非农业的壮实的男人。当然老六也明显是一个聪明人，这种聪明表现为他面对什么问题都有办法。

“文革”的时候，一天下午老六得知晚上要批斗他三哥，理由都是捕风捉影或无中生有、千篇一律的小事，反正每天总要有人被批斗。老六和田戈父亲商量怎么办，田戈父亲表示听六哥的。当天晚上，批斗会召开了，老六把家里生锈的菜刀别在棉袄外面捆在腰上的麻绳子里，田戈父亲手里拿着一把镰刀，两人在被批斗的三哥两边站着。老六在会场扬言，谁敢打我三哥，我剁死他。老六由于有姑姑供给的好营养和农活的锻炼，以及天生的宽肩膀，衬托着棉衣挡不住的发达的胸大肌，谁都知道老六说到就可能做到。其实本来老三也没有什么证据确凿的问题，于是批斗会在众人的失望中悻悻地散去。田戈小时候不知道这些故事，所以对父亲打了他的六嫂之后，六伯父居然没有表现出任何生气的举动感到不理解。多年以来，尽管田家兄弟似乎并不团结，但他们从来都没有真正打过架，因为他们是患难与共的亲兄弟，在那母亲守寡，全家要被别人欺负的年代里，他们已经做出誓死保卫家庭利益的举动。这样的兄弟怎么可能有真正的矛盾呢？

2014 年的时候，田戈的父亲对田戈说：昨天在公园碰上你六伯父了，他的牙也活儿了，还说腿有些不舒服，我劝他到医院查查，你六伯父说，查什么啊，不就是老了吗！田戈觉得父亲的话里透出了他对哥哥的爱。

田家老二估计早就死了，就是那个浑身伤疤的朝鲜战争幸存的老兵。老三 1994 年死了，老四 2011 年死了，老六是田戈父亲唯一的哥哥了。田戈父亲总说这叫做扒柴火垛，柴一捆一捆地烧了，柴火垛就慢慢地消失了。

老六生了两个儿子和一个女儿，两个儿子的相貌都很有特点，老大长得是个小白脸，高个子，大眼睛，双眼皮，在小村算是仪表堂堂。老二长得有些黑，相貌像某一部 80 年代流行的电视剧里面的土匪二当家的——钻山豹。这哥俩先后因为盗窃罪进了监狱，但几年后又相继放出来了。老大进监狱之前和妻子生了一个男孩，不知道为什么双腿残疾了，又不知道为什么十六岁的时候死掉了。老大媳妇等老大从监狱放出来后继续过日子，残疾儿子死了之后夫妻俩又生了一个身体正常的男孩，只是田戈在接触过一次之后，就断定这个三岁的男孩以后将成为他父亲的翻版。老二结婚后生了一个女儿，然后离婚，然后又再婚。老二的女儿在 2013 年出嫁了，婆家是邻村的首富，出嫁那天婆家租来接亲的车有一辆劳斯莱斯和十辆宾利，11 辆车的排量加在一起达到 66 升，两个村子距离本来只有三公里，但 11 辆汽车却绕了一个 50 公里的圈子之后才到邻村。田戈坐在其中一辆宾利汽车里听司机说这车百公里油耗是 30 升。每辆车都有五米多长，100 多米的车队进了村子，把小胡同全给占了。大家看到老六孙女嫁得这样好，纷纷表示羡慕和祝福。只是大家听说新娘的爸爸，老六的二儿子，这个可以给“钻山豹”当替身的四十多岁的男人已经沾染了毒品，而赌博已经是他现在可以不值一提的恶习了。

原来从小飞扬跋扈的人，会组建出这样一个家庭。每一个人就好像是一个致癌基因，在外来诱发致癌因子和内在免疫力不足的双重影响下，癌细胞就被激活了，之后就是完全不按照人体应有的秩序生长，最终把母体破坏掉之后自己也随之而灭。老六本人算是一个本分人，也算是对社会有所贡献的人，一个自食其力的人，然而他占便宜可以不择手段的思想就像致癌因素激发了儿子们邪恶的基因，于是儿子们变成了大家眼里的“坏人”。当然就像癌细胞本身生命力是旺盛的一样，老六的儿子们过得自我感觉良好。至少人家有田戈永远也体会不到的吸食毒品之后得到的快乐！

田戈在心里盘点小村所有的坏人，发现这些坏人的父亲都不是明显的坏人，最多也就是有些飞扬跋扈、自私自利而已。由此田戈得出一个结论，一个飞扬跋扈、自私自利的父亲一定可以培养出一个很坏的儿子。按照这个道理反推，一个乐于助人的父亲，有可能可以培养出出色的儿子，一个自相矛盾的父亲，只能养育平凡的儿子。仔细想来，老三、老四都是自相矛盾的父亲，因此他们的儿子都很平凡。老三的矛盾在于不断产生的新鲜爱情和家庭现实的矛盾，老四的矛盾在于自己攒钱和帮助穷兄弟们的矛盾。而老六则过于强调个人的利益，也可以叫做飞扬跋扈和极端自私自利。

田戈先生就是在这样的大家族中一天一天地成长着！

第三章　田戈的成长

1. 田戈的学生时代

田戈1979年上小学，年龄是班里最小的，个头也是最小的。除了智力似乎不比别人差，很多方面都不如别人，尤其是在那个以身体对抗为关键的小学时光里，田戈更加自卑，这种自卑一直持续到1987年中学毕业。倘若田戈按照正常的孩子那样晚一年上学，他的人生应该会有所不同。按照小村的惯例，他本不属于他实际上学的所有班级，但田戈是无法选择的。田戈自己感觉受欺负的岁月如此漫长，达到8年之久，这足以对一个孩子的性格产生巨大的影响。1983年，小学五年级的田戈身高133厘米，1984年上初一的田戈身高为145厘米，1987年初中毕业的田戈身高为160厘米，这些数字足以让田戈成为班里最不起眼的小男孩，而偏偏他的心却和别的男生一样长大了。田戈一直想找机会告诉天下的父母们，不要让你的儿子上学比同龄人过早，否则他可能因为矮小受欺负而形成怪癖的性格。

小孩子是不讲道理的，他们讲武力，而田戈偏偏不是受气不还手的性格，所以就报复欺负他的同学，比如打架的时候用牙齿咬或用砖头砸，就这样田戈被大家称为“手黑”。田戈由于体力不济，手就越来越黑。田戈在十五岁之后就再也没和小学同学来往过，他五年小学的全部校园记忆只是打过几次架，别的再也没有值得记住的事情。上了中学稍好一点，但也几乎全是灰色的记忆，那三年虽然没有武力打架，但身材高大的同学取笑田戈一辈子长不高的话让田戈留下了变态的恨，因此他和中学同学毕业后也没有来往。田戈设法切断和小学、中学所有同学的来往，但他知道越是这样做，就越说明自己忘不了那段岁月，爱与恨其实究竟有多大差别呢?

由于身边熟悉的人都是高大的，田戈对所有的游戏也逐渐心生厌倦，弹玻璃球、扇毛片之类的游戏他永远是输家，所以就逐渐沦为了看客。而他的同龄人至少比他低两个年级，所以完全无法长期一起玩，否则田戈就会觉得自己是在哄小孩玩而更加厌倦。

到高中的时候，田戈开始长个子，当身高超过 170 厘米的时候，田戈终于不再被忽视，而且他的聪明也让老师不得不重视他。而如果田戈晚上两年学，他或许从小学开始就是最优秀的学生，那么他的性格特征应该会和现在截然不同，至少不会像今天的田戈，几乎所有的业余时间都是一个人看书、写字、看电视。田戈到了四十岁的时候，几乎已经是一个没有一个朋友的人了。大家眼里的田戈是一个才子、一个怪人、一个不像人的人。但好在田戈似乎很享受这种在别人看来无法忍受的孤独。

田戈从十三岁开始喜欢班里的一个女生，这种喜欢表现为喜欢看她的背影，喜欢听她的笑声，喜欢和她一起学习，帮她看着英语单词确认后反馈有没有背错，而田戈其实一个单词都记不住，他只认识 26 个字母，但这已经足够应付帮她背单词。田戈恨不得永远帮她背单词，偶尔还能听她哼唱一两句流行歌曲。那个女神总喜欢唱一句：这把泥土，这把泥土。同学们都说叫“缺儿”的男生喜欢女神，这让田戈不得不把自己喜欢她的感情隐藏得很深很深。田戈作为全班最不起眼的男生似乎没有资格喜欢漂亮女生，但不漂亮的他连一眼也懒得看。男同学里有些坏小子说田戈和那个个子最小的女生很合适，这种玩笑让田戈一点儿羞涩的感觉都没有，因为他知道那是不攻自破的玩笑。十四岁初中毕业之后，田戈再没有机会和他心中的女神背过单词，甚至没有说过一句话，在小村里碰见的机会也屈指可数。对于田戈来说，这样一份纯洁的爱，终生都没有表达的机会，这不得不说是一份遗憾。田戈有时自己想，如果让自己重新活一回，自己会表达对女神的喜欢吗？田戈得出的答案是不会，永远不会，田戈就是一个不会表达情感的害羞的小男孩。

十五岁的时候，上了高中的田戈开始喜欢一位同班女同学，高中三年里，田戈由好感到喜欢再到恨不得和她终生厮守，但始终也没有向她直接表白过。直到多年以后，田戈再次偶然遇到她的时候，才发现自己错过了什么，而这个错误也几乎无法避免。因为田戈退缩的性格让他自己无法承受失败的恐惧，因此他就用承认失败来拒绝做所有可能失败的事情，比如向心爱的女生表白自己是多么喜欢她。田戈后来从她的言谈中得知，她的丈夫是求爱数十次才成功的，而田戈却是一个一次可能的失败都不敢去尝试的人。田戈有时设想，如果自己向她表白了却遭到了拒绝，那可怎么办？田戈想不出怎么办，就继续想，一直想到再也没有机会表达也就不再想了。

十六岁的时候，田戈的班上来了一个插班生，是上届休学复课到本班的，这是一个头脑聪明的男同学，比田戈大两岁。田戈和插班生考到了同一所大学，这对田戈来说实在是不幸运的事情。田戈十八岁的时候，那个高中他一直喜欢的女生到大学里找过他，但被插班生给挡回去了，这让田戈失去了表白的最后机会。而田戈后来从她的嘴里得知，那个时候插班生正在积极地追求她，而一再被她拒绝。田戈得知这个消息的时候几乎笑出了声，这个插班生还真是够执着，这么没谱的事情都敢做。经过 25 年的经验分析，田戈得出一个结论，认识插班生确实是他的不幸。田戈感觉似乎被他抢走了很多很多，但几乎没有什么所得，田戈庆幸，自己四十一岁终于认清了这个人。最后一件让田戈确定插班生不可再当朋友的事情是田戈试探着找插班生借钱，他没有给田戈说借多少钱数的机会，就告诉田戈自己没有钱。田戈一笑了之，因为田戈本来也没打算真的借钱。田戈下定决心，这辈子尽可能不再和他来往，就算是刻意回避吧。不知道哪个哲人说过，借钱是让身边人离开你的最好办法，田戈稀里糊涂地就记住了这个办法。

十三岁的田戈数学、几何、物理几乎是全年级成绩最好的，但田戈并没有刻意去学习，只是觉得这种课程真的很简单。而语文、英语、政治几乎不可能及格，因为他对各门功课学习方式都一样，就是上课心不在焉，低着头玩弄自己的手指甲。这种习惯让他勉强考上高中，然后又勉强考上大学，最后勉强大学毕业，勉强找到工作。田戈想不出自己怎样才能有机会好好学习，取得好成绩，似乎这一辈子都无法取得好成绩。缺少严格教育的田戈注定不可能学有所成，注定得到不官方的认可，注定只能游离在城郭。

十四岁的田戈考上了高中，此后三年，每天上学都要骑着自行车来回14公里，风霜雨雪雾都无阻。骑自行车真正难过的是冬天刮大风的日子，简陋的防寒衣物与刺骨的寒风作用在田戈身上，刺激着田戈脚下一圈一圈的猛踩自行车，无论到家还是到学校，接下来都是手脚的麻痒难当，日子一久，手脚就生了冻疮，但岁月还是要一天一天地数着过。终于在十六岁那年的初冬，田戈决定要检验一下自己发明的预防冻疮法是否有效。这两年的冻疮让田戈发现生了冻疮的脚和手放在最冷的水里感觉非常舒服，那么趁着手脚没生冻疮就用凉水泡是不是可以预防冻疮呢。那年初冬开始，田戈实施了自己预防冻疮法，一直到天下大雪就将雪花放在白色的搪瓷盆子里泡脚，每天晚上一次，时间以脚感觉到水已经不凉为止。从那年冬天开始，田戈再也不怕脚冷了，当然也就再也没有生过冻疮。或许田戈已经把别人一辈子用不了的凉水泡脚都提前预支了，所以他的脚就成了耐寒动物的脚。十七岁那年冬天，田戈在大学里和大家一样已经摔碎了所有的暖水瓶，每天喝水都拿饭盆到二百米外的开水房打一盆回来，晾凉了再喝。打碎了暖水瓶为什么不买新的？因为谁买了新的都会被公用，谁用暖水瓶打来的水都会被公用，因此时间一长就再没人用暖水瓶了，这种现象司空见惯，谁都没有办法。用一个盆打开水，自然就会挨烫，这只不过是一个时间问题，恰如那句“常在河边站，哪有不湿鞋”一样，田戈终于还是被开水烫了，当时刺痛难当，田戈跑到冷水房用用冷水冲，结果发现冷水有阵痛作用，于是田戈用冷水整整泡了一个小时，当然其间更换了几次已经不凉的水。这个方法让田戈的手没有起泡而且奇迹般一小时康复了。由此田戈得出结论，被开水烫了之后最好的方法就是用凉水泡，而不是民间传说抹酱油，更不是涂烫伤药。田戈就是这样一个与众不同的人，他永远都喜欢尝试自己发明的生活方式。

十六岁上高三那年，田戈帮助班里的一个女生抄写政治课本，其实这是同学们之间发起的一个助人为乐活动，那个女生是上届复读的，但本届学生恰逢政治课本改革的第一届，复读的学生自然没有课本，于是大家一人抄一章，给这个学生凑了一本政治书。田戈喜欢唱歌，那个学生也喜欢唱歌，这样大家就熟悉了。插班生虽然不会唱歌，但却从家里拿来一个录音机，放了一首香港歌星演唱的歌，那首歌的名字叫做《来回之间》，是一首并不流行的流行歌曲，或许是因为青春记忆的特殊性，田戈始终忘不了那首歌，而且总觉得那首歌无论词曲都很好。那盘磁带的包装盒里有印刷好的歌词，我们不妨摘录如下，去体会一下 1989 年初冬季节，田戈和两个女生在教师一起学唱这首歌的情景，一个女生是田戈从高中起一直喜欢的那位，另一位则是因为抄课本熟悉起来的。

《来回之间》

来回之间，望见你的眼，迷离。

来回之间，闻着你的发，伤感。

从过去到现在，你我不停地纠缠。

从现在到未来，你我依然有眷恋。

来回之间，你的风衣飘洒。

来回之间，你的香烟画着圈。
从天上到人间，你我牵手相恋。
从人间到天上，我们相约不见不散。
谁说有情人总要离散？
谁说苦命人有一双泪眼？
那黑暗的街道有你的脚步。
心里总有你的容颜。

当时田戈每次唱起“心里总有你的容颜”时，他其实对爱情也只是朦朦胧胧的。四十岁的时候，田戈才发现，对中学生时代三个喜欢过的女生的记忆，果然是心里总有你的容颜，田戈有时候想，如果和这三个女孩中任何一位终生厮守，自己会不会幸福？生命既然不可能重来，田戈便永远都找不到答案。

为了叙述方便，我们不得不说说几个名字，田戈从初二就喜欢的那个女孩叫小鹃，从高二就喜欢的那个女生叫晓雪，那个接受别人抄政治书给她的女生叫做小兰，插班生叫小白。

1990 年春天，当田戈和晓雪多说几句话的时候，小兰会无缘无故地跑出教室。而晓雪和别的男生神神秘秘的时候，田戈心中很是凄凉。田戈和小兰因为唱歌的共同爱好逐渐发展到共同写作业、做练习题。小兰经常说起自己喜欢班里的那个阿强哥，而阿强哥却喜欢文科班的芳芳同学。总之大家都有喜欢的人，但彼此心心相印的几乎没有，同时因为喜欢得不彻底，所以也就没有拒绝。田戈和小兰就是在这种互相不大喜欢的情况下越走越近，终于有一天因为学习时间没有控制好，导致小兰因为太晚而进不去已经上锁的宿舍楼。田戈骑自行车带着小兰离开了学校，在城市里瞎转，最后找一个长椅坐了下来，稀里糊涂地过了一夜，转天回去上学。学校立即知道了这两个学生的不轨行为，老师找他们谈话，请家长，田戈和小兰都被停课了。田戈的父亲到学校接受了老师的教育，回来后却很高兴，因为老师告诉田戈父亲，你们家田戈是好学生，考大学不成问题。田戈转天复课了，小兰则一周后才复课，因为她是复读生。如果没有小白的协助，田戈和小兰也就到此为止了，他们之间最实质的接触也就是因为那天夜里太冷而握了握彼此的手取暖。在小白的参与下，田戈似乎觉得自己喜欢上了小兰，而多年以后田戈才明白，自己对小兰的感情其实应该算是友谊而非爱情。在小白的鼓励下，田戈和小兰逐渐恢复了交往，缓和了在同一间教室里却谁也不敢看对方的尴尬。田戈、小白和小兰约好一起去参加高考，住在区政府考场附近的招待所里整整三天。考试之后又一起估分，一起去公园咨询填报志愿的事情，这时田戈才知道这座城市原来有十几所大学。

小兰对田戈说，她家有亲戚在华城机械学院，田戈说好啊。小白说他想报考医学院，但成绩不够，只能上医学院专科。田戈说那你本科报什么志愿。小白说就照你的志愿抄吧。就这样，小兰、田戈和小白成了机械学院 90 级的同班同学。上了大学的田戈自然就和小兰成了恋人，但田戈经常感觉不真实，因为他最喜欢的人从来都不是小兰。而小兰也经常提起她的阿强哥，阿强哥考上了华城财经学院。小兰喜欢阿强哥是真实的，田戈喜欢晓雪也是真实的，唯独田戈和小兰在一起确是真实而虚幻的。田戈不知道自己究竟爱不爱小兰。小兰在 1989 年参加高考的前夕，有一个男同学苦苦地追求着她，也是典型的学生恋爱，有想法没有行动的那种，那个男生也复读了，而且在 1990 年高考的时候大家还碰上了，只是这时小兰已经和田戈成了同学们公认的恋人，那个男生一定很苦恼。暑假之后，就传来消息，说那个男生在河里游泳溺水死了。田戈心想如果没有自己和小兰的阴错阳差的恋爱，那个男同学也许不会死，这是不是蝴蝶效应？一想到那个男生雪白的尸体在水上漂着的影像，田戈就觉得自己有错。

田戈和小白大学四年都住在一个宿舍，但如果没有高中一年同学的经历，他们俩几乎不会成为朋友，因为他们俩从骨子里就不是一类人，这是田戈四十一岁的时候才发现的。田戈喜欢音乐，小白对音乐一窍不通。小白喜欢摄影，田戈觉得那是烧钱玩儿，不该是穷人的爱好。田戈在大学里忙着和恋人小兰不停地吵架，奏琴唱歌，而小白则忙着参与同学们之间的各种与音乐无关的活动。渐渐的，小白有了自己的朋友圈子，这个圈子里没有田戈。

2. 田戈的第一份工作

四年的大学生涯很快就过去了，没有门路的田戈和小白与小兰被分配到本市机械局等待二次分配。1994 年 7 月，当三人来到机械局专场招聘会的时候，田戈发现自己几乎没有选择的余地，只有一个企业肯收留他们三个人，小兰因为是女生，所以属于田戈的附属条件得到了企业的接纳。田戈四年所学的机械专业是非常优秀的，他本来应该是一个优秀的机械师，可命运偏偏把他这个最优秀的学生分配到了最小的一个企业里，这不得不让他放弃喜欢的机械专业，算是生活所迫吧。

就这样，小兰、田戈和小白三人从高三到大学毕业再到一起被分配到这个第十机床厂，命运似乎没有办法改写，他们三个人就像近海中的饮料瓶，注定会被冲到沙滩上，再被捡起扔到垃圾废品堆里。就其专业性而言，第十机床长的技术和工艺都是非常简单的，那种机床产品的功能非常简单，从原理上讲相当于医院打针的一个大注射器，只有一种往复运动而已。这么一个工厂，让田戈觉得压抑得很，不到一个月，就弄清楚了全部产品，这辈子难道就跟这个玩意儿打一辈子交道吗？第一个月的工资发下来了，是二百四十四元两角四分，装在一个塑料工资袋里，那个工资袋还要交回去重复用。当田戈把工资给妈妈的时候，妈妈很高兴，说儿子终于挣钱了！

当时田戈被分配在机械加工车间实习，车间开铣床的工人每月能挣七百多块钱，听说技术科的工程师每月能挣八百多，普通的工人能挣四五百，唯独田戈他们这些新大学生挣得最少。工厂的党办主任说厂子里没有分房子的待遇，工作五年之后可能会给五千块钱算是住房补贴吧。田戈穿着父亲的中式蓝褂子，戴着黑边眼镜，表情总是呆呆的，但书生气十足的脸显得有些内涵。1994 年，同时分到第十机床厂的大学生其实有四个，除了田戈他们三个之外，还有一个华城偏远县来的大彪，他毕业于东北机械学院，大家都是机械制造工艺及设备专业本科毕业。这四个人时常在场院里的小篮球场聊天，有说不完的闲话，半天的时间转眼就过去了，到了中午去食堂吃饭，一块钱一碗捞面，从田戈 1994 年 8 月 1 日到这个工厂工作到 1995 年 12 月 1 日离职，那碗捞面没有丝毫的改变，以至于田戈从那时起再也不想吃捞面条。

1995 年 7 月份，工厂又招来了三个本科生，两个人是田戈的校友，一个叫冯勇，一个叫赵刚，还有一个是从西北大学分来的，名叫牛金。另外，又来了一个生完小孩恢复上班的武秀秀。田戈、大彪、牛金、冯勇住一个屋，隔壁是武秀秀。两间屋外是一个小院，院外对面是工厂食堂，中间隔着工厂的主路，院后是池塘，据说是盖车间取土后自然形成的，左右则是工厂的车队和木工房。小白每天回家，小兰也每天回她姐姐家，小白和小兰姐姐家住在工厂附近紧邻城市的大农村。

每天晚上，这个大学生小院充满了欢笑，田戈去大农村买菜，人多好做饭，菜也可以多做。大家把菜钱集中在一起，就可以买一条鱼或者一只鸡。田戈每天拉二胡，有一次两个工人师傅推门进来看了看，一个人说，你看我说对了吧？不是收音机里放的，是人拉的二胡。在田戈的记忆中，只要是快乐的日子就一定很短，田戈还来不及把各种做菜的想法实施完，大家就散伙了。想起这些往事，田戈很心酸但也很激动。

到 1995 年底，这一群人集体辞职了。对于这个年产值 240 万的小工厂来说，这一群大学生实在显得多余，因为他们基本没有用武之地。那几个职工大学毕业的已经三十几岁的技术员足以应付各种大注射器似的机床的所有设计工作。这些全日制本科生实在不该来这个工厂，大家彼此耽搁了时光和感情。这群骄傲的大学生和工人阶级出身的管理干部显得格格不入，没有任何可以调和的可能。厂长是一个留着小胡子的高个子风度翩翩的中年人，当他和这群大学生做离职面谈的时候只说了一句话，你们走了，我每月能省不少工资。从此，田戈对留小胡子的男人更加没有好印象，以前的坏印象来自影视作品中流氓大亨的小胡子。

冯勇 1995 年 8 月从分到工厂之后就根本没有上过班，他总是晚上回到工厂的宿舍，白天去本市的电子一条街上班，他的真正工作是计算机程序员，尽管他在学校里学的专业是金属材料与热处理。后来，冯勇彻底离职全身心投入到计算机程序编写事业中，2014 年的时候，他是伟大首都北京一家计算机程序公司的技术总监，而公司老板的妻子是中国一位著名的歌星，那个歌星在北京还有以其名字命名的饺子馆。

赵刚 1995 年 8 月分到工厂之后上过三天班，就再也没回来过，甚至田戈都不知道他有没有办离职手续，这个赵刚其实是田戈 1990 年上大学时候的同班同学，因为不好好学习就天天向下了，最后留级导致 1995 年才毕业。这个人在田戈的生活中再也没有出现过，但听说他曾经在台湾人开的一家著名的电池工厂里打工。

牛金 1995 年 8 月份分到工厂之后就开始莫名其妙地情绪低落，以至于到 9 月份的时候精神到了似乎不大正常的地步，其实牛金只不过就是想他同校但还在上大二的女友。牛金怀疑女朋友在暑假里被他父亲软禁了，所以他要去女朋友家去解救他的亲爱的，在田戈的耐心劝说之下总算等到了大学开学，确认女友什么事情都没有，牛金的情绪才稳定下来。可牛金也几乎没有到车间上班就独自一人跑到城市中心找了一份兼职卖电池的工作。牛金每卖出一节电池，可以挣三毛钱，除了牛金自己，没有人知道牛金到底挣了多少钱，但牛金确实是几个人当中最先配上传呼机的，那玩意儿可以通过传呼台随时收到别人的呼唤，方式是在那个像火柴盒一样的黑机器液晶屏上显示一组呼叫者的电话号码。牛金最早把自己变成了可以飞上天的风筝，既神气又美丽。

1995 年毕业的三个人和 1994 年毕业的三个人思想差距很大，95 届的学生已经不肯耽误时间了，94 届则观望了一年，92 届的武秀秀则生完孩子又回来了。92届分来的还有一对已经结婚生子的夫妻，男的叫三木，女的叫彩霞。无论92届、94届还是95届的大学生，大家同时在1995年12月份终结了第十机床厂的工作。导火索是因为一向表现优秀的车间技术员三木偷偷地应聘了一家外企并去上了班，三木总请假，时间一长就被发现了，听三木说他的新工作每月能挣一千多块钱。

田戈和小兰在大学毕业到第十机床厂工作之后一直为结婚买房的问题争吵不休，这让大家觉得这对恋人简直就是仇人，完全不一样的价值观让他俩显得格外不和谐。大家一致认为田戈是对的，田戈是优秀的，小兰完全是不讲道理，小兰其实配不上田戈。可田戈心里想，无论如何，两个人总要过一辈子，将来小兰会想明白的。小兰对田戈说，让田戈家拿三万块钱，她家拿五万，八万块钱就可以在城市边上买一个60平方米两居室的住房，然后结婚。田戈对小兰说，自己家里连三千都拿不出来，大学毕业了，父母已经对自己太好了，自己不能再提任何要求了。两个人就这个房子问题一见面就争论不休，每天都不欢而散。大家可能还记得，1994年稻田里插秧的季节，田戈伟大的母亲突发脑出血倒在稻田地里，田戈家所有的钱都给田戈妈妈治病了。小兰知道这个事情，但她还是要求田戈家拿钱买房，这让田戈对小兰那朦朦胧胧的爱变得越来越不朦胧了，最后终于在1996年化成了一团看不见的空气。

3. 外企

听说三木在外企能挣这么多钱，大家都很羡慕，也纷纷开始找工作。田戈和小兰、小白、大彪、武秀秀等来到城市人才市场不断地填表应聘。拿到招工单位的表格都是趴在人才市场喧闹大厅的墙上填的。田戈和武秀秀接到一家电子器件制造公司的面试通知，在面试现场田戈还遇到了一个大学同班同学，她是分配到仪表局的工厂之后想辞职的。应聘时先是笔试考智商测验和机械基本知识，然后通过者再面试英语会话能力。田戈面试的时候坦白地说自己英语几乎听不懂，武秀秀的英语也没有过关，这次面试算是失败了。

后来小兰被一家外企录用了，田戈在11天以后，也就是1995年12月11日，也到这家工厂应聘上班了。大彪去了一个工厂去做铸造管理，小白去一家印刷企业上班了。武秀秀则回她的丈夫家附近的开发区找了一份离家近的工作。牛金继续卖他的电池。彩霞后来应聘到外企，居然和田戈又成了同事。1995年底，这群毕业后的大学生们辞职再就业很快就形成了新的局面，很像一把推倒了重来的麻将牌。

田戈在外企上班非常努力，又因为会拉二胡、会唱歌而得到了喜欢文艺的女上司和男总经理的特别欣赏，综合能力出众让田戈迅速被提拔为小组长。新公司面临快速发展的起步阶段，所有人似乎都对公司未来充满信心，这或许因为是几个来自中国大陆以外的华裔职业经理人给这群来自四面八方的年轻大学生讲的前景太美妙了，大家每天都充满了工作热情。田戈放眼望去，男男女女的大学生和十八九岁贫困山区来的打工妹让这个公司充满了创业的激情。董事长经常坐着卡迪拉克汽车来视察，总经理温文尔雅地接待领导之后，总是对公司的员工们肯定一番。田戈在第十机床厂是骄傲的，而在外企，田戈和小兰因为已经是其中最普通的人而心甘情愿地当上了车间里的操作工人。

外企除了打工妹全是大学生，国家培养这么多年之后，大家成了资本家的操作工人，田戈想起这个问题，似乎就心有不甘，但外企的工资就是高，每个月能挣一千多块钱，省吃俭用能够买一平方米的房子。田戈认准的工作态度是绝对服从领导，积极发挥自己的才能，加上田戈确实在工作方面要比普通人办法多得多，很快田戈就真的适应了这里的快节奏与各种要求。小兰和彩霞作为女操作工，也能符合要求。1996春节刚过，田戈就当上了小组长，而此时牛金的电池生意每况愈下，几乎到了到处蹭饭的地步，好在他的同学在本市的不少，大家对他这个在学校时候的风云人物还算客气，可蹭饭毕竟不是长久之计，于是田戈利用手里的权力把牛金招进了外企，算是自己的下属。

大家在第十机床厂的时候，是无事可做，而到了外企，总算是有事可做了，但那种事情和自己学习的专业知识相比实在太简单了。牛金起初的工作是每天要用三种精度量程的秤分别称出八种规格原材料各五十份，重的每份十几公斤，轻的每份几十克，其中三种是粉状，四种是细小的晶体，最后一种是黏稠的液体，称好之后分别放入不同的包装袋，等下一道工序将其领走，记好所有的账目。这种工作需要的就是一种责任心，如果稍稍有一点智慧的话，那就是要为称量误差导致账目永远都对不上找到合理的理由。而田戈在第一次月度原材料盘点之后就掌握了让帐和物完全一致的所有办法，此外这个工作也就再没有任何高明之处了。而就是这样一份工作，因为 24 小时要持续进行，所以田戈把队伍建成了算自己总数为 10 人的团队，而且因为队员都是年轻的男大学生，所以显得团队力量强大。大学生们几乎不用费脑筋就把该做的工作做好了，田戈把多余的精力用来思考所有车间的产品质量控制问题，而牛金则和团队成员乃至各部门的年轻人打成了一片。牛金到了外企之后自然就和田戈搬到了一起住，那房子是田戈租住的城市里一套单元房中的一间，面积有 9 平方米，厨房和厕所是公用的，三家共用一个面积有 6 平方米但还有六个门的厅，所以那厅就只能是走道。房租每月 180 元，牛金在半年后搬走时，把一把吉他留给了田戈，算是补偿了他该担负的房租，田戈本不打算要，但想到牛金根本学不会弹吉他，就收下了。

外企的管理要严格一些，尽管不能人尽其才，但至少能保证保该做的事情做好，不像第十机床厂，所有的事情都差不多就好，总是在差那么一点点的时候，就结束了。田戈在 1996 年春天的时候因劳累过度、食水不周，得了肺感染病，但他不敢告诉同事，依仗年轻，白天上班吃药，晚上输液治疗，半个月之后就算坚持过来了。那段时间，田戈就怕呼吸新鲜空气，因为冷空气让他的胸一直凉到最深处，田戈庆幸自己生在新社会，否则自己就得肺痨了。病好了之后，体重瘦了十几斤，174 厘米的身高，腰围还剩两尺。1996年初夏，田戈所在部门来了一位新经理，据说是总经理念研究生时候的同学，他的使命是要在企业推行ISO9000国际质量保证标准，田戈这个管称量的小组长跟那种咬文嚼字的工作似乎没有关系。在田戈和新经理之间还隔着一位美女处长，她是公认的全公司最美的女职员，但她的性格则是外柔内刚，她的丈夫是公司企划部的帅哥处长，两个人可以说是相当般配。美女处长对田戈印象不错，她需要田戈这样听话、机灵、善良、忠心的下属。田戈因为和工厂产品需要的专业不对口，所以起初的工作就是干不需要专业的称量原材料工作，而美女处长的下属还有9个专业对口的大学生，年龄和田戈相仿。二十三岁的田戈自己以为大学毕业都两年了，算是成熟男士了，而在二十七岁的美女处长眼里，他其实就是一个大男孩。四十一岁的田戈想起当年二十七岁的美女处长，仍将她当老领导尊敬着，他想不出她四十五岁时是什么样子。四十一岁的田戈看二十七岁的同事，觉得这些人就是小孩，因为他真的是老了。

这个外企的产品是炊饼，是用大机械化方式生产炊饼。田戈刚进外企的时候，工作是生产一线的操作工。在投产初期，公司管理层发现因为原材料称量不准确，造成产品质量不稳定，直说就是炊饼忽咸忽淡不好吃，所以决定将原材料称量工作转给品保部，而为了符合总经理那种“决策的事情立即执行”的精神，最快的办法就是让制造部把称量工作和人一并交给品保部，同时从仓库部门调两个会计24小时管账。田戈本来不是管称量的，但因为管称量的那个员工和组长关系不错，就顺便把这个又脏又累的工作在一个小时内转给了平常只知道傻干活，从来不参加大家集体抽烟活动的田戈。田戈本来就是一个习惯服从安排的人，于是兢兢业业地干起了称量原材料的工作。当浑身粘满原材料粉尘而使得白色操作工作服几乎成黄褐色的田戈出现在美女处长办公桌前反映说必须添加操作器以保证原材料卫生干净时，美女处长说你把需求写下来下午交给我。田戈下午换上了办公室职员制服，洗干净脸和黏黏糊糊的眼镜片，摘掉了帽子，整理了头发，撰写了他入职以来的第一份工作报告。田戈以画机械制图的神圣感和专业精神，用仿宋字体写出了他需要的物品，大致包括大到一张办公桌小到一把勺子，甚至还画了布局图以及预算的价格，报告条理清楚，数字明确，在田戈看来那就是一张机械图装配图，而田戈一直认为自己是城市机械学院 90 级学生里最会画机械图的学生之一。炊饼工程专业的处长看着机器图纸一样的报告感觉很惊讶。

美女处长在领导了那九个叽叽喳喳光说不练的炊饼工程专业毕业生很多天以后，突然发现面前这个清瘦、清秀、清澈的大男生居然是一个小才子，就在那一刹那，田戈注定将被美女处长委以重任。田戈一丝不苟的态度让领导放心，但也让同事心烦，因为田戈在被提拔为称量小组长之后每天都要检查工作要求，核对工作账目，抽查工作纪律，他偏执地认为完成好工作是员工的天职。田戈重新分配了组里的工作，但三名下属对工作的态度参差不齐，其中一个叫佳豪的同事忙着追求一个漂亮女孩，只要一上班，心就飞到了那女孩的岗位上，所以田戈很烦这个家伙。那个女孩是美女处长手下的一个大学生，长了一双笑眯眯的眼睛，嘴唇总是涂抹得鲜红，标准的美人瓜子脸，只是瘦弱得有些过分。佳豪为了讨红嘴唇姑娘的欢心，每天穿着蓝色的呢子大衣，系着一条白色的围脖，昂首挺胸，短腿小步转来划去，尤其是在食堂吃饭的时候更是忙前忙后，那红嘴唇只要坐在餐桌旁，佳豪就迈着短粗腿端饭端汤嬉皮笑脸地忙活。尤其那条肥肥的条绒裤子让佳豪显得腿更短了，但他那种气势似乎总是在自豪自己的呢子大衣比别人的工作服夹克好得多。佳豪终于因为对工作的完全放纵被田戈严厉地批评了，而佳豪面对这个穿不起呢子大衣的、比自己还要年轻几岁的家伙的批评立即产生了抵抗情绪，这使得田戈不得不将这事报告给美女处长，当然田戈聪明地知道，这个报告只说佳豪工作失误及不思悔改，追求红嘴唇姑娘的事情则不能说，因为美女处长的红嘴唇是她所有女下属包括那个小美女的榜样。

佳豪被记大过处分并公告了，愤怒的佳豪辞职了，田戈没有挽留没有安慰，让他带着满腔的仇恨离开了。而此后，当那位红嘴唇美女嫁给田戈多年之后的一个晚上，佳豪打电话给田戈的妻子，聊些不咸不淡的话，什么还没睡呀？早点儿睡吧！上班累不累，心情好不好呀？田戈对妻子说，这家伙对你还没死心啊？妻子说人家就是问问没别的意思。田戈说都晚上十一点了，你还真够好脾气好人缘，居然还接他的电话。田戈的妻子听出了丈夫的不高兴，今后田戈就再也没听到佳豪的任何消息。

1996 年春天，外企的男男女女大学生职员面对简单的工作和太多的同类，春情大发，好像每个人都开始谈恋爱。总经理把气质独特、身材一流的女厂医调到身边当了助理。田戈有一次在公司舞会上和女厂医跳舞，感觉到她腰部的若有若无的赘肉仿佛是没有煮熟的鸡蛋黄那么柔嫩，心里想难怪总经理会如此待她。品保部新来的非中国大陆籍经理到城市最好的大学找来了三个相貌还过得去的才女，同时经常深情地召唤下属中那位长相最清纯的女职员："妮妮！你过来一下，我有个问题要请教。"牛金则像一只大工蜂，不停地在花丛中采蜜，而不管什么花，他都来者不拒，只要下班，一定是一群男男女女同事去找乐子，比如卡拉 OK 或者溜旱冰再或者去蹦迪。小兰则开始和品保部的一个双眼皮小帅哥约会，而不幸的是这个城市太小，他们在公园里瞎溜达被同事发现之后又传到了田戈的耳朵里。小兰作为田戈的女友在外企是公开的常识性信息。

1996 年的夏天，新经理要去游泳，这个三十三岁的未婚男人因为身材稍矮、皮肤稍黑、审美标准稍高以及生物本能的驱使，非常乐于组织或参加 70 后年轻人的活动。他每周去城市最好的大学参加英语角，而他讲话是一种标准的台湾腔，田戈听上去觉得很高雅，把二念成饿，说什么话都让语气显得有些夸张，很像台湾电视剧里的人物，只是外形确实只能得 50 分，而如果单纯看外形，田戈能得 80 分。田戈因为自小在小村长大，凫水是强项，所以就积极响应新经理也许并不鼓励他参加的游泳活动号召。在游泳馆里，新经理抻胳膊拉腿地准备，显得很专业，而田戈则扑通一声跳到游泳池中扑腾起来。那次居然只有三个人参加了活动，另一个是一个女生，她身材纤细，但眼睛和胸部显得不协调的特大，田戈在游泳池里因为彼此都是近视眼，所以和她距离很近，怕她出危险。新经理似乎很享受他的休闲时光，田戈和大眼睛姑娘似乎和新经理合不上拍节，因此这种活动也就空前绝后了。

1996 年的初秋，田戈和小兰恋爱 6 周年了，小兰依然坚持要他先买房子后结婚，理由是不能让别人笑话自己。田戈觉得小兰在房子问题上无论从要求上还是其动机上都是不可理喻的。田戈说我们现在的工作都不错，可以先结婚，慢慢攒钱买房子，估计三年五载肯定够了，而小兰则坚持她的说法，两人的意见不可调和，每次都是不欢而散。小兰和红嘴唇的姑娘逐渐熟悉之后成了那种可以说上几句知心话的朋友，当然那时红嘴唇姑娘和田戈还没有任何来往。红嘴唇姑娘的名字叫小娜，小兰、小娜以及另外七八个姑娘是那年外企花丛中的佼佼者，基本都是未婚，只有一个已婚，但她在交男朋友这件事情上比未婚的更积极，天知道她丈夫是什么货色才让她如此放纵。田戈从原材料仓库搬到了办公楼里，工作也被调整为主抓生产线炊饼产品质量控制，由配合的角色变成了被瞩目的角色。身边的女孩一下子多了起来，而且大家对他很客气，很友好，如果田戈肯像佳豪那样稍献殷勤，他或许可以追到任何一个未婚的女孩，然而田戈却没有任何行动，因为他陷入与小兰价值观分歧的苦恼中不能自拔，同时他本来也是那种在爱情面前胆小的人。

1996 年 9 月份，田戈和小娜因为工作上成了上下级而熟悉起来，又因为加班太多而说话的机会就更多了。小娜在佳豪走后，身边还有主动端饭盛汤的男人，而且小娜还有一个已经结婚登记但没有举办婚礼的法律意义上的丈夫，那个男人总去班车站接送她，这一点田戈因为和小娜在同一个班车站上车，所以相当熟悉。命运就这样让两个不设防的年轻人成了关系最近的同事。田戈的敬业和智慧让小娜佩服，小娜的积极和聪明让田戈欣赏。小娜发现田戈不是那种看上去一本正经没有任何生活情趣的顽固老学究，而田戈也发现，这个整天涂红嘴唇的小娜本质上是一个非常温和善良的姑娘。年轻人在一起时间长了，难免就产生了爱情，但因为彼此都是有婚约的人，所以田戈和小娜除了喜欢在一起工作之外也不能有更进一步进展。至少那时候理智上是这样的。理智和情感的天平在那时曾经有一个平衡的瞬间。

年轻人在一起的话题其实离不开感情问题，更何况小娜和田戈都是自我感觉不幸福的人。从田戈的嘴里，小娜知道田戈和小兰因为房子问题不能结婚，田戈也担心两个人价值观不同将来肯定有吵不完的架，而田戈说自己承诺对小兰终身不离不弃，除非是小兰不爱田戈了。从小娜的嘴里，田戈知道她的未婚夫是她刚毕业分配到工厂里的同事，小娜因为漂亮就被二流子纠缠，这时这个颇具正义感的男子主动保护她上下班，小娜就这样找到了可以保护他的爱人，并且领了结婚证准备办喜酒，但小娜发现这个未婚夫的缺点实在太多了，体型一直都像肥猪也就忍了，而那种好高骛远、异想天开、不务正业、前途渺茫、自我感觉良好的表现则让小娜越来越难以接受，所以小娜才迟迟不确定结婚典礼的日期。田戈和小娜聊起各自的未来都是充满了失意和诗意。但有一天，小娜看田戈实在是情绪低落，便和田戈说，其实你不知道小兰也和你一样难过。田戈问小兰怎么会难过，小娜说你知道小兰那个车间的于扬在追小兰吗？田戈说，我知道，小兰和我说过，但我觉得他们是不可能的，我比于扬要好，我和小兰都 6 年了，于扬喜欢小兰那是他自己的事，小兰不会答应他的。小娜说，你还真是够自信的，你不知道你这种自信让小兰很难受，她害怕你经受不住打击，所以不敢向你提出分手。田戈此刻想起，以前听说小兰和于扬一起在公园被同事碰上的事情，小兰最近半年来每次见到自己都把话题扯到于扬那里，小兰上班时总是细心化妆精心打扮，完全不是和自己一起时不施脂粉的样子。田戈此刻知道自己应该做一个了断了。

当田戈在他那租住的小屋和小兰正式谈婚论嫁的时候，他是下了决心的，他告诉自己，再也不想忍受这种游离状态的感情生活。田戈对小兰说，咱们结婚吧，过俩月就国庆节了，就在十一结婚行吗？小兰似笑非笑地说，你的房子呢？没有房子在哪结婚？田戈说，就在这个租来的小房子里结婚，我们合力攒钱买房，几年就攒够了。小兰说，那可不行，在这结婚，别人会笑话的。田戈说，结婚是我们自己的事，跟别人没有关系。小兰说，跟别人没关系，我哥我姐那也说不过去。田戈感觉到每一句对话都是以前重复过几十遍的，他绝望了，但他还是真诚地对小兰说，如果你同意，我们十一结婚，如果不同意我们就分手吧！小兰说了一句“反正没有房子是不能结婚的”，俩人就不欢而散了。

第二天，田戈用一张 A4 复印纸写了分手信，大意是说以物质为基础的爱情不是真正的爱情，既然没有了爱情就分手吧。然后田戈在上班时间亲手把那张纸交给了小兰。小兰接到信之后没有当场看，而是过了一个小时才来找田戈，她似乎有些害羞地问田戈，6 年的感情就这样结束了吗？田戈说是结束了，如果你现在答应和我结婚，我还会爱你一辈子的。小兰说算了，你就这一张纸就把我打发了！田戈说我也不甘心，但我知道这样做对我们都好，就算我对不起你吧！

对年轻人来说，没有婚姻的爱情枷锁远远比中年人没有爱情的婚姻枷锁更紧固，当然对于中年人来说还有一道紧箍咒让婚姻这件事在艰难中前行，那就是孩子。田戈和小兰结束了，田戈心里很难受，但又很庆幸，他一再对自己说长痛不如短痛，但他分明感觉到失恋真是一种难以名状的痛，毕竟一起走过了 6 年，有过太多的回忆，哪怕是关于争吵的回忆，都因为分手而变得弥足珍贵。

4. 婚姻

田戈需要用时间和新的爱情疗伤，他渴望与小兰终生厮守的婚姻已经彻底不可能了，而他身边漂亮的小娜也是别人法律上的妻子，至于公司里那么多好看的女孩，谁知道哪一个能看得上除了工作什么都没有的田戈呢？当然，也有一个胖女孩对田戈表示了明显的好感，但田戈不喜欢她那中年妇女一样的身材以及毫不避讳的骚情，所以从来都不当真。后来那个女孩跟一个为她离婚的男人远赴千里之外，然后嫁给了他，当然这和田戈没有直接关系。田戈把和小兰分手的事情告诉了小娜，小娜表示同情和支持。本来田戈对小娜的美貌和温和已经充满好感，在这种自我感觉恢复自由身的情况下，田戈大胆地向小娜表示了他对她的好感，小娜笑眯眯地不置可否。田戈开始给小娜写情书，每天一封，篇幅都在一页之内，小娜笑纳了，但仍然不予回应，这对田戈来说是一种鼓励。田戈太了解自己是一个经不得拒绝的人，一旦遭到决绝，田戈就退缩了，绝不是死缠烂打的风格。尽管田戈日后多次在讲课时开玩笑说要想追到漂亮女孩，就一定要死缠烂打不怕拒绝，而其实他自己是绝对不会那样的。

一天，田戈接到小娜的邀请，说小娜的胖子未婚夫要请田戈吃饭，田戈答应了。那天晚上，田戈早到了约会的小饭馆门口，眼睁睁地看着小娜和他的未婚夫牵着手从远处慢慢走来，田戈的心随着他们的走近而越来越凉。小娜的未婚夫一个劲儿地让酒让菜，并对田戈作为上级领导照顾他们家小娜表示感谢。田戈为了显示自己的豪气，一杯一杯地灌自己，直到小娜说今天差不多了。而此时，牛金出现在田戈面前，事后得知是小娜用传呼叫他来照顾田戈的。在酒精的作用下，田戈想起了小兰，快一个月了，田戈发现其实自己一直惦记着小兰，他借着酒劲让牛金陪着去找小兰。当田戈醉醺醺地抓着小兰的胳膊说咱们和好吧！小兰说这个事情要问问于扬。田戈虽然喝得有些醉，但他那一瞬间还是清清楚楚地判断出小兰还好，小兰似乎没有失恋的痛苦，小兰和于扬应该正在热恋。田戈对小兰说，再见了，不用问于扬了，我们已经分手了。对不起，打扰了，牛金说我们回去吧！从此之后，田戈对小兰再没有复合的希望，如果曾经还有些愧疚那全是因为同学和朋友们都说小兰配不上田戈，所以让田戈产生了一辈子不辜负小兰的想法和承诺，但现在田戈自我安慰说是小兰首先背叛了他们的爱情，天知道是谁背叛了谁。田戈终于对这段感情如释重负，但也还有一些困惑，小兰为什么喜欢于扬胜过自己呢？田戈一直认为自己除了没有房子之外处处都比于扬强啊？带着这个问题，田戈最后问了小兰，你到到底喜欢他什么？小兰说，喜欢于扬更在乎自己。田戈此刻也想明白了，是自己一直以来内心的不自觉的优越感让小兰不知不觉中受到了压抑，与其嫁给一个自己爱的人，不如嫁给一个爱自己的人。更何况，于扬总体上和自己似乎更般配。一年以后，田戈已经娶了离了婚的小娜并贷款买了房子，他给小兰打了一个电话，想帮临时下岗的小兰换一个好一些的工作岗位，那时候小兰仍在和于扬恋爱，小兰说是她错了，不该放弃 6 年的感情，田戈说好好生活吧。田戈回家把这件事情告诉小娜的时候，小娜气急败坏地表达了她无法容忍的态度，小娜不允许田戈再和小兰有任何瓜葛，田戈只好任由她发火，这种时刻时间总是漫长的。小兰最终嫁给了于扬，他们 2002 年生了一个女孩，田戈和小娜 2000 年生了一个男孩。田戈在 1996 年 8 月份之后再也没和小兰有过面对面说话的机会，但在田戈心中，和小兰 6 年的恋爱时光他是忘不掉的，伤感在所难免，他估计他和小兰都会是彼此祝福且心照不宣。

那天和小娜及其法律上的丈夫喝酒之后，田戈决定放弃追求婚姻似乎还算幸福的小娜，而小娜转天却又说了一句你就这么容易放弃了吗？田戈意识到小娜并没有拒绝自己，而且昨天晚上已经确认小兰是幸福的，自己应该大胆追求新的爱情，而小娜是理想的伴侣，小娜是绝对可以为了爱情放弃物质条件的女人，而田戈一直坚定而固执地认为，掺杂了物质条件的爱情就不能算爱情。田戈受到各种各样的影响后形成了自己的爱情价值观，那就是爱情无法用金钱来计量，这根本就是两个无关的话题，就好像外国语这门课程和物理学完全不应该强加给一个人用来评价他能否继续有资格接受更好的教育。田戈的爱情观和田戈的教育观一样不被大多数人认可，甚至可以说从没遇到知音。但小娜确实告诉田戈，自己可以和田戈在租来的房子里结婚，哪怕一生如此都可以。小娜最可爱的地方就是从来没有要求田戈必须拥有多少物质财富，她永远满足于有饭吃、有衣服穿、有地方睡觉就可以。

小娜后来告诉田戈，其实她最担心的事情是田戈嫌弃她有过一次法律上的婚姻。而田戈觉得自己和小兰其实算是精神上的婚姻，所以没有理由也没有可能嫌弃小娜。反而是两个人的同病相怜更容易终生相亲相爱。1996 年的冬天，小娜经过艰难的努力，终于让他的胖丈夫放弃了婚姻，领了一本绿色封皮的离婚证书。田戈和小娜之间没有任何障碍了，他们决定相爱一生白头到老。他们正式宣布要在租来的 9 平方米的小房子里结婚，这个决定让两个人的父母感到欣慰。两个家庭本来对他们孩子原来的选择都是不满意的，而这种突然的变化，让两个家庭发现这两个孩子还是很般配的。1997 年春节，田戈的父亲正式拜访了未来的亲家，算是把孩子们的婚约定了。当田戈向丈母娘提出希望当年五一能结婚的时候，丈母娘说太早了来不及呀，但随后立即就开始帮着出主意说刷房子买家具的事情，田戈由此判断，小娜的妈妈其实也盼着女儿出嫁，也许丈母娘担心夜长梦多。

5. 进步

田戈在工作中也逐渐得到了新经理的认可，这个转变发生在一次培训活动中。新经理从台湾大学机械系本科毕业后又攻读了工商管理硕士学位，田戈和新经理在机械专业上算是有一点共同语言，还交流了关于抄机械图的经验。新经理的机械知识学得不大好，但各种考试成绩很好，田戈则机械学得很好，英语却一塌糊涂。新经理把台湾品质管理教材编成了讲义，在部门内培训，结果所有课堂提问只有田戈能回答，甚至田戈在新经理讲高等数学的知识卡壳时，都能巧妙地提醒了新经理。新经理发现其实田戈是部门里最优秀的职员，这个人远远比那几个重点大学招来的漂亮女孩子要强得多。因此，新经理不断给田戈各种管理的书籍，田戈则如饥似渴地学完了那些管理书，并且学以致用，很有成效。就这样田戈逐渐成了新经理心目中的好员工，可惜经理只在公司工作了一年就离职了。2000 年，新经理跳槽到了一家很大的台资企业，主管企业品质标准，想起了田戈这个优秀的年轻人，就打电话沟通希望田戈能够考虑换个工作环境。田戈此时恰逢工作的低潮期，就决定去看看。那一次见面给田戈留下了很深的印象。

田戈是趁着十一假期乘火车到了千里之外，早就听新经理说这边的发展速度比田戈所在的华城要快得多，这次亲眼所见，果然是一派生机勃勃的景象。田戈直接找到了新经理所在的公司，新经理也安排田戈到人力资源部填了表，还答了一份卷子，其中还有一份英文卷子，田戈马马虎虎地答了。然后新经理带田戈看了工厂和办公室，田戈发现新经理的办公室已经实现无纸办公了，一切文件都通过笔记本电脑在网上处理。田戈感叹人家确实发展得快。新经理给田戈推荐的岗位是他下属的科长职位，年薪 10 万元，并建议田戈要和小娜一起过来，避免两地分居。小娜因给新经理做过几个月的助理，所以大家都很熟。

田戈完成了与新经理所谓的面试之后，新经理说还要走审批手续，现在还不能最后决定田戈能否被录用，当然应该没有问题。新经理邀请田戈到他家吃晚饭，田戈也没太客气，就自己按照新经理说的路线先去了新经理的家。

新经理比田戈大十岁，当田戈结婚的时候，他还像一个大男孩四处寻找恋爱的对象。这个浪漫的诗情画意、才华横溢的人偏偏长着土著居民的外形，所以那些外貌漂亮，头脑简单的女孩就难以接受新经理的爱情。妮妮就是这样的女孩。妮妮是新经理刚来时的助理，皮肤白净，五官漂亮，性格温和，身材适中，个子和新经理比较而言是高了些。当新经理满怀深情地呼唤“妮妮”的时候，田戈都觉得有些肉麻，直到听习惯了之后，新经理却不再呼唤妮妮了，而且也更换了助理人选，新的助理是小娜。原来妮妮姑娘爱上了公司生产部门的维修工程师，那是一个外表斯文秀气，实际上处处要彰显自己比别人强的小伙子，田戈在公司的班车上观察他打扑克的痞子样就从心里讨厌。妮妮一定是被动地接受了他的爱，不过妮妮一定也很喜欢这种被动。小娜成为新经理助理的时候，田戈已经和小娜公开地恋爱了。

新经理和田戈他们这群年轻人搞联欢活动的时候，说过自己的恋爱故事。新经理1996年才来大陆工作，他说曾经在台湾有一个女朋友，那个女友很漂亮，但去美国发展了。为了保持恋爱的关系，在女友过生日之前，新经理偷偷地飞到纽约，在女友所住的公寓门前打电话问女友爱不爱想不想他之类的话，当女友表示很想他的时候，他让女友开门。我们无法猜想女友见到新经理的时候是什么感觉，但至少田戈他们当时觉得新经理的故事真是离自己的生活太遥远了，这种浪漫恐怕是自己一辈子都支付不起的。不过新经理和前女友确实没有成就婚姻，因为田戈在2000年十一那天赶到他家里的时候，见到的是新经理的妻子，是一个苏州姑娘。

据说新经理的妻子是新经理在离开田戈他们所在的集团之后，在一个美国投资公司认识的，那个女孩子有浪漫的情怀，至少语言声调充满了浪漫的感觉，比如她称呼新经理的名字一定用英文，文森嗯，你来帮我把这瓶红酒打开好不好的啦！那红酒是田戈买的，因为正好是中秋节，田戈觉得总要买些礼物才好进人家。文森嗯经理其实不叫文森嗯，而是叫一个典型的中文名字——仁杰，但不知什么时候他给自己起了洋名字，用中文音译可以写成文森嗯。新经理家没有开启红酒的工具，于是用毛巾垫着瓶底在墙上磕，数百下才算将瓶子的软木塞顶到足以用手拔出来的程度。那几百下的磕撞让田戈觉得有些自责，田戈反思自己为什么要买这瓶红酒，不过田戈又想，你一个学机械的经理家里怎么能没有开瓶子的工具呢？如果是田戈，方法一定是用筷子将木塞捅进去或者用螺丝钉钻进软木塞，然后用钳子拽钉子把软木塞带出来，当然田戈家里有好几个起红酒的工具，但很少用。由此田戈想到，新经理和自己一样其实都不喜欢用红酒制造浪漫。所不同的是新经理说话总是带着浓重的台湾腔和表达情感的用词，比如他对田戈说，这里的工业发展速度非常非常快，一年就造出一个两万人的镇，24小时都在变化，你以后一定一定会很喜欢这里的！

新经理的新家布置得很特别，至少田戈一辈子都想不到那种装修风格，比如把阳台地面做好防水，然后用来当养鱼池，再比如将一个屋子的地板升起半米布置成完整的一张床，床面上铺着木地板，在上面摆着一大兜子高尔夫球杆，此外别无他物，那张床好像叫榻榻米。田戈夸新经理四室两厅的房子真好，新经理则进一步说这房子是新加坡设计的，才五十多万，自己正要再买一套给父母，父母也很满意这房子。新经理的妻子长着一张典型的江南女子的脸，但脸色发黄，明显未施脂粉，所以看不出姿色，而从她晚餐给大家蒸的鱼来看，厨艺肯定也一般般，这个女人和新经理也算般配了，田戈吃晚饭的时候得出这样的结论。那一夜，住在新经理家的客房实在不舒服，因为田戈是一个心思很重的人，陌生的环境，工作的不确定，离家千里之外，他的心自然是不平静的，因此迷迷糊糊地睡到天亮，趁新经理夫妻没有醒，田戈写了一张条子放在显眼处就悄悄告辞了。自此之后，田戈再没见过新经理，因为他最终并没有离开他的家乡到千里之外打工，其中一个关键理由是田戈和小娜的孩子在那时刚出生 6 个月。

2000 年十一放假后一上班，田戈接到新经理的电话说他可以到新公司报到了，田戈脱下夹克式的工作服换上做新郎那天穿的蓝西装，走向总经理办公室。所有辞职的人都是上班时间穿着西装去辞职的，因此田戈的打扮立即让总经理看出了来意。总经理是去年接上一任总经理的，此前是公司的财务部经理，也算认识田戈，然而田戈心中一直觉得那位提拔自己当部长的上一任总经理才是了解自己的，而这位比自己大十岁的新总经理，田戈面对他时总是有遥远的距离感。

1997 年 5 月，田戈和小娜结婚了，不久后被提拔为科长。

1997 年 7 月，公司的总经理带着他的厂医出身的美丽端庄的助理调离了，公司行政管理部的经理接任了总经理的职位。

1997 年 8 月，新经理调离了公司，到集团设在武汉的分公司工作了。新经理和原总经理的同学关系不知道是不是他离职的原因，而公开的原因是新经理说自己不想做品保工作而想做营销工作。田戈发现一个人刚参加工作后的前三年职业的选择是很关键的。自己的哥哥，三年换了三个工作，所以一辈子都在换工作。自己的父亲也是这样。而自己呢？工作的第三年基本上就是确定做品质管理工作了，所以这辈子似乎真的和品质管理分不开了。新经理也是这样，似乎他的职业经理人身份要细化为职业品保经理才更恰当，因为至少在田戈去见他的时候，也就是他三十八岁的时候，他都是被各种类型的公司任命为品保经理。城郭的人从小长在城郭，所以终生都是城郭人，无论他将来住在哪里。这是为什么呢？田戈认为是经验造就一个人，也就是你越有这方面的经验，那么别人就会让你做这方面的事情，于是你就跳不出去了。而城郭人内心给自己不断的暗示，自己是城郭人，一天一天的，他自己就永远的给自己打上了城郭人的烙印。

1997 年 9 月，田戈的美女领导当上了部长，对她来说算是一种释放，因为在新经理来之前她就是部长，而新经理对这个已婚美女很是严格，因此二人矛盾是骨子里的。美女领导是中国早期敢到外企工作的人，田戈从心里佩服她，更何况美女领导还有动人的歌喉，优美的舞姿，干练的作风，鲜红的嘴唇。田戈唯一不喜欢的是这位美女领导生气时偶尔蹦出的她家乡骂人的话。美女领导穿上高跟鞋比新经理高半个头，而且部里面绝大多数都是她的嫡系人马，除了新经理从重点大学招来的那几个除外。新经理离职后，那几个他招来的并不很美的人也随之而去，逐渐失去了消息。其中有一个似乎做了一个澳大利亚职业经理人的情妇，而且最终实现了去澳洲留学不用花自己钱付学费的人生目标。

1998 年 8 月，田戈听说，新经理到美国投资的一家公司工作了。听说那个公司的总经理又是新经理的同学，但这个同学也是哈佛大学的毕业生。新经理是台湾土著民出身，父亲是公务员，家里属于工薪阶层，而那个哈佛毕业的同学则出身名门，小时候家里就有游泳池。新经理那一套下水前的标准准备动作，就是在同学家的游泳池练习出来的。这些事情，都是新经理有一次来华城请了田戈他们几个共进晚餐时说的。那次吃饭是在一个叫什么靓汤的地方，喝了一种叫什么老酒，田戈当时就没记住这些细节，但他永远都忘不了那天他给新经理演奏了一曲《江河水》。说也凑巧，那间靓汤饭馆里居然有两个姑娘拉二胡给顾客以情调，田戈就点了一段《江河水》，姑娘们说不会，田戈说我会，于是就上台了。如果那时田戈四十岁，一定不会演奏悲伤的《江河水》，但年轻的田戈就是悲情的田戈，仿佛城郭给他赋予了悲伤的气质，让他在模模糊糊的人海中显得格外丧气，但偶尔田戈也会哈哈大笑或者微笑，田戈是微笑着拉完悲伤的《江河水》的，因为他发现自己比在靓汤店卖艺的小姑娘二胡水平高一点点。

1999 年 9 月，田戈的美女部长领导终于拒绝第三次打胎，决定生孩子。这个决定应该让他那在公司企划部和她同等级别，同样在尴尬处境中的丈夫高兴。美女部长的丈夫之所以尴尬是因为他也由部长的身份在 1996 年迎来了一位台湾籍的新部长。这个部长和田戈他们的新部长年龄接近，长得白白净净，戴一副黑框眼镜，留着刚刚过耳的刘海头，上身穿加大号工作服，下身穿黑裙子，脚上是一双盖住半条小腿的黑靴子，如果她偶尔脱下上身的工作服，大家会发现里面贴身的是夏季轻薄面料的工作服，领口的飘带规规矩矩地系着，外面套一个黑马夹，企划部新来的女部长从第一次出现到她 2013 年离职，17 年间在工作场合从来没有换过衣服，当然也许是人家有若干件同样的衣服换来换去的，但至少在视觉上大家看到的她就像美国快餐店门口那种塑料人。田戈的美女部长每天必然换衣服，哪怕是牛仔裤也有不同的色调和款式，或许因为美女部长 168 厘米的身高 50 公斤的体重让她有打扮的资本。而企划部新女部长的身材则完全被她那肥大的工作服和裙子给盖住了，不过大家估计她 165 公分的身高每天都要比美女处长多付出在腰间扎着“两袋面粉”的辛苦，然而就是这样一个人，工作业绩和敬业精神成为全公司多年公认的楷模。田戈经常想，这个胖经理的职业精神是否与她的胖有关系呢？后来，田戈在电视上看到有一位胖歌手因为歌唱得实在太好听而让人看着她的身体觉得似乎并不很难看，企划部女部长就是这样让人觉得习惯之后就不难看了。和那位歌星不同，女部长永远都穿裙子，于是田戈判断，女部长比女歌星要胖得多，世上应该没有那样形状的裤子，而她忙于工作哪有时间去定做裤子。

1999 年 9 月，田戈的妻子小娜怀孕了，预产期和美女领导居然同月。

美女部长和小娜的化妆手法很像，现在又都成了孕妇，所以经常交流心得。怀孕后的美女部长脾气日趋温和，家乡的骂人话也听不到了，但上级的调令也在她腹部太过明显隆起的时候下来了，她被调到研发部门，部长工作由二十六岁的田戈接任。而与此同时，那位行政管理部经理出身的总经理也因为业绩实在太好被调到集团担任副总经理，田戈将面临这位公司财务经理出身的新总经理的考验。

田戈二十六岁以前的职业生涯应该感谢美女部长的信任和培养，应该感谢新经理的精神引领和那些台湾管理书籍，应该感谢行政管理部经理出身的总经理的那种管理精神。田戈想感谢的人其实还有很多很多，他接任部长的时候，就是带着这些所有的感激之情的，因此就产生了严重的精神压力，唯恐辜负领导的信任。而新总经理恰恰是那种言语刻薄的领导，当田戈工作不如他意的时候，他会说田戈你这个家伙食古不化啊！我的品保太弱了耶！你怎么连发个文都写不好，去找企划部经理好好学学！在这种严格而有些残忍的环境下，田戈一方面想法改进工作，另一方面又担心自己做不好工作。而且自己又贷款 8 万元买了新房子，如果失去工作，贷款怎么还？妻子又怀着孕，将来孩子出生又要花钱，除了自己之外，没有任何人能帮自己。而另外一方面，田戈又有骄傲的一面，他会唱歌、会拉二胡、会写字、会用电脑，了解公司质量控制的所有环节，乃至为公司设计了所有质量控制的环节并带着大家实际去落实，他坚信自己能够控制好公司多种口味和形状以及包装的炊饼产品的质量。一年过去了，田戈的努力没有换来新总经理的认可，他的考核只有 75 分，属于勉强胜任工作，但不能晋升。田戈这个部长比新经理当这个部长时的工资要差 10 倍，比美女部长也要差 1 倍，位子是部长，工资却仍然是相对很低的科长级。

田戈心中所有的委屈终于在 2000 年十一假期之后，穿着西装去总经理办公室的时候温和地爆发了。田戈礼貌地坐在总经理办公室那张玻璃桌子旁，这次不是谈如何改进工作，而是开门见山地说要辞去工作。田戈的辞职多少令总经理有些诧异，没有人想到这个温吞吞的家伙居然要辞职。

总经理问，能说说原因吗？田戈说，第一，我一年以来努力工作，但没有得到您的认可，失去做好工作的信心了，第二，我已经找了一份工作，在千里之外，薪酬待遇比现在稍微好一点点，第三，我觉得没有干好工作给您带来了困扰，我很抱歉，所以就想辞职了。总经理说，你想好了吗？田戈说想好了！总经理说，我现在没有时间和你谈，你能不能下午再来？田戈说，当然可以，我下午打电话和您约时间，或者您叫我随叫随到。总经理说，不用约了，下午一点钟你准时过来就行了。

那天下午的谈话令田戈终生难忘，那或许是总经理给他上的一堂最好的课。其实那堂课时间并不长，但对于田戈来说，接下来的自己就像被戴上了“紧箍咒”，从此坚定地奔赴“取经大业”。下午一点钟，总经理坐在田戈对面，隔着玻璃桌子，距离大约有 1 米，开始了正式的沟通。总经理习惯性地拿过来一叠背面还可以再使用的 A4 纸，用燕尾夹夹得整整齐齐，手里拿着笔，似乎随时要写字。田戈有些紧张，但故作镇定地说，我真的很努力工作，可是怎么都得不到您的认可，我很担心被辞退，所以自己先提出辞职。总经理的长相是那种生气都是笑眯眯的样子，他只是语言刻薄，但若只看他的脸，任何人都会觉得这是个极其温和的小男人，他的身高也确实不到170厘米。总经理说，你怎么断定我对你不满意呢？田戈说，您说过我食古不化，您也从来没有说我做得好，而且我的考核也只有75分。总经理笑眯眯地说，田戈你知道吗？我昨天才把财务部的经理给骂哭了，上周把生管部的经理骂哭了。虽然这两个主管都是女人，但我如果不满意我就会毫不客气地指出问题，她们两个不幸，恰好本总经理对财物和生管太明白。你幸运多了，我最多说过你四个字而已，你的品保工作我也不大懂，抓品质的还就要你这种食古不化的人，你要太灵活了，我会更担心啊！你明白了吗？田戈说，啊，原来是这样，我没想到。此刻田戈的心里舒服多了。总经理继续说，你不知道，做主管的要求下属要跨过前面那条河的时候，绝不会告诉他水下有保护网，掉到河里也淹不死，那样的话大家都不会努力的。好了，我们说说你的新工作吧。田戈说，新工作在千里之外，年薪

10 万，职务是品保部门的一个科长，那个企业比咱们这个企业总体规模大一倍吧。总经理说，是你们原来的那个品保经理拉你过去的吧？我和他很熟的啦，但你看我们同岁，为什么他当不了总经理呢？他的思路有问题啦，每年跳一个地方，几年下来还是一个经理而已，唉！这个仁杰！真是不可救药！

总经理边说边在他的单面可用纸上竖着写下了两行字，内容是：钱多事少离家近，位高权重责任轻。田戈，我帮你分析一下啊，你的新工作钱变多了吗？田戈说好像没有。田戈，你的事情变少了没有？科长是干具体工作的，和你现在的工作相比，你应该明白，你现在下面有三个科长对吗？你应该明白科长要干的事情。田戈说我知道，很多工作要亲力亲为的。田戈啊，离家近就更不要说的啦，千里之外耶！总经理边说边又在“位高”“权重”“责任轻”三个词上画圈圈。那是田戈和总经理沟通时间最长的一次，大约有 20 分钟，最后总经理说，怎么样？改主意了吗？田戈迟疑地说，我还要想想，总经理说，想什么呀？就换这么一个破工作！田戈说，我今天下班前会给您答复。总经理说，好吧，我就等你半天儿。

田戈回到办公室，立即给总经理发了一封电子邮件，内容不多，大意是说感谢领导的信任，只要您不嫌弃，我绝对不会在您离开这个公司高升前主动离职的。这场离职危机就算彻底地化解了，而巧合的是，三年之后，总经理和田戈同时被调到集团内别的公司，生效日期是同一天，也就是 2003 年 5 月 1 日。

2003 年五一之后，田戈被调到公司总部研发中心工作，那是一个清闲的部门，还有一个人高马大、过分温和而让人捉摸不透的职业经理。田戈表面上是高升了，负责集团的质量管理工作，比原来的工作范围大了几倍但直接的下属只有一个人。接替田戈工作的人把田戈否定得很不称职，他似乎忘了田戈现在是他名义上的领导，也忽略了他的下级曾经都是田戈的下级。田戈对这个签名笔迹难看得要死的家伙非常反感，就这样一个家伙居然接替了自己的职位。田戈向领导间接地表达了自己对接替自己的人的不满，但温和的领导没有任何表示，好像田戈在自言自语。突然失去工作压力的田戈其实与此同时也就失去了工作的动力，而混日子对田戈来说是不能接受的，于是田戈开始谋求新的发展，最后终于在 2004 年 3 月份提出了辞职。这次尽管留他的人在集团里的职务更高，但他都婉言谢绝了，他不能没有工作压力，就像人不能不穿宇航服在太空中行走，因为会因为没有无处不在的大气压力而让自己爆炸。田戈对未来总是充满恐惧，因此他必须要用抵御各种现实的压力来缓解对未来的恐惧。

6. 住房

作为一个城郭人，能够在城里拥有住房是田戈美好的梦想，田戈没想到自己这么容易解决了这个问题，但也没想到自己一辈子都在解决这个问题。

1994 年秋天，小兰提起房子问题，田戈就如实说“钱没有命有一条”可以伴你终生，但小兰依旧强调拿出三万块钱来，否则无法结婚。他们在各说各话，谁都没有任何妥协。

1996 年的初秋，小兰拒绝了田戈结婚的要求，理由是没有房子怎么可能结婚呢？但田戈此时其实已经可以拿得出一万五千块钱了，可两个人都失去了等待的决心。

1997 年初秋，田戈和小娜决定买房子，田戈的妈妈给了田戈八千块钱，田戈结婚花了一万多，基本上所有的钱算是田戈这一年多挣的，但妈妈确实把田戈给她的钱都存下来给儿子用了。小娜已经攒了两万多块钱，这样田戈和小娜共有三万多块钱，小娜的妈妈说可以借一些给他俩，于是他俩决定买合适的房子。看了一些小户型的旧房子，环境一般，估计住在里面也不舒服，价格就专看总价 4 万多的。田戈在报纸广告上看到了一处房子，上面说可以贷款，田戈和小娜去看了看，决定购买一套两室一厅面积为 65 平方米的第 6 层顶楼的房子。看惯了又小又旧的楼房，再看这新楼房，白墙绿门窗，田戈和小娜别提多高兴了，唯一的美中不足是地点有些偏，距离城市中心有7公里，是典型的城乡结合地带，这里无疑也是纯粹的城郭。田戈和小娜首付4万多元，贷款4万元，以每平方米1240元的单价买了房子，贷款手续办完的时候，已经接近国庆节。两个人稍稍收拾一下，花了一千元装修，就在国庆节搬了家。那个9平方米的家虽然拥挤，但也给田戈留下了深刻的记忆。那里有他和小兰的分手，有和牛金的友谊，有和小娜的定情，也有两个一善一恶的邻居。田戈娶了小娜是他那几年最大的感动，田戈也感到小娜确确实实是爱自己的人，而没有掺杂物质的因素，至于后来的情变则有极其复杂的说不清楚的原因。

1997年10月到1999年10月，田戈和小娜在这个城乡结合部生活着。这个小区没有围墙，也没有物业公司，所以所有一楼住户无一例外地盖起了紧挨居室的小房子，每一家绝不相同，从尺寸到用料等外观都不一样。从小区的甬道上看去，一楼的违章建筑让这个小区打上了贫民区的烙印，尤其是那种凑合着盖起来的小房子更是恶俗难当。田戈家住在小区中心第12号楼，楼下的空地上本来还种了一些草，但很快就被私人明目张胆地盖起了四间平房，然后租给了卖烧鸡的外地人，一年四季四间平房是活鸡屠宰场，所以门口永远都是血水。冬天满地红色的冰显得很美，而夏天则要顶着数不清的苍蝇撞胳膊撞脸，才能进楼门跑上楼梯。雨季的时候，赶上大雨，自行车的轮子几乎都要没过了，雨水到了大腿根，边走边要担心脚下别踩到没有井盖的下水井中。好在居室里六楼窗户朝南大屋的阳光非常灿烂，冬天躺在床上可以晒身体，而夏天屋顶却很轻易被晒透了，夜里还散发着热量。小区里自由市场的经营确实非常自由，那些摊贩每天都换自己的位置，但大致也只能在楼与楼之间的主干道两侧变化。田戈喜欢唱很多歌，小娜也总是有一两首喜欢唱的歌，但一段时间之后会变化，所以他们在结婚的时候就置备了一套卡拉OK设备，很多同事同学都来过他家唱歌。

田戈的善良，小娜的美貌让这对夫妻有很好的人缘。小娜有的时候会用抹布将两室一厅的地全部擦一遍，但田戈作为小村人从来就没有良好的卫生习惯，对小娜擦地的行为表示不赞同，田戈的意思是用墩布擦就行了，反正每天都要被鞋子踩脏，表面干净就可以了。由于东西少以及小娜的勤快收拾，家里显得比较利落干净。只是一想起夏天每天进出时要撞开大群的苍蝇，田戈就感觉自己生活在一个大大的垃圾堆里。

1999 年春节过后，田戈和小娜用年终奖金和积蓄还清了贷款。1999 年夏天，田戈和小娜又有了 4 万元的积蓄，田戈说咱们换房子吧。小娜说听你的。现有的这套房子如果出售的话应该可以卖 6 万多，可卖房子也不容易，所以他们决定用贷款的方式买房。这次他们选择了离城市近一些的一个小区，但基本上还算是城郭，不过环境好得多，因为这个新小区的名字里有“花园”两个字，而且小区原来的地皮是工厂，所以没有和村民混杂的问题，还有正规的物业公司。这次田戈和小娜买的是一楼一套 71 平方米的房子，首付 4 万多，贷款 8 万。拿到钥匙后他们进行了认真地装修，花了一万多元钱，小娜的爸爸给帮了很大的忙，小娜此时也确定已经怀孕了，这个消息让双方家长都很高兴。新房子确实很舒适，小区环境优美，没有私搭乱改，因为是一楼所以冬暖夏凉。田戈和小娜安心在这里住了四年。他们在这里生养了一个男孩，因为小娜太瘦了，孩子早产一个月，这样就比美女部长的男孩早生了一个月。那个时候，田戈和小娜怎么也想不到，美女部长在 2008 年孩子 8 岁的时候会成为寡妇，因为她的帅哥丈夫才四十一岁就突发心脏病离她而去了，那时候美女部长在山东老家安心养孩子，丈夫在北京做职业经理人，据说经常熬夜制定什么营销战略计划。田戈知道什么是劳累过度，美女部长的帅哥丈夫之死让田戈实实在在地感受到在外企打工的白领距离死亡可能很近，也许很可能还剩一天，从那时起，田戈对工作的态度发生了一点点转变，他告诉自己，不能累死。

或许是一楼的阳光太少的缘故，田戈和小娜的生活随着时间的推进，爱情之花却越来越枯萎。田戈最怀念在那个花园小区，自己下了班车，向家的方向走去，离大门还有一百多米的时候，两岁的儿子在姥姥的看护下，远远地就认出自己，朝自己跑来，而自己也迎着儿子跑去。父子俩冲到对方面前的时候，田戈抱起儿子转个圈，父子俩发出哈哈的笑声，然后抱着儿子一起回家。那是田戈最幸福的时刻。等到儿子已经比自己还高的时候，田戈依然怀念那种感觉。可惜儿子六岁之前更多的时间是在姥姥家度过的，田戈和小娜因为上班无法照顾儿子，儿子的姥姥和姥爷也不乐意长期住在女儿这里，如果他们一直住在田戈家，或许小娜就不会新结交那么多男朋友。

田戈每周都要在企业值班一天，也就是值班那天夜里是不能回家的，儿子不在小娜身边，她自己一个人在家无聊就上网，于是就认识了一些更无聊的男人们。三十岁的小娜的美貌对所有同龄男士都是有吸引力的，作为一个人，小娜的行为应该算是正常的。田戈也感觉到小娜的变化，但田戈宽容的态度让小娜重新回到了家中而没有和那些无聊的男人真正谈婚论嫁。小娜手机的翻盖上镶着一个蓝宝石，田戈有一次无意中发现小娜忘在家中的手机上有一条短信，内容是“我也很想你”。那是小娜发给一个男人的。田戈问小娜你们发展到什么程度了，小娜说一起拉手看电影了，田戈说别发展了，没有人会像我这样爱你的，小娜说行，他再打电话来，你帮我接电话拒绝他吧。那个被小娜短信里想的男人在电话里和田戈解释说我们之间没什么，田戈心想要是有什么你小子就该后悔了，到时候还不是小娜倒霉？

2003 年夏天，田戈和小娜的感情因为那条“我也很想你”的短信出现了危机，但两个人都非常爱儿子，所以都不想真的拆散这个家，让儿子成长在单亲家庭或者跟着后爸后妈过日子。孩子，尤其是男孩子是父母婚姻维系的纽带，这或许是中国式婚姻的一大特征。情感的危机再一次被买房这件事情给缓解了，田戈决定换房子，因为他们已经还完了 8 万贷款。报纸上房地产广告铺天盖地，大家比着降价。田戈看中了市中心区域一套重点中学附近的房子，133 平方米，跃层户型，整体环境比那个花园又好了很多，毕竟是市中心区域。这次田戈决定卖掉第一套房子，凑齐了首付款，再贷款 18 万，买下了那套总价 26 万的房子。当年冬天，房地产中介业务员就说可以加 10 万收回田戈买的新房，田戈回答说我卖了住哪啊？新房子依旧是小娜的爸爸帮着装修，房子装修得很漂亮，田戈和小娜对房子都很满意。2003 年的国庆节，田戈搬家了，但此后没几天，小娜就有了一次半夜不回家打电话不接的不妥行为，小娜的理由是一定要知道“他”当初为什么会离她而去，田戈说我们都结婚这么多年了，你为什么要和别的男人纠缠当年的情感问题。小娜不回答田戈的问题，田戈气急了，摔了放在床头柜上的结婚照片镜框，又搬起床头柜狠狠地摔在地板上，把木地板砸了一个无法修复的深坑。2004 年 3 月的一天下午，田戈在没有告知当时已经失业在家的小娜的情况下突然回家取身份证，要去报考驾照，结果田戈叫不开门，5 分钟后小娜给田戈开了门，一个男人在田戈家里的沙发上坐着，看到田戈进来，窘迫地笑着打招呼，脸色发红，田戈注意到小娜穿得很随意，脸上似乎也没有多少脂粉，完全不符合小娜平时浓妆艳抹的风格。田戈说你们聊，我拿了身份证就走。田戈知道自己那一刻有多悲伤，这个妻子已经不把自己当丈夫了。那个男人田戈当然是认识的，就是小娜要质问为什么当年会离她而去的那个“他”。他是 1996 年追过小娜的男人之一，到 2004 年的时候，那个男人早就转行当了警察。田戈那时觉得自己所有男人的尊严都没有了，但当他回到家准备和妻子面对面但又没想好要如何沟通的时候，小娜却没在家，留了纸条说回娘家了。

田戈给小娜发了短信，说回来吧，我原谅你所有的一切，小娜转天回了短信说谢谢田戈的宽容，就这样又回到了他们这个因为只住两个人而显得太大的房子里。

2005 年的时候，田戈和小娜商量再买一套房子吧，不然留着那笔卖掉花园公寓房子得到的 14.5 万元也没有什么用处。田戈 2004 年底的时候把花园公寓的房子卖了，这次连装修的钱都没有赔，但其实田戈事后得知还是卖亏了，房子价格涨得太快了，这是近 10 年没有发生过的事情，涨价来得突然，老百姓都没有做好思想准备。小娜对田戈说买房的事情你决定吧，田戈就用小娜的名字购买了一套市中心的公寓房，步行半小时就可以到达最繁华的步行街。房子的单价是 4100 元每平方米，是商住两用的房，田戈本来的想法是将来在那里开公司。这套房子首付 14 万，贷款 54 万。2006 年，为了孩子上小学，田戈搬进了这套新房子，到 2014 年的时候，田戈依然没有能力还清贷款，他已欠银行四十多万贷款。按照计划，他将还到2035年，到那时，自己已经六十二岁了。田戈就这样成了一辈子的房奴，表面上看，田戈和小娜拥有两套住房，价值超过 300 万，他俩付出的所有成本应该不超过 160 万，似乎赚了很多，但实际上，田戈依旧每月要为房贷而奔波，他想过卖掉那个 133 平方米的跃层公寓，但实际上他的房子按照市价是卖不出去的，价格低一些又担心吃亏，同时又想到将来孩子的住房也是个问题，于是就这样拖延下来了。田戈就这样把一生和房子扭在了一起，无法分开，但无论如何，田戈的居住环境都是宽松的，只不过，田戈以前没想到的是自己的家越来越不像一个家，而逐渐成了一个超级垃圾堆，这一切都拜小娜所赐。田戈无法知道自己和小娜还有没有爱情，自己一次一次地受到爱情的打击算是懦弱还是善良呢?

房子是自己的窝，又是自己家的具体体现，小娜和田戈都不很爱他们的家，所以大房子里总是乱哄哄、脏兮兮的，但他们的儿子需要这个家，所以他俩努力维持着不让这个家散了。其实，到一个家看看就知道夫妻感情如何，像小娜和田戈的家这种脏乱程度，就算在小村也为数不多，更何况还是在城市中心的商务区。小娜的个别女朋友还会来串门，田戈则从来不敢把朋友往家领，因为那会让自己无地自容，而田戈也认为小娜的女朋友绝对不是一个正经女人，或者完全理解小娜，支持小娜不爱自己的家的女人。到了 2014 年，田戈已经对自己的家麻木了，他渴望美好的生活，但小娜不能给他，他渴望新的生活，但小娜以死相胁不答应离婚，他渴望有所改进，但小娜我行我素，丝毫不为田戈有丝毫的改进，田戈知道自己迁就小娜的原因有两个，主要原因是不希望儿子的家庭支离破碎，次要的原因是害怕小娜堕落到无法挽救，毕竟他深深地爱过小娜，多次提醒自己要爱她一辈子，这种迁就对田戈来说换来的就是头发的日趋花白和每天不停地思考和学习。

2014年的时候，小娜依然是美丽的。2014年秋天，田戈带着儿子和小娜去旅游，儿子坐在长城上用二胡演奏《长城随想曲》，田戈在儿子身边像一个老师观察儿子的姿态，小娜坐在附近安静地听，一群游客走过去了，一会儿又转回来了，恰好曲子也演奏完了。游客问田戈您是教授吧？带俩学生出来真有责任心啊！小娜笑面如花指着高大的儿子说，我是她妈！游客们大吃一惊说，哎呀！对不起！您长得太年轻了，像一个女学生。小娜弱不禁风的样子让所有的男人见了都会心动，田戈当然爱小娜，但田戈也无时不刻不在恨小娜，他恨这个无法理解的女人，恨这个把他折磨得如情感上的行尸走肉的女人，恨这个到处留情又拽着自己不撒手的女人，恨这个利用自己的善良要把自己折磨到死为止的女人。自从2003年起，他就带着这种恨开始不再幻想从一而终的美好爱情，田戈开始不断地追寻生命中让他心动的女子，让他重新找到男人感觉的女子。果然在2006年，他遇到了生命中让他最纠结的爱人。2014年，他虽然没有离开小娜，但他知道自己的爱情已经被2006年那段刻骨铭心的爱情给埋葬了。尽管如此，2014年的田戈想起那段爱情仍然感觉自己的伤口在流血，他知道那个心灵的伤口是永远无法愈合的，只要想起就流血不止，直到自己生命的终结。

7. 职业生涯的思考

田戈在外企工作了8年零4个月，从基层技术员做到部长，再到总部的高级幕僚，最后直接向英明的董事长先生每月做专题工作报告，可以算是这个外企里发展最好的员工之一。田戈经常回想，究竟这八年都给自己带来了什么呢？是深刻体会了宋朝大诗人陆游说的“事情恶、人情薄”？还是学会了一套企业管理的方法？再或者就是那种积极入世的精神？似乎很难下一个完整的结论，但有些事情本身却如苏东坡的词里所写的，“不思量，自难忘”。

田戈在1999年当上部长之后，与工作有关的所有事情都要操心费力，从人员招聘到工作基准、工作分配、业绩考核、组织建设、员工培训、数据统计、工作报告、年度计划、月度会议、每天的日报，等等，真是永远都忙不完。田戈自己是学机械制造专业的，因此在招聘的时候，就放开了招聘炊饼专业为主的限制，招了机械专业、计算机专业、环境工程专业、化学工程专业人才，而实际上田戈一直坚定地认为，大家的工作其实用不着那么多专业基础知识，需要的是认真学习和执行上级的要求。可上级的要求并不多，这些人才总会有多余的精力去想各种各样的事情，最后往往由于工作过于简单而离职。田戈总是想，对人力资源的利用到底应该如何去做呢？总之，这个外企对人力资源的应用并不充分，所以田戈不断地缩减人数，最后缩减到每个工厂每个班次安排一个人做完同类型的所有工作，让每个人的工作时间得到最充分的利用。这样做对公司固然有利，但对员工则完全像机器一样工作，因此员工并不高兴。

1998 年的时候，田戈作为科长其实只管一个工厂的炊饼品质工作，但不幸的是工厂经营不利，暂时停产，田戈算是失业了，然而田戈的上级并没有让田戈下岗，而是让田戈到新工厂工作，职务没有，职责是调研，目标没有，考核也没有，工资待遇不变。当田戈出现在新工厂车间里的时候，田戈觉得早先调过来熟悉他的人都用异样的目光看他，其实大家各自忙着自己的事情，没有人会太在意他的出现，只是田戈突然失去了权力心理上过不去。田戈的干劲儿一丝不减，这让新工厂的品保管理人员很是气愤，有的曾经是田戈招聘进来的人也公然藐视田戈。田戈有些心寒，这些去年还对自己毕恭毕敬的人，今年怎么能够用这样的语气和自己说话呢？难道在他们心中自己真的是废物了吗？工作的低谷让田戈非常沮丧，所以就开始找新工作。田戈将简历投给了一家美国投资公司，得到了面试的机会，初试得到了美国公司生产总监的认可，然后一周后是复试。复试的时候田戈表现得有些傲慢无礼，他知道自己肯定通不过了，因为在他内心深处，他并不真的想离开现在的这家外企。果然美国公司没有录用田戈。

1999 年的时候，田戈开始注意观察和分析周围的同事，相同之处是都读过大学，不同之处大致上有几种类型：

有在国有企业十几年，因为太顾家而没有顾上工作而一事无成的。

有从小生长在农村，到了城市挣钱太少，到外企就是要挣高工资的。

有从学校毕业就向往外企白领生活，直接应聘来的。

有从别的城市到这个城市来找工作而有没有任何门路的。

有在原单位和领导合不来辞职的。

有企业分流下岗失业，没门路办法上岗的。

有在社会上做生意失败，走投无路的。

当然最让大家敬畏与羡慕的就是那些职业经理人，他们多数都生在台湾，而后有些人又加入了不同的国籍，比如有泰国籍、新西兰籍、美国籍。

这一群人在20世纪90年代，中国经济整体背景下，努力地工作着，同时也努力地恋爱着。爱情这个人生永恒的主题之一在这个地方丝毫没有被抑制，反而因为这些人本来就比普通人更大胆而显得格外活跃。公司里和职业经理人产生爱情的屈指可数，因为职业经理人的数量本身也屈指可数，和中层管理人员恋爱的姑娘们则显示着自己的优越感，而那些其貌不扬从外地来的姑娘们则专门追求那些木讷的华城市青年，成功率很高，婚姻看上去也还算幸福。少女们一个个地变成了孕妇，紧接着就变成了妈妈。也有因为生殖能力不够好，怎么努力都怀不上的。公司里总有孕妇的影子，而小娜曾经就是其中一个。那个时候的某一天，田戈的下属中曾有四个孕妇，怀孕的时间间隔不超过两个月，有的才刚来半年就怀孕休产假然后进入哺乳假期，前后3年差不多没上几天班，最后再辞职一走了之，没给公司做过什么贡献，但公司也要负担所有的费用。但因为是职业经理人在实际管理着公司，所以没有人会太在意那种合法合规的事情。

1999年的冬天，公司要求大家坐列车上班，田戈和小娜每天凌晨5点半出发，六点多到火车站进站乘车，7点多下列车后再乘公交车，差10分8点前到岗，小娜怀孕已经5个月了，天还下着雪，就这样坚持了一个月，公司终于在大家怨声载道的情况下恢复了班车，这样田戈和小娜又可以6

点半从家出发了。8 年多的班车耗去了田戈和小娜 8000 多个小时的时间，田戈在班车上只要光线够，就一定在读书学习，这一点田戈是很自豪的，因为绝大部分人都在班车上睡觉，小娜则在班车上化妆。上班车的时候，天黑看不清她的脸，下班车的时候绝对是一个美女。田戈朴实积极，小娜则显得像一个漂亮的花瓶，因此很多同事对他俩成为夫妻感到不理解，觉得似乎他们不是一类人。但田戈知道，小娜其实并不追求奢华的生活，只是爱美的天性和绘画的才能让她喜欢每天在自己的脸上作画，每天研究不同的服装，每天沉迷在自己的世界里，同时身边又有一个似乎永远都可以依靠的丈夫，她丈夫田戈比她还小一岁，这或许让她更有到老都不担心的安全感。

公司的食堂菜品丰富，田戈感到很知足。和外企相比，田戈最初的工作单位只会做千年不变的捞面，田戈 2008 年之后到一家国企工作，那家国企也只是三五个菜不断重复，而这个外企每天不少于 15 个菜，这样就显得食堂管理员很有水平。在这个基础上，职业经理人的盒饭则更是精致，因为那个盒子本身就已经预留了 5 个菜的位置，再加上食堂管理员每天要展现自己的管理才干，所以食堂的饭让田戈一直都怀念。外企就是这样，每个岗位的人都希望展现自己的才干，否则就有被淘汰的危险，这种情况下每个人似乎都很有创造性。而国企往往因为没有危机感也就丧失了创新的动力。

从 2000 年之后，田戈在外企的工作越来越忙，他要接受五花八门的培训，参加所有公司级会议，给所有需要接受炊饼品质控制教育的员工讲课，给基层管理人员讲基础管理课程，到生产车间一线检查下属的精神面貌和履职情况，到相关部门找他们领导沟通解决问题；自己还要忙着写创新的报告，上下班在班车上认真地看书，回到家忙着和小娜做饭吃饭，周六去小娜的娘家看孩子陪孩子玩儿，每个月抽一天公休日回小村看父母。田戈几乎没有不忙的时候，所以他的牙齿疼的时候也不去医院，牙齿在他的嘴里最后慢慢地碎掉。他的近视眼从 1994 年大学毕业时的 400 度逐渐增长到600度。上班、学习、看孩子、看父母、读书，几年如一日地重复着这样的生活。2004年以前，田戈从来没有给小娜买过礼物，没有去过电影院看电影，没有去旅游，没有烛光晚餐，没有鲜花和生日蛋糕，因为他觉得钱要用来还房子贷款，小娜从来没有享受过田戈制造的任何浪漫。在小娜心里，这个男人的朴实与可靠时间久了就变成了没有情调。这个男人的节俭变成了他似乎不爱她的间接证明，这个男人的性冲动变成了泄欲。时间久了，小娜和田戈面对同样的生活时，因为他们一个在小村长大，另一个在城市长大，所以他们对生活的感觉是不一样的。田戈的知足和小娜的烦躁形成了鲜明的对比。城市人的浪漫在小村人田戈眼里是不务正业，小娜怎么能忍受田戈一辈子这样下去呢？而事实上小娜的父亲和田戈性格非常像，出身也非常像，只不过田戈会唱歌和拉二胡以及后来写书让田戈显得很有才华，小娜的父亲则一辈子都是机械工程师，不过小娜的父亲退休后倒是编了两大本保健菜谱，用公正的楷书抄写得很不错，他那个年纪的人当然不会用电脑编菜谱，否则效率会很高。

小娜对田戈这样的男人没有了激情，而田戈认为人生就是这样忙着工作，挣钱养家，买房子，养儿子。小娜漂亮的外貌并没有值钱的衣服和首饰衬托，田戈也没有单价超过二百元的个人物品。小村人的艰苦朴素被田戈发挥得淋漓尽致，可小娜怎么面对这个耕牛一样的丈夫呢？小娜抱怨田戈从来不给自己买花，田戈则会说一大堆废话，最后结论是买花是纯粹的浪费钱财，如果你喜欢花可以到路边去摘。他们的婚姻就像一潭死水。而如果小娜继续是田戈的下属，那么这种枯燥的生活也许会更长一些，但偏偏公司新来的人力资源部长提出，哺乳假休完之后的小娜回公司上班也不能在田戈的手下工作，可以转到企划部。小娜的美貌得到了企划部新来的帅哥经理的赏识。那个胖胖的女经理被总部调到别的公司了。小娜在工作中找到了快乐，结识了一群思想活跃的营销人才，他们完全不同于品质管理部门那些死脑筋的员工。晋升为妈妈的小娜已经习惯被别人称为娜姐，而娜姐的天才得到了企划部同事的欣赏，当然也得到了经理的欣赏。然而好景不长，那个已经调走的胖女经理，又穿着她的黑靴子黑裙子黑马甲回来了。面对小娜一尺七寸的腰围，她怎么也不会觉得小娜好看。终于在2004年的1月份，小娜被女经理辞退了，从此小娜结束了她的职业生涯。田戈安慰小娜说，你已经把这辈子的班都上完了，以后我养你，那一年小娜三十二岁。

1999年深秋，田戈接任品保部部长的时候，工厂有一位美籍华人厂长，英文名字叫查尔斯，和那个什么王子的名字一样。查尔斯厂长喜欢唱歌，而且很会唱歌，他唱英文歌尤其让田戈他们佩服，签名也喜欢画很多很多圈圈，大家猜测那是他的英文名字的艺术写法。查尔斯喜欢古龙香水、蓝山咖啡、美式风衣、牛仔裤，也喜欢对别人说，你是我的人。而当他对田戈说这句话的时候，田戈手里正拿着一个红色的螃蟹腿要啃，田戈说我不是受总经理直接领导吗？查尔斯一愣，田戈知道自己这就算把厂长得罪了，吃了人家请客的饭，还这样不会说话，这是田戈那时典型的风格——实话实说。

查尔斯其实长得很斯文，带着金丝眼镜，身体清瘦但很健康，并总是以自己20年没变的腰围为骄傲。当查尔斯在阳光下双手插在牛仔裤屁股口袋里慢慢走的时候，身边一定有他年轻的助理婷婷姑娘以同样的姿势陪着他沐浴在阳光下。除了查尔斯的头发有些花白，从身材上看，他们俩很般配，着装也像情侣，他俩是工厂一道靓丽的风景线，至少田戈是非常喜欢看到他们的。田戈按照研发部门提出的标准严格验证炊饼质量并把一批炊饼判定为不合格，这件事情闹大了，田戈听说几位职业经理人因为这事在会议室吵起来了。查尔斯说他是专家，研发的标准是错误的，关键时刻，所有人都认为查尔斯是错误的，而查尔斯傲慢地将随身听的耳机挂在耳朵上，对几位领导们不屑一顾。转天查尔斯没有上班，田戈听说保安接到命令，查尔斯先生被禁止入厂。查尔斯和婷婷走了，有人看到他们后来在这个城市开了一家专卖店，那个店的招牌叫查尔斯。田戈以查尔斯为反面榜样，决定坚决不和上级顶嘴。

1999年，田戈当了部长，而小兰的丈夫成了田戈的下属，这让田戈觉得有些尴尬，小兰的丈夫当然更不舒服，于是当他要调到研发中心的时候，田戈没有阻拦，让他走了。不幸的是，田戈2003年5月份又被调到了研发中心，大家又不得不一起工作，而田戈级别比小兰的丈夫要高两级，小兰的丈夫又一次不舒服了。好在田戈2004年4月离职了。

田戈渐渐的成了集团著名的管理培训讲师，他以自己的博学赢得了100分的学员评价，同时也收到了女职员们的各种电子邮件表示敬佩田老师的博学。田戈的读书逐渐开始显示出优势，那就是让别人以为他似乎什么都懂，其实他只不过是不断地学以致用而已。田戈的下属女职员有时候会来找田戈说自己的男朋友怎么怎么没有进取心，不像田部长这样年轻有为，田戈说我这是生活所迫，如果自己有很好的家庭条件，谁不乐意整天蹦迪卡拉OK。抓炊饼质量的田戈难免受到各种诱惑，但田戈以其傻傻的方式抵御了各种诱惑。有一次田戈在考察供应商的时候被供应商以礼相待灌了很多酒，田戈感觉自己晃晃悠悠地被对方架到了一个酒店，说要为田戈安排洗澡。田戈隐隐约约感觉到这似乎不大对劲，于是坚决地要求供应商送自己回家。回到家之后田戈躺在床上感觉天旋地转的，不知道什么时候，田戈被小腹内的一阵刺痛惊醒了，这时小娜已经下班，田戈说快打120急救，我可能是得了急性阑尾炎。到了医院之后，田戈被告知，自己得了肾结石，疼痛中田戈要求医生解救自己，他已经知道什么叫痛不欲生，医生说那就打一只杜冷丁吧。此后田戈又复发了6次肾结石，每次都痛苦难当，但也都挺过来了。从此田戈知道那家医院结石科为啥在二楼了，因为病人痛得想不开一旦跳楼也摔不死。田戈又想应该是自己多虑了，肾结石发作的时候，病人也就嘴上说恨不得跳楼，而实际上他疼得根本爬不上窗台，而等不疼了，有力气了，谁还会跳楼?

田戈每个月都请下属喝酒吃饭，那时候他没有驾照，喝酒是常事，不像后来田戈以开车为名一年喝不了三次酒。那些下属有常表忠心的，有漫天胡侃的，有不卑不亢的，有闷不做声的，也有那种拿小恩小惠要获得田戈涨工资回报的。不过有一点田戈知道，喝完酒自己要结账，理由是自己工资高。对每个月工资七千多的田戈来说，花不到一百块请几个人吃饭一点儿不心疼。田戈总是设法把自己的下属推荐给各部门，因为他知道让大家学习新的工作技能是自己应该做的事情，所以田戈的下属辞职的很少，调动的很多。但田戈还是被总经理说，你以为你的下属不离职是你管理有方吗？可能是你那里好混！田戈心里委屈，自己部门的员工每年流动率达到 46%，这还不够吗？总经理这样讲话真是不公平。田戈经常把自己最近读的书推荐给大家，大家在他的带动下也或多或少地开始读书了。田戈对问题是不能容忍的，但对于人则是充满各种各样的感情色彩的，他似乎希望每一个人都能够活得更好。然而，田戈发现，自己的下属们一旦被自己推荐到别处，马上就会变脸，居然开始对自己不客气了。田戈对这些一笑了之，不与计较，他相信自己当初做自己认为正确的事情从来就没想得到回报。其实自己的善良与敬业不正是以获得最快的晋升而得到了回报吗？田戈的单纯让他得到了每一任领导的好评，但并没有得到所有下属的尊重，但当田戈离职多年以后，那个工厂还在传说当年有一位神奇的田部长，年轻有为能力超群，是打工天才。

田戈的下属小龙是一个看上去很讲义气的人，这种人真的能从脸上看出来，尤其是那单眼皮细长不大能睁开的双眼。小龙和那个大眼睛大乳房细胳膊细腿的同事恋爱了。田戈知道那个姑娘属于那种你说前半句她能猜出你后半句要说什么的聪明人。小龙和她恋爱似乎是般配的，有一种美人爱英雄的感觉。只是这个美人给人的第一印象让人觉得她的眼睛在脸上太像美国电影里的一种外星人，而这个被爱的“英雄”也从来还没有机会做过英雄，实际上只是嘴皮子功夫还可以。小龙和大眼睛姑娘贷款买了房子，大眼睛姑娘因为过分聪明被从品保部调到营销部了。他俩同居了一年多后还是分手了，这件事情对小龙的打击很大，大眼睛也离开这座城市去上海发展了。房子留给了小龙，还给小龙留了她最后一次重复的建议，好好读书，少喝啤酒，少看足球。这条建议其实也是姑娘离开这个伤心之地的理由。

田戈那个喜欢阿谀奉承的下属对田戈说了他的最大爱好，那就是超级喜欢色情的玩意儿，比如黄色网站，黄色光盘，黄色录像带等。作为男人，这种东西自然是有诱惑力的，但田戈一贯以正经人自居，自然对他的爱好不敢苟同，也没有接受他那些发展田戈为同道的好意，而田戈家里在 2000 年装了电脑之后，发现黄色网站果然很容易搜索到，只是田戈觉得上网费太贵了，就很少上网。而田戈的那个下属则说，不上黄色网站装电脑干啥？田戈觉得这家伙虽然过于色情，但至少还是诚实的，自己虽然不像他那样着迷，但看了那些黄色图片也会兴奋，可自己才不会说喜欢看黄色网站。田戈也确实主要用网络做些与色情无关的事情。

关于几个华城职员娶了打工妹的爱情故事田戈回忆起来也很有意思，尽管他本人没有和打工妹发生过什么有趣的故事！

田戈所在的外企公司里从薪酬制度角度把人分成三等，一等是年薪制的职业经理人，二等是有大学毕业证书的月薪制职员，三等是初中毕业年纪轻轻的日薪制工人，由于工人的工作大多是轻体力长时间的工作，所以十八岁到二十二岁的女孩子最多。当人群数量众多的时候，总会有美丽的女孩和英俊的男孩出现在大家的视野中，而公司工人队伍中出色的女孩子还真是不少，当然在田戈的眼里，按照比例不到百分之一。田戈二十二岁刚到这个公司工作的时候，在生产线上和很多女工在一起干活，大家叫他田大哥，这或许和田戈戴着大黑框眼镜和经常因为和小兰结不了婚而面带忧愁有很大的关系。放眼望去，几十个女孩子，操着田戈听不懂的家乡话，田戈身在其中不会有性别差异感，大家总要把生产任务做完才行。而当田戈和打工妹一一接触久了的时候发现她们每一个人感情都是丰富独特完整的。有的时候工作之余几个女孩子会让田戈给大家唱歌，田戈说不会唱，一个打工妹说我教你，于是田戈跟着学了一首叫《一千只纸鹤》的歌。打工妹唱，爱得太深容易看见伤痕，田戈跟着唱了一句，打工妹们听到田戈学得有模有样嗓音浑厚音调准确，也都纷纷鼓掌鼓励。

虽然田戈对其中几个打工妹颇有好感，但可惜，田戈在生产线上待的时间实在越不过他这种慢热型恋爱的准备期，所以田戈没有和打工妹发生任何情感故事。然而，公司男职员里有的人没有像田戈这样有工作热情，但也因为能勉强完成任务而长期被安置在指挥打工妹的岗位上，其中那些不像牛金那样每天盼望和自己的还在上大学的女友见面的青年，自然和打工妹发生了恋爱。然而最漂亮的打工妹还是像骄傲的公主一样谁也别想太接近。田戈所在工厂里有一个职员工作是在生产线上不断检测炊饼质量是否合格，但这个年轻人比较好动，平时也爱说说笑笑的，大家都认为他有些色眯眯。有一天色眯眯的年轻人被开除了，原因是在生产线上用手触碰了生产线上最漂亮的打工妹的臀部。虽然那个职员说他是冤枉的，因为他是在和最漂亮打工妹背对背的情况下无意识向后摆手碰到后面人的身体。大家都听明白了，人家这个职员在这个行为过程中毫无快乐可言，简直就相当于大家在拥挤的公交车上不得不随着汽车的颠簸撞来撞去，这不能算色情举动啊。可公司的职业经理们说，你为什么不碰别人而要碰这个全厂公认的美女呢。所以人家美女说你是故意的，那肯定是你早有不妥言行，使得人家早就提防着你，所以研判你是装作不经意触碰了人家的臀部，不言而喻，你一定从中得到了巨大的满足，这种满足如果不加以制止，你将逐渐堕落朝向明目张胆的性骚扰，照此发展后果不堪设想，因此这个职员就被开除了。

有些中等漂亮的打工妹则嫁给了职员，没有人怀疑男职员调戏打工妹，因为从外貌上看他们都不是工厂的“明星”。田戈有三对下属成就了美满姻缘也算是传为佳话。第一对是一位帅气内向的小伙子爱上了仓库里的女叉车工。那个小伙子字写得很漂亮，身高 180 厘米，五官清秀，一头自然的卷发。田戈录用他的时候觉得有些屈才，但想到日后可以调整就先签字录用了，然而这个帅哥其实是一个没有太高追求的人，只要完成自己的任务就什么都不愿意多想。这样的人因为表现不出进步的精神状态所以就得不到提拔，但人家一年以后就和临岗的叉车工宣布正式结婚，那个打工妹应该算是相貌平平，也许两个人就是脾气相投吧，又过一年夫妻俩生了儿子。第二对是一个身材矮小的大龄青年，他爱上了一个白净清秀略显瘦弱的打工妹，他俩是临岗，工作之时经常碰面。小女子颇有妩媚神态，可以称得上是小家碧玉，而大龄青年要找城市姑娘也多年未果，这一对新人得到了大家的祝福，因为大家觉得他们各取所需，打工妹从山区农村嫁到城市成了城市人，大龄青年算是抱得美人归，一年后他们也生了儿子。第三对的男主角是田戈的家乡小村来的中专生，也算是田戈帮忙公私兼顾录用的员工，他也爱上了仓库的打工妹，俩人算是门当户对。田戈总结后发现，凡是能够在上班时有闲工夫的员工，都有谈恋爱的基本条件，一旦有需求，则很容易成就姻缘。而在那些上班时间跟着流水线动作的打工妹身上则不可能发生恋爱故事。至于男职员们，则永远有时间谈恋爱，无论他们是否已婚。工厂里也有一些打工小弟，就是那些来自偏远农村十八岁以上二十二岁以下的男孩，这些孩子则不可能和女职员发生恋爱故事。在这个工厂里一个男孩子如果没有学历，那么在大家眼里便是一台低智能机器而已。田戈看打工小弟总是傻乎乎的讨厌，看打工妹则宽容很多乃至有些喜欢，这是性别差异作怪。而田戈的未婚女职员同事，则对打工小弟视而不见。社会似乎已经赋予男性要更精通复杂工作的使命。作为男人，你如果只会付出体力，那么你只能当“水猫”，而如果你能应付好当老板那种超级复杂的工作，你就可以当老板发财，可以用钱买到很多东西。中国人似乎天生就喜欢被管制，所以当官则是比当老板更为复杂的工作，因此一旦当了官，似乎就达到了人生的最高境界。田戈多年后发现，当官也不是理想职业，因为树欲静而风不止，这风便是要命的，官员们每天都要顶风工作，可以说失去了很多生活的乐趣，有的人则迷失在了风中。弄不好当官时被人或在组织外进行政治活动，那可就死路一条了，当然不是每个人都能有机会搞组织外政治活动的。小村流传着一个故事，说当年几个右派聊天，一个农夫走过来要搭腔，生产队长走过来对农夫说，你也要当右派吗？那几个右派哈哈大笑说，就他？也配当右派！这是个冷幽默，因为那几个右派都是反动学术权威，而那个要凑热闹的农民只会写自己的名字。人类就是这样，用各种各样的方式在各种各样的时期给自己编织了各种各样的生活，有些生活直到多年以后才会觉得莫名其妙，而有的则仍然在莫名其妙中。农民也罢，右派也罢，官员也罢，工人也罢，最终都是要离开这个世界的，当他们离开的时候，也就没有什么分类的必要了。

第四章　多种风格的爱情

1. 牛金的爱情故事

1995 年 7 月，牛金从西北的一个城市来到了华城，12 月牛金对田戈说你们这个城市刮风时没有黄土，一眼望去全都是大平原没有山，这种感觉很不适应。牛金以最快的速度融入了这个城市，而田戈则始终在城郭徘徊，自己感觉从来没有进过这个城市。1997 年 7 月，牛金以不可思议的能力为她的小师妹女朋友在城市一个大型的国有企业找到了工作，那个国企比牛金和田戈待过的第十机床厂要大几十倍。1997 年秋天，田戈、小娜、牛金和他的妻子在城市的公园大池塘里划船，田戈在船上拉二胡的琴声让牛金的未婚妻很感动地说从来没听过这么好听的琴声。1998 年冬天，牛金和他的小师妹终于在华城结婚了。田戈参加了婚宴，牛金视田戈为好友也因为田戈算是他与妻子分别时相思过程的见证人。牛金同时也辞去了外企的工作，到华城科贸街打工，专职卖电子产品，月薪少得可怜。后来牛金又去北京中关村打工，依然是销售电子产品，依然是勉强活着。如果牛金像田戈一样工作，他就不是西北人牛金了，他要发财的愿望从他当年兼职销售电池就已经向身边所有人宣告了。作为销售员，田戈无法理解沉默寡言的牛金如何说服他的顾客成交。田戈和牛金在一起的时候，田戈说的话要比牛金多十倍。牛金只是偶尔说一句话，既没有文采也没有废话，是那种大实话，大多是牛金对社会经验的高度总结。

在别人看来，牛金的梦想算是成功了。那是在1999年的时候，当美国飞机和中国飞机在南海上空发生碰撞的那天，田戈接到牛金的邀请，参加他和朋友合开公司的开业典礼。牛金的合伙人和牛金一样是业务员出身，人看上去很精明强干，要比牛金大五六岁，话也比较多。田戈意识到牛金终于迎来了他事业的真正开端，他已经开始真正地进入这个城市的社会了，而田戈依然在工厂里做品保工作，好在也很快晋升为部长。牛金以合伙人身份当上公司副经理之后虽然没有房子，但还是让他的妻子不用上班了，两个人在科贸街附近租了房子。田戈去牛金的新家做客，牛金依旧不大爱说话，牛金的妻子倒是很健谈，说喜欢听田戈拉二胡，说是从田戈这才领略到二胡确实很好听，说田戈的肩膀比牛金宽，说牛金就这样总是不大爱说话。

2003年田戈离开工厂到研发中心工作，牛金突然打电话来说要带个朋友参观工厂的流水线，田戈想这是什么朋友呢？一见面才发现是一个相貌平平但满面春风的年轻女子。牛金开着自己的私人轿车，很自然地说要田戈带着去工厂，田戈当然答应，但心里盘算这个牛金要干什么？因为他明显感觉到牛金和那个女士关系不简单。当2004年田戈他们第十机床厂一起辞职的大学生搞聚会的时候，田戈才从牛金嘴里听说他离婚了，和那个漂亮大方的苦恋五年的小师妹离婚了。田戈早就感觉到牛金和他妻子不是一类人，但没想到会离婚，这实在让人想起社会上流传的那句“男人有钱就变坏”，但牛金怎么说都不像坏人。田戈从来不问牛金为什么要离婚，他猜测是牛金在外面拈花惹草了，这个人在和女朋友恋爱期间就和工厂里的女同事蹦迪溜旱冰卡拉OK，以他妻子那种理工科女生认死理的性格，怎么能够容忍自己的丈夫这样的随意呢？当然这是猜测，离婚后的牛金也曾透漏过和几个女孩子关系都很好。

牛金在2012年第二次结了婚，田戈没有参加婚礼，因为牛金说取消了宴请活动，当年生了一个女儿。田戈无法理解牛金的爱情到底是怎样的情形，牛金自认为自己的温柔能够打动所有的女孩子，而田戈则认为能看上牛金的女孩子一定是自己不喜欢的那种女孩子，比如带着去看工厂的那个女孩。牛金的事业维持着，一直没有大的发展，但自从单干以来怎么也能算是一个老板了，过着田戈眼里颓废的生活，打麻将、喝小酒、拉关系，后来牛金说自己加入了民主党派。田戈说你们民主党派都干什么，牛金说打麻将喝小酒拉关系。田戈主动对牛金说自己这个党员好像也就是交党费，不过入党前已经宣誓过，为了信念，不为升官不为利益，那是自己对自己信仰的承诺，并不是入党就有人具体组织你怎么样工作和生活。一次，田戈的儿子问田戈入党有什么好处，田戈说入党可以坦然地优先为人民服务。

牛金在2014年末的时候突然邀请田戈和小娜一起吃饭，他要带上他妻子和女儿。田戈和小娜在好奇和猜测中见到了牛金的妻子。那个女子不是华城人，相貌中透着本分，身体外表透着健康，和牛金比较，应算很年轻了。田戈的儿子十四岁了，牛金的女儿一岁，六个人热热闹闹地吃了一顿晚餐，之所以很热闹是因为牛金的女儿总是闲不住比划着只有父母才懂的各种要求。晚饭后田戈和小娜说，难得牛金能够娶上这样一个过日子的媳妇，如果是20年前，牛金肯定不会娶这样的女孩。小娜调皮地说，你说我看上去是不是比她年轻？田戈说，你比她轻是肯定的，年轻倒未必。”做了父亲的牛金明显比以往爱说话了，不过多说的话几乎都是关于他女儿的，每句话都带着浓浓的父爱。人类很爱自己的后代应该是本能，这一点田戈和牛金都没有变异。

2. 大彪的爱情

大彪在1996年初到一个铸造厂当了技术人员，跟着工人一起在车间苦干，每天收工的时候，鼻孔里全是黑沫沫，似乎永远都洗不干净，他和田戈说自己的工作的时候，透露着无限的悲哀之情。

1996年12月，田戈报名参加公开招聘公安警察的考试，在报名现场碰上了来报名的大彪，后来得知三木也报名了。田戈在犹豫中没有主动解决自己近视眼的问题，所以以小村所在行政区总成绩第一名的成绩最终还是落选了，理由当然是近视眼。而大彪和三木都被录用了，从此成了光荣的人民警察，但三木和大彪报名时就不是一个区。1997年，当他俩成为人民警察的时候，正好警察换上蓝黑色的制服，穿在身上，看上去很威风。

大彪聪明但思想保守，因此只能当好警察，而当不了好领导，他不像三木那样几年后当上了刑警队长。当第十机床厂的同事聚会的时候，田戈听大彪说他晚上出去不敢带枪，因为如果枪丢了，工作就没了。田戈还听大彪说，只要不是工作时间，一定不穿警服出门，否则遇到事情不管不行。由此，田戈看出来大彪不是当英雄的料，他骨子里还是适合做一个机械工程师。大彪当警察之后几年才经人介绍娶了一个朝鲜族的姑娘，田戈参加了婚礼，觉得大彪很幸福，那姑娘也算五官周正身材丰满，转年给大彪生了儿子。大彪在派出所干了很长时间，然后又调到缉毒大队工作，还是没有队长、科长、局长之类头衔的普通警察。早期的聚会，三木和大彪这两个警察都来，三木一定开车，大彪则坐公交车，后来三木不来了，大彪则打车来参加聚会。而聚会总是牛金召集，但他依然每次聚会的时候大多数时间都是听众，而田戈总是四处闲扯各种话题。

2013年的一天，田戈和牛金一起吃饭，说把大彪叫来吧，牛金打了电话，大彪说来不了，一个领导住院了，自己正在病房陪护。这让田戈想起在外企所有与工作无关的事情都不用考虑，而大彪居然在四十多岁的时候还不得不陪护自己住院治疗的领导。至少这个工作很稳定，符合大彪的性格。田戈知道大彪的日子一定就是那样一天一天地过，平平稳稳，波澜不惊，没有第三者插足，没有吵架离婚，没有琴棋书画。大彪对婚姻没有抱怨，他很满意自己的家庭，尤其是自己的儿子。虽然大彪不会离婚，不会有外遇，不会和妻子吵架，但田戈认为他不是好丈夫，田戈认为好丈夫应该是让妻子以嫁给他为骄傲才行。按照这个标准，世上的好丈夫不多，而一旦成为这样的好丈夫，妻子又开始担心这样的好丈夫随时被别的女人诱惑，于是好丈夫很快就变成负心汉或准负心汉，于是好丈夫不是好丈夫了，好丈夫是一个临界状态，不大稳定。

3. 小白的爱情故事

小白和田戈是纯粹的城郭人，他们拥有类似的穷困少年时代，困惑的学生时代，无奈的毕业分配。

田戈经过分析认为，小白在爱情上的成绩在于其更加敢于大胆地表白。田戈高中的时候喜欢晓雪同学，但在上学的时候从来不敢表白，而小白则大胆地告诉晓雪自己爱她。晓雪觉得小白的表白有些不可思议，因为晓雪外貌比小白要好很多，晓雪雪白的皮肤、清澈如水的双眸和小白巧克力色的皮肤与细长游移的眼神让人完全想象不出他们会发生自由恋爱，但小白就是敢表达。而后来田戈知道小白向一个身高 171 厘米的少妇表达爱情的时候也是毫不犹豫和态度坚定的。那个少妇向田戈征求意见，田戈觉得小白了不起，什么人都敢追，田戈建议说你们可以保持精神恋爱啊！小白、田戈和那个少妇三个人是同事，但之后小白带着那个少妇离开了，小白成功地从田戈身边带走了他们共同的朋友，此后少妇再也不肯和田戈说一句话，此前田戈和那少妇曾经是无话不谈的朋友。田戈为此感到庆幸，他安慰自己，他俩离开自己是自己的幸运。田戈佩服小白的勇敢和勇气，但田戈一直认为小白的爱情不算成功，因为他一直没有制造出一个爱情的成果——一个带着自己基因的孩子。瞎折腾这么多年，就像一朵不会结出果实的花朵。田戈在学高等数学的时候，学会了一个叫做极限的概念，这使得田戈在思考问题的时候经常用这个思想得出自己认为正确的答案。比如，1997 年小娜的同学送给田戈一本书，是关于“法轮功”的书，书上说如果每天什么都不干就读这本书，那么就可以成佛，显然按照极限理论，所有人都这样，这世界最多能坚持一周就完全乱套了，由此可见，“法轮功”确实是错误的。田戈没有相信法轮功的鬼话，果然 1998 年，“法轮功”被正式宣布为邪教。假如小白是成功的，那么全世界生了孩子的男人都是错的，所以小白是不成功的，道理就是用极限思想推论一下就显而易见了。田戈的思想总是这样另类。

小白在2003年结婚了,娶了一个再婚的女人,性格开朗,面容有些沧桑，皮肤颜色和小白相似而显得俩人外表很和谐。小白夫妻没有制造出后代，不知道是不能还是不想。后来小白妻子和其前夫生的孩子来到小白家，小白开始履行做父亲的责任，而小白的妻子则开始自称信佛教，于是在求仙拜佛过程中花了小白工资的剩余部分。好在小白始终总是给自己留一手，私房钱还是不少的，只是他的妻子则越发将所有的希望都寄托在来世了。田戈认为，如果一个女人和小白做朋友，那么出于对女人的热爱，小白会付出很多给他心仪的女人，而女人则可以从精神上感受一个男人的殷勤，但最好别成为夫妻，否则会因为小白太多情，使这个女人背叛他，或者去信佛，换取自己一个平静的心。

小白和田戈争过两个田戈所喜欢的女人，尽管他知道田戈比他早认识她们，也知道田戈付出了一些感情，但小白依然会毫不犹豫地去争抢所谓的爱情。小白在上高三的时候对田戈说，爱情是自私的，这句话在小白身上得到了最大的验证。表面上，田戈和小白是多年的朋友，有很多时候在一起无话不谈，但条件是田戈甘愿吃亏，在各方面吃亏，否则这关系就很难维持。

2014 年的某一天，田戈试探着要找小白借钱，用的方法是发短信，结果小白没等田戈说具体钱数，就把田戈彻底地回绝了，小白说自己一分钱都拿不出来。田戈心里不知道高兴还是悲哀，高兴的是他又进一步认识了自己这个所谓年头最长的朋友其实还算不上是朋友，悲哀的是田戈真的曾经拿小白当朋友，直到田戈遇到晓雪之后才逐渐看清小白如果总在自己身边，或许有一天会为了他的爱情把自己杀死。田戈高兴的是自己认清了一个可能是身边最大敌人的人，悲哀的是自己其实朋友很少，如果当初把对小白的这份友情转给别的人，自己说不定会交上几个真心的朋友。

或许在小白看来，田戈实在太可气了，自己除了比他大两岁之外别的各方面几乎都难以和田戈相提并论，和小白相比田戈太有才了，田戈错就错在从各方面和自己比都差的人交朋友，小白错就错在他不该和田戈争，而是应该协助田戈去争，因为那样的话，田戈会把争取到的所有都分给小白一半，可是小白偏偏要争，最后小白的争取在晓雪那里就是一个可以让晓雪说一辈子的笑话，在171厘米的大个子少妇那里，小白最多就是一个银联机而已。

离开了田戈的小白日子似乎过得不错，但其实因为他时刻抗拒田戈的意见，所以田戈说的正确的话他是不会听的。2014年的时候，田戈自己盘算着和小白相比的结果。田戈拥有爱情，拥有轻松的工作，拥有两套大面积的公寓房子，拥有14岁小男子汉般的亲生儿子，拥有良好的社会关系，拥有健康的生活理念，拥有强健的体魄和未来的希望，甚至拥有五十岁时候的伟大梦想。而小白呢？爱情是变质的，工作是繁重的，房子就是一套一室一厅，给别人养着孩子，社会关系简单，生活理念畸形，身体越来越萎缩，想不出他五十岁的时候在干什么？田戈把自己这样和小白比的时候，觉得自己很猥琐龌龊。外在的条件和不可形容的灵魂应该分开再比一次，那么结果会是怎样呢？田戈觉得从灵魂角度，还是个想不清的问题，这需要时间。

田戈热爱音乐，于是让儿子读音乐学院附中，小白喜欢旅游，确实走了很多地方，但从没有彼此真心相爱的人跟他分享，他又能得到什么快乐呢？田戈有时候想，不该和人家比什么，大家是朋友，应该彼此照应和鼓励，但田戈又想，小白到底拿自己当朋友还是当敌人呢？如果当朋友，找他借钱，他至少也应该先问问要借多少，然后说自己虽然没有钱，但是借三五千还行，如果不够再想办法。以田戈的聪明自然知道进退，这样多不伤和气。所以田戈有时候想，小白还是比较单纯的，抢自己心中喜欢的人就直接抢，不借给钱就直接说，这样的人也算是难得了。尽管田戈的心里已经烦透了小白，但田戈还是以礼相待，只是这种客气反而让小白更加清楚，田戈不再傻乎乎地可以被他自以为可以玩弄于股掌之间了。当然小白心里清楚，相比之下田戈太强大，自己根本就没有实力和他斗，而且现在田戈已经有戒心，自己恐怕这辈子都无法再从他身上占便宜了，而且也不可能再期待田戈把漂亮可爱的女士介绍给自己认识了。

城郭人的狭隘在田戈与小白身上得以充分展现，不知是可悲还是可怜！

4. 三木和彩霞的爱情

如果牛金的爱情是闹剧，大彪的爱情是泡沫剧，小白的爱情是惊悚剧，那么下面这段故事就是一个悲剧。田戈想起来就会感叹人生最恨是无常。

三木与彩霞是大学同学，毕业后彩霞就跟着爱人三木来到了华城，一起在第十机床厂工作，然后结婚生孩子，有自己温馨的家和可爱的儿了。三木是田戈他们这群大学生中第一个到外企打工的，毕竟三木比田戈他们大三四岁。在三木的带头下，大家都辞职了，田戈和彩霞居然凑巧在一个公司工作。彩霞的工作是开炊饼包装机，那是一种半自动机器，离不开人，但也不用频繁操作，只要到时候把一卷新的包装材料安装好，各种参数都调整好就可以了。彩霞爱说爱笑的，明显的中原人的性格，这种站在原地不动的工作干久了也就烦了。终于 1999 年时有一个机会，田戈按照彩霞的意愿把她调到了自己的部门，为此彩霞和丈夫三木很感谢田戈，特意到田戈家道谢。彩霞的工作是在生产线上巡视炊饼质量是否合格，这是一个在车间里比较好混日子的工作，是检查别人工作的，是车间里最自由的工作。如果想偷懒很简单，只要填写假记录就可以了，田戈是真假记录的判定者，他怎么也不会难为彩霞，但彩霞这人太实在，上班从不偷懒，是那种相处 10 分钟就会完全相信对方言行的那种人。

其实，彩霞的死真的是一个偶然，田戈想这件事情到底和别人有没有关系呢？想了很久，他都觉得是一个意外事件。那是 2000 年的夏天，彩霞下了夜班，从班车上下来后，横过马路时被一辆面包车撞伤了头，面包车刹车不是很好，算是全责。当田戈赶到医院的时候，三木在重症监护室门口守着，三木说只要她能活着，哪怕是植物人也行啊！三天后彩霞还是死了。田戈参加了葬礼。彩霞在透明的棺材里面，脸色白皙，面容安详，可不知为什么，田戈觉得彩霞的头显得格外的大，以至于想起彩霞，就似乎又看到棺材里的大头，而怎么都没有了彩霞平日里美好的音容笑貌。

那时候，彩霞的儿子才七岁，他可能还不知道什么叫做伤心。三木此后带着儿子过日子，至少到 2014 年田戈没有听说他再娶，几年前大家劝他再找一个，他说等孩子再大些。三木身体很好，爱踢足球，但几乎从来没有表达过自己的感情，说话内容都是关于别人的事情，自己的内心世界绝口不提。

彩霞是中原农村考出来的大学生，家人从老家赶来，三木把肇事司机赔偿的 11 万元分成两份，一半留给儿子，一半给了彩霞的妈妈。听三木说彩霞的妈妈拿着钱哭着说：“孩子啊！这都是你的命啊！”我们无法准确描述彩霞妈妈的心情，但我们可以想象当彩霞考上大学的时候她的父母该有多骄傲，当彩霞嫁给善良可靠的三木时，他们多欣慰，当彩霞生下可爱的儿子的时候，他们多欣喜，当看到他们见女儿遗体的时候，他们会如何？都说白发人送黑发人是最悲惨的事情，而这么悲惨的事情偏偏让最善良的彩霞赶上了！

当田戈看到三木和彩霞的结婚照挂在那两间平房小屋的墙上的时候，曾经是羡慕的，因为那时小兰说什么都不同意和田戈在平房里结婚。当彩霞出殡的时候，小兰已经是别人的妻子，田戈在和三木为彩霞烧纸钱安放骨灰盒的时候，不由得想到了小兰。

2014 年，田戈身边的同事们依然上演着各种爱情故事，每一部都是那样的特色鲜明，每一部都有欢笑和遗憾。田戈身边的一对 80 后年轻人自由恋爱准备结婚，双方家里凑了几十万买房的首付款，就在签订合同的时候，男孩说我家出钱多，将来房本就写我名字吧。女孩说如果你爱我就应该在购房合同上写我的名字，两个相爱的人因为房本的名字问题居然分手了。田戈发现虽然 1994 年和 2014 年的社会发生了变化，房价也涨了很多倍，国家工资标准也上调了很多，但人们的爱情观念实际上没有变化。仍然有物质第一的，仍然有精神至上的，仍然有男方不上进被女方嫌弃的，更还有婚后一方或双方都出轨过不下去的。

第五章　恨无常

1. 关于车祸与死亡

人生无常，怕无常，恨无常，无常的事情出了就费尽思量！

田戈一有机会自然想起一些车祸，尤其是后来他身边的朋友又出了不少和车祸有关的事情。有一次田戈在酒席上被劝酒，田戈说我开车来的，一会儿必须开回去，那个人说谁不是开车来的？喝吧没人查。田戈说，我自己查我自己，我不怕警察，我是真怕撞人。那个劝酒的人笑着说田戈你对自己太不自信了，田戈笑笑说，负不起责任的事情，我还是不敢干啊！田戈知道这绝对不是赔钱可以解决的问题，而是自己一生良心的不安。

高中毕业的时候，田戈最要好的同学之一十八岁就死于车祸。田戈没有去给他送行，听说在医院的时候他是被泡在福尔马林溶液里的。肇事司机赔偿了 8000 元，就算结案了。因为没有参加葬礼，在田戈心中那个高中同学还活着。

田戈的同事彩霞是 2000 年离开这个世界的，舍弃了她的儿子和丈夫，她不该走，可命运就是如此安排。发生了，就避免不了。

2006 年，田戈的大学同学，酒后驾车，凌晨三点，把一个起早出来卖早点的老头撞死了。

2014 年，田戈的同事，也是田戈最好的朋友之一，开车门时，一个骑着电动自行车的七十八岁的老头，车把蹭到了车门，老头摔倒了，不死不活地花了几十万药费，依旧不死不活的，交通队判田戈朋友全责，而那个朋友其实是一个彻底的无产者。大家感叹，为什么是她？多好的人，怎么就摊上这么一个事情。

以上只是造成严重后果的，而后果轻微的事情还有很多。

田戈想，开汽车可真是一件危险的事情，既要靠头脑，又要靠运气。田戈又想，这人的生命也坚强也脆弱，坚强的能活一百岁，什么病都能挺过去，而脆弱的，外表看上去健健康康，但说死就病死了。

2010 年初夏，田戈参与面试为公司招聘大学生，一个身材高挑金色头发说喜欢音乐的女学生吸引了田戈的注意力，田戈觉得这样的人是可以培养成出色的职业人才的。报到之后，她分到了田戈的部门，后来又被田戈推荐到了营销系统，于是她成了营销部门办产品展会的亮点。2011 年夏天，田戈离职的时候，她和几个年轻人共同给田戈送了一束鲜花，那是田戈第一次收到鲜花。但 2011 年的冬天，田戈就听说她得了白血病，田戈到医院探望，她的父母、男朋友都陪着她，田戈鼓励她，坚定她治病的信心，她穿着花睡衣，躺在病床上，让田戈感觉心痛。又过了一年，也就是 2012 年的冬天，田戈听说她换了骨髓之后不大成功，最后死于肾衰竭。为什么命运让这个美好的女孩生命如此脆弱，更可怜的是她的父母欠了巨额债务也没能留住女儿。

恨无常！

白血病姑娘在生病之前和田戈同事的那段时间，每隔几天就到田戈办公室坐下来听田戈说话，田戈像职业病一样说个没完，最后看表下班了，才算完事。那姑娘似乎也很爱听田戈说话，后来那姑娘从千里之外的家乡捎来一瓶酒、一壶醋给田戈，田戈很不好意思地收下了她的礼物，当然从包装上看不会很贵。2011 年的 7 月，工厂要搞庆祝党的生日的联欢会，田戈和几个文艺青年筹备了一组节目，有小陈独唱的《北京颂歌》，有白血病姑娘口琴独奏《唱支山歌给党听》，有集体演唱《山丹丹开花红艳艳》，田戈二胡伴奏，还有一个穿红衫白裙子的姑娘朗诵《回延安》。这次节目成了白血病姑娘的最后演出，她反复换衣服唯恐自己不够美丽的情景让田戈想起来就心痛，当然田戈的心痛远远比不了她父母和未婚男友强烈。田戈反复思考这个健康的姑娘怎么就得白血病了呢？最后他找到的唯一可能就是她喜欢将头发染成金色。虽然后来在田戈的建议下，她不染头发了，可当头顶上的黑发逐渐长起来替代金发的时候，她却住进了医院。田戈恨不得对天下所有喜欢染发的女孩子说，珍惜自己的生命吧！男孩子们则无所谓，在田戈看来，喜欢染发的女孩可以理解，喜欢染发的男孩则比较不大好理解。

这些早早逝去的生命在田戈的大脑中形成了阴影使田戈对无常二字理解得越来越深刻！当然从新闻中看到的死亡故事就更是层出不穷了。人出生的时候，大多是父母的宝贝，但随着时光的流逝，当这个人死去的时候，还是谁的宝贝呢？

三寸气在千般用，一日无常万事休！

好好活着每一天，坑人害己有天命。

2. 田戈的免疫崩溃

田戈一直认为正常的人生是一个平衡的系统，譬如一个婴儿难产死了，从社会伦理角度这个婴儿没有付出，没有收获，完全平衡。而对于四十一岁的田戈来说，首先要盘点自己的得与失，才能分析自己的平衡状态。田戈在一本有名的外国书中，看到了一个关于资产和负债的概念，那书上说能给你从经济上带来收益的就是资产，否则就是负债。例如你购买一辆汽车，用来旅游，那么这辆汽车就是负债，如果用这辆汽车做生意，那么这辆汽车就可能是资产，这样分析似乎有道理。但田戈想我如果用这辆汽车旅游，我得到了快乐和满足，这又怎么能够用金钱来衡量呢？看起来人生如果用金钱去计算得与失，本身就是一个伪命题。那么人生应该用什么来衡量得与失呢？田戈经过多年思考，发现人生其实应该用心理的得与失来衡量自己。心理失衡的人很痛苦，不是爆发去追求新的平衡就是患上精神病，或者就是在朝着这两种情况的过程中继续前进。

2003 年，著名的香港大明星张国荣自杀了，那段时间，田戈周围的人都在议论这件事情，网络上流传“哥哥自杀”的话题，有的人说估计是得了“艾滋病”，有的人说估计是得了“精神病”，可见在精神病和艾滋病在大家心中一样都是绝症。其实在艾滋病和精神病之外，还有一种疾病是非常可怕的，而田戈在 2004 年 8 月份，就被确诊为这种病，由于这个病就连很多医生都不大理解，田戈自己给这个病起了一个名字叫“免疫系统崩溃症”。那么在什么情况下人会得这个病呢？其实就是在严重心理失衡的情况下，又没有得精神病解脱，那么就会得这个崩溃病，这是田戈自己总结的经验，就好像发现他的手被开水烫了之后用凉水泡可以迅速治愈一样。

2004 年 3 月份，田戈经过反复犹豫，给那个温和的经理提交了辞职报告。经理说我可以给你升职加薪，你能不能不辞职？田戈说我辞职不是为了钱，而是要去自谋职业。田戈所谓的自谋职业其实真的不是他的本意，田戈喜欢这个公司，喜欢工作，但他此时已经被高高地挂在那里成了一个关系协调者，而他始终在心理给自己定位是一个执行者和创造者。面对一群自己无法左右的人，自己每天混日子实在是太无聊了。为此，田戈以抵抗非典型性肺炎的名义在 2003 年 5 月份给自己剃了一个光头，而后又刻意减肥，让自己变得瘦瘦的，这些都不能麻痹田戈那颗不安分的心。终于在 2004 年春节，在一个大学同学的怂恿以及自己躁动的心态下，田戈决定辞职自己办公司，田戈天真地认为以自己的能力可以通过自己管理咨询公司，将外资企业的管理方法复制给广大的民营企业，让这些企业得到同样快速的发展。

2004 年 4 月，田戈已经离职，新公司的执照已经取得，但外企公司的人力资源总监亲自给田戈打电话，说田戈你回来吧，工作给你安排好了，到集团的公关部做处长，田戈听到老领导给自己打电话真是热泪盈眶，他决定舍弃新公司回去上班，可那个帮他的同学说办公地点给你准备好了，改造办公室花了不少钱，注册公司不少钱，相关领导大力支持，大话也都说出去了，如果你现在退出，作为老同学也没有办法，只能认命吧。田戈心理矛盾极了，一方面老领导的器重和自己心理上对这个公司的依赖，另一方面是同学的情谊和若有若无的发财创业的机会。如果田戈知道后来日子的艰难，他真的不会去开什么公司而是老老实实上班，而那样他或许会有一个比较平静的人生，但命运偏偏要给他这颗不安的心上了一节课，课程的时间是 4 年。田戈不知道如何解决自己心理的不平衡，于是他的身体出现了问题。

2004 年 4 月 15 日，田戈辞职半个月之后重新坐上了熟悉的班车，班车上的熟人说，最厉害的人就是辞职半个月又回来的人。田戈去找老领导报到，老领导不温不火地说了几句勉励的话，田戈就去公关部报到。公关部的领导比较热情地接待了田戈，但公关部的同事看着田戈的到来都觉得奇怪，这个已经辞职的人到底要干什么？当天中午，田戈请公关部的两个同事吃饭，那两个人说不知道田戈要来公关部上班，而且其中一位处长更是惊讶自己居然要被田戈顶替而失业。田戈说两位同事我真不知道事情是这样的，你们的领导居然什么事情都没有安排好，那我算是多余的人了。田戈第二天借口眼睛出问题没有去上班，同时给老领导发了电子邮件说自己不愿意让同事为难，只好辜负老领导的一片好意了。

第二天田戈到城市眼科医院治病，大夫说你这眼睛再不治就瞎了。田戈问大夫自己的眼睛为什么怕光，大夫说是虹膜炎，对着医院墙上的图片介绍，田戈的另一只眼睛看到了关于虹膜准确的定义，说白了就是相当于传统照相机的光圈，当光线强的时候，光圈要减小，反之则增大，虹膜中心部分没有膜的部分就是瞳孔。这个发炎的器官在光圈变化的时候必然感觉疼痛难忍。治疗的方案对田戈来说很可怕，因为要往眼球里直接注射消炎药物。田戈咬紧牙关，忍住了注射过程的痛苦，当自己离开医院的时候身边一个人都没有。田戈在路边给那个支持自己的老同学打了电话，说自己决定留下来开公司，那个同学很高兴，马上赶过来照顾已经是“独眼龙”的田戈。为什么会得这个病呢？田戈在复诊的时候认真地听大夫解释，但说来说去也只能总结成一句话，身体免疫系统出了问题，也就是说当一个人免疫系统出现问题的时候，发炎的部位就会很奇怪。田戈回家后认真查阅资料，发现人体有三层免疫系统，第一层是皮肤，让我们可以不会因为皮肤碰上不干净的东西立即被感染。第二层是血液循环系统中的淋巴系统，可以消灭侵入机体的病菌，比如皮肤划个口子就会有白细胞到那里消灭致病菌。第三层是针对靶细胞的免疫细胞，比如种牛痘就是让身体产生抵抗天花的靶细胞抗体，只要身体中出现天花病毒，身体就会将其当作靶子而派抗体消灭它。田戈经常做这样的比喻，人的第一层免疫系统就好像社会中老百姓的自我安全防护，第二层防护系统就是公检法乃至城管这些国家机器，对那些违法行为进行治理，第三层就好像特种部队的狙击手，对那些亡命徒进行彻底地消灭。这样比喻固然粗陋，但田戈就是喜欢把事情简单粗陋化。比如田戈参加同学聚会的时候，一个号称自学中医的同学给另一个同学号脉，嘴里说你呀阴阳都虚，那个被号脉的说自己确实是这样，别人觉得这两个人说得很玄，怎么阴阳都虚呀？田戈在旁边说，就是你吃传统涮羊肉的时候过一段时间锅里要加水、锅下要加碳，这就是阴阳都虚了要补一补。大家哈哈一笑，自学中医的同学频频点头说就是这个意思！

田戈的虹膜炎是因为那段时间严重心理不平衡使得身体的免疫细胞工作不够积极了。如果一个国家产生了政变，那么这个国家的公检法乃至城管肯定会放松警惕，田戈又开始这样不恰当地想自己的病根，最后得出结论，自己太纠结于工作选择的两难之间了，是自己一步一步把自己逼到了两难的地步。

2004年的4月份，田戈的公司静悄悄地开张了，小娜也觉得自己似乎是总经理夫人了，但其实，公司是几个人合资开的，田戈只不过比别人多出了几千块钱资金而已。渐渐的，田戈招了各色人等到公司，但每一个人的到来都有一段故事。小白是田戈拉入伙的，那个时候，田戈还不知道小白曾经在自己和晓雪之间横加干扰，让自己失去了1991年秋天唯一一次可以和晓雪单独谈话的机会，尽管如果真的发生了密谈也未必有什么不同的结果。一个171厘米高的少妇是田戈在研发中心新认识的同事。一个178厘米高的30岁青年才俊是田戈他们的客户推荐过来的，据他自己说在北京大学讲过管理课程。另一个黑胖子是小白带过来的同事。这是一群富有激情的人，但也是一群思想不成熟的人。31岁的田戈对171厘米的少妇产生了莫名其妙的好感，否则也不能拉她入伙。小娜对公司里唯一的女性充满了敌意。田戈劝小娜不要再到公司上班了，小娜说公司刚成立我就在，现在你找了一个大秘就要把我踢走，省得碍你们眼，我偏不走，我就要看着你们要干什么。小娜在公司里整天用网络摄像头和陌生男人聊天，也许是故意气田戈，也许她真的需要陌生男人的夸赞，但公司的氛围确实让田戈喘不过气。只要田戈稍稍对171厘米少妇好一些，小娜就会爆发和田戈之间的口水战。田戈显然是这个新公司的主帅和业务主办，因此他开始在和小娜的战争与公司要挣钱维持之间全力周旋。白天，田戈要说服客户，说自己的团队是企业管理的一群专家，希望客户能够出钱接受公司的咨询服务。晚上，田戈要和小娜谈谈，不行就离婚吧，而小娜的态度是，离婚是不可能的，尽管我不爱你了，但我还必须有面子，不能成为离婚的女人。田戈说要不离婚就好好过日子，不要一而再再而三地给我戴绿帽子，小娜说你可以整天和大秘卿卿我我，难道我就不可以和男人约会吗？田戈有一天回家，在家门口看见小娜和他的前男友之一在小区门后的汽车里坐着，看起来是他们似乎在一起的时间很久了，以至于到家门口还不忍分离。

由于田戈购买的是跃层的房子，所以田戈在2004年的6月至8月很容易就和小娜做到上下层分居了。那段时间田戈每天都被胸口的疼痛从昏睡中唤醒，看看手表发现是凌晨四点钟，生物钟在田戈身上一直都极其精确。白天，田戈要去讲课，晚上回来就准备第二天的讲课内容，深夜睡觉，凌晨惊醒，准时四点钟，再也无法躺下，因为胸口似乎不能承受地球的重力。田戈面色焦黄，身体日趋瘦弱。一直到 8 月初的一个凌晨四点，田戈感觉自己可能真的不行了，胸口疼得太厉害了，于是起身离开家门，步行到了附近的医院，挂了急诊。大夫检查之后说你先住院吧。那天临近傍晚，田戈接到小娜的电话，告诉小娜自己在医院，小娜来了，看见田戈的胸口粘了几个带着电线的检测头，四根电线汇入田戈腰部挂的小黑盒子。大夫告诉田戈这个仪器叫做“好特”，用来监测田戈胸口特别疼的时候心脏是不是有问题。田戈坦露心胸地对小娜说，我这次可能够呛了，如果我死了，你要好好过日子，别太贪玩儿。小娜没有吵闹，没有抱怨，而是开始解决田戈的吃饭问题。田戈第二天开始发烧，而且右腿膝盖开始肿胀疼痛，一条腿已经走不了路了，晚上田戈去厕所是自己扶着一个木凳子一点一点地蹭过去的。接下来一周田戈每天都做检查，但没有药可吃没有针可打。甚至田戈还做了有生以来第一次钡餐查胃口，所有的检查似乎都没有和田戈的病症对上号。第八天，田戈对来探病的小白说，你帮我转院吧，这个医院会把我治死的。田戈真的不知道往哪里转，而且自己已经难以走路，这个可怜的家伙来医院时是自己走进来的，出来的时候不得不让同事们帮助才能走出来。

最后田戈在大家的帮助下来到了华城一中心医院，大夫果断地把田戈安排住进了血液肿瘤科，和一群垂死的病友同住。田戈让小娜帮忙从家里拿了四本书，分别是《红楼梦》《西游记》《水浒传》《三国演义》，田戈一页一页地认真阅读，逐渐让自己的心静下来了。一个青年女大夫没有安排田戈做检查，而是当天就输液，田戈看了看铁架子上面挂着的瓶子，想要知道大夫往自己身体里都输了什么，瓶子的标签上写着“氧氟沙星”。而后有每天吃药，其中有一种药片叫做“强的松”，田戈知道是一种激素，自己在大学毕业前夕因为腿肿吃过那种药，后果是自己会变胖，医学术语叫作“满月脸，水牛背，向心性肥胖”。田戈把强的松偷偷地扔掉了，几天后大夫决定加大剂量将激素混在输液的药中，田戈没有办法扔掉液体里的激素，就只能任由身体发胖。其实田戈知道，激素让自己的食欲变得太好，所以才胖。田戈读着完四本大书，听熟了几首流行歌曲，病也渐渐好转，至少不恶化了。

同室的病友有一个七十多岁的老头，一天一天地衰弱，护士抱怨说老头的血管像铁丝一样硬，输液时根本扎不进去，换成扎腿上都不行，这老头都住了三个月的医院了。人瘦得不像样子，儿子、儿媳妇每天都来，但待不了多久就走了。小娜每天都尽可能在医院，这让田戈的心理由厌烦转为感动进而转为依赖。尽管夜里小娜会挤在田戈身边，让田戈睡得很不舒服，但小娜也是克服了病房里还有两个其他男人的影响，坚决地留在了医院。四岁的儿子在小娜的娘家，大概还不会因为想父母而太难过，而田戈四十五岁的父亲在一个月没见到儿子的情况下开始主动打电话问候，田戈这才和父亲在电话里说了实话，他告诉父亲自己目前住在医院里，不过病情控制住了，不用担心，会好起来的。父亲、丈母娘、公司的客户老板陆续来探望田戈，田戈很感动。

在田戈快要能够把那条肿胀的腿伸直的时候，病房里那个老头腿也伸直了，只不过老头的腿再没有弯，因为他的心律在四个小时内匀速下降从70降到0，最后仪器显示的是一条直线，和电影、电视剧里演的一样，只不过过程显得慢得多。夜里11点30分，除了老头的家属留下，田戈和小娜以及另外一个病友被临时请出了病房，因为要给死老头尸体穿上那种清朝流行款式的长袍马褂，田戈不理解，都解放这么多年了，给死人的“寿衣”为什么还是清朝款式，难道地狱还是清朝？夜里12点刚过，田戈被允许回到自己的病床上。第二天那张昨天躺过死老头的病床又住进了一个强壮高大的中年男人，一进来就喋喋不休地唠叨自己的病。田戈逐渐弄清楚了，刚进来这个四十岁的高大壮汉得的是白血病。昨天死了的老头得的病是缺少血小板，临床的五十多岁的大爷得的是血小板太多病，田戈的病似乎怎么都和血液没有直接关系，但和医院别的科室似乎更没有关系。

病友之间多少要交流的，尽管田戈这个病人每天读书显得格外另类，大家还是祝福他可能是这个医院这个科唯一一个能够康复的出院病人。那个血小板太多的壮年男人靠输血维持生命，那个四十岁的壮汉则靠每年一次往身体里输“蓝墨水”活着，田戈从此才知道所谓的化疗就是往身体里输蓝色的液体，据说这种东西可以把好坏细胞都杀死。田戈原来以为化疗就是一种化学的治疗方法，而提起化学，田戈想到的就是酸碱中和反应或者腐蚀和燃烧，所以化疗病人掉头发可能是腐蚀的结果，现在经过实地考察，田戈才知道化疗并不是做化学试验，而是向身体里输送蓝色的治疗液体，那种液体会让病人产生日后的恐惧感，据壮汉说过程很痛苦，一两周内越来越痛苦。壮汉用不住地诉说自己倒霉的运气来缓解对马上就要到来的痛苦的恐惧感。

经过和病友聊天，田戈发现人生病无非是两种原因，其一是心理失衡导致免疫系统出现问题，然后就得了奇奇怪怪的病；其二是因小病胡乱吃药导致身体正常的生理机能被破坏，于是产生更为严重的问题。比如田戈在中学时代有一个同学，一根毛发都没有，就连眼眉也没有。听人传说，那孩子小时候喜欢吃各种胶囊，只是好玩儿，与生病与否没有关系，当家人发现孩子有这个毛病之后，孩子的头发已经都快掉没了。那个得了“血小板太多症”的大爷说自己本来的问题是皮肤瘙痒，四肢起痒疹，到处治病，吃了很多药，结果就得了这么一个血小板太多的怪病。

田戈在医院里住了 29 天，终于可以出院了，大夫在他的病历上写了疾病的名字——反应性关节炎。田戈胸口也不疼了，凌晨四点也不会惊起了，身体的免疫系统重新建立起来了。后来几年，田戈的腿再也没有肿过，阴天也不会疼，因为他的病完全是免疫系统疏忽造成的临时问题，而不是腿部关节本身真的出了什么问题。但每次田戈精神连续紧张的时候，他的虹膜炎还会发作，往眼睛里打针的痛苦后来又遭受了两次，但过了四十岁之后，田戈的心理承受能力已经大大增强了，没有什么事情能够让他过分紧张了，因此他的身体免疫系统也比较完善，且身体机能与《黄帝内经》里描述得很像。但这并不等于他是一个彻底健康的人，不仅不健康，而且还很不健康，但这与心理活动无关，与田戈的无知有关。

2004年，田戈的怪病让小娜和田戈的关系得到了缓解。而2004年冬天，田戈的一位老同事加入到田戈的公司又加剧了田戈与小娜的矛盾。田戈的老同事是一个身高173厘米的美貌少妇，和171厘米的少妇相比，更具有对男人的诱惑力。171厘米的是一个具有知识分子气质的女子，173厘米的则因为浓妆艳抹更具有让男人眩晕的诱惑力。如果小娜面对171厘米还有些自信，而对这个173厘米的则充满恐惧，这种恐惧让小娜直接爆发，甚至用电子邮件直接和173厘米少妇文吵起来。田戈此时如果能够处理好这些关系，那么这个公司可能因为这些美女更容易大发展，可惜田戈被小娜搅得心神不宁，而且田戈也担心自己抵制不了诱惑。好在173厘米少妇在2005年的夏天就离婚离职了，原因是她高中时的男友出国回来了，所以她要与他鸳梦重温了。田戈在没有任何讯息的情况下等到了173厘米十天为何旷工的消息，这才确信她真的离职了，田戈不大惋惜，因为他知道这个属猴子的少妇是他永远琢磨不清的。2013年，田戈在工作中又遇到了一个属猴子的姑娘，算是一个大龄未婚的女子，尽管沟通过程似乎很愉快，但田戈还是弄不清这个姑娘到底在想什么，最终这个比猴子明显要聪明的姑娘到职3个月后就辞职而去，之前之后都不留丝毫的痕迹，田戈叹为观止。此后田戈迷信地认为，属猴子的女人都是要敬而远之的。

3. 颈椎劳损

心理失衡会造成身体各处莫名其妙地发炎，这一点田戈通过1994年和2004年个人两次人生重大的心理危机事件得到了验证。2014年春节过后不久，当田戈躺在120急救车上的时候，他实在想不明白自己为什么会突发心脏病。那天晚上，田戈正在写他的第二本书，自以为又有了伟大的发现而兴奋着，可最近他总是感觉自己心脏会忽快忽慢地跳，他实在是感觉有些累了，于是就到卧室躺了下来，之后开始感觉心跳加快，呼吸困难，手脚哆嗦止不住，这一瞬间，田戈意识到自己可能要死了，他让小娜打 120，然后让儿子过来准备嘱咐几句遗言，可他又说不出话来。等了半小时急救车才来，如果田戈真是心脏病，那么这半小时已经要了他的命，而田戈家离医院走路也就 15 分钟。医生和一个抬担架的人走进田戈家的卧室，那个抬担架的说孩子都这么大了，可惜可惜！从口气中田戈听出那个人已经对田戈的性命表示哀悼了。急救医生拿了一个仪器给田戈做了一个心电图，说心脏没有问题啊！田戈的呼吸困难症状似乎有所缓解，手脚哆嗦的症状也有所好转，大夫说自己下楼吧，田戈试了试浑身没有力气，让小娜把带轮子的椅子推过来，自己勉强坐在那椅子上，出门坐电梯下楼进了 120 急救车，小娜和儿子跟着一起去了医院。大夫说放心吧，不是心脏病，我们要不来，估计多躺一会儿也能缓解。

经过诊断，大夫说田戈得了颈椎病，田戈说年初体检的时候报告上写的是颈椎曲度变直，自己还以为脖子直一些不是问题，就没在意，原来这个病居然这么难受。大夫说，颈椎里面有支持呼吸心跳的神经，如果受压迫，就会出现呼吸心跳功能紊乱。就好像汽车的发动机本身没有问题，可电脑控制程序出了问题，汽车也会失控。大夫的比喻让田戈如梦初醒，原来自己这一年以来的低头奋笔疾书差点断送了自己，原来这总低头也会生大病。田戈想起自己多年来低头读书对自己的脖子实在太不珍惜了，所以脖子罢工了，现在田戈只要低头，脖子就抗议，在摇头晃脑的时候总是听到颈椎咔咔的声响，你想忍受也忍不了，只有从此后尽可能昂首挺胸，身姿就好像一尊佛面对世人。这个病让田戈知道，身体的所有部位都要正常地使用，适当的时候要学习，不能自以为是，这种劳损一旦形成，谁知道什么时候才能够恢复，或者一辈子都要这样下去。

从此后田戈和别人聊天的时候总喜欢说说自己的颈椎病，他很希望别人不要得这个病，同时他也知道很多人和他一样在得这个病之前根本不知道这个病的厉害，所以很多人根本不爱护自己的脖子。田戈说他很奇怪，这么严重的病为什么从小到大都没有老师教过，没有前辈传授过经验。脖子似乎是很难用坏的就像眼睛一样，但颈椎病似乎比近视眼要可怕，因为发作的时候真的是感觉自己就要死了，田戈如是说。以前田戈可以连续写字几个小时，但现在田戈连续写字超过 10 个就要抬头活动脖子，而且可以听到咔咔的声响，这让田戈非常担心自己有一天脖子会断。总之这个颈椎病让田戈更加深刻地了解了著名的辩证法——量变导致质变。

由颈椎病引发了一系列思考，田戈检讨自己对待身体还有哪些疏忽，比如写书写得两鬓如霜染，比如自己还是处在若干个两难的境地，由于压力过大以至于右小腿皮肤总是瘙痒难忍，比如自己不看牙医导致牙齿损坏越来越严重。

4. 企管咨询

2004 年 4 月份开公司，田戈在老同学的帮助下，结识了几十位企业一把手，而其中六位民营企业老板、一位国企总经理和一位集体企业总经理对田戈的影响是较大的，按照时间的顺序，我们来讲一讲田戈和这几位老板合作的故事。为了叙述方便，我们将其按照字母顺序排列。同时我们也必须说明，这种影响其实是相互的，这几位总经理其实也受到了田戈的影响改变了很多在企业管理上的决策。

A 老板是做家居工具行业的，属于改革开放后第一批创业者，企业从小到大都是自己辛苦创建出来的。田戈在老同学引荐下见到 A 老板的时候，马上就被 A 老板那淳朴的农民气质感染了。和这样的人打交道总会给人一种安全感，似乎他永远都不会骗人。A 老板有三个各具特色的副手，在日后的接触中田戈与他们渐渐地熟悉了。田戈后来分析，A 老板的成功与这三个副手的支持有很大的关系。A 老板的第一副手是一个名牌大学毕业生，比田戈高三届，因为1989年政治事件的影响，让这个大学生最终走到了A老板身边。如果没有1989年政治事件的影响，田戈认为那个人最适合的职业应该是教授。名牌大学生的英语很好，学习能力也超强，因此就将A老板这种劳动密集型的产业成本低的优势推到了世界市场上，很快就得到了贴牌生产的机会，结果A老板的产品贴上外国标签之后就很像外国产品而行销全球，他们那种单价不到一美元的产品由于全球市场巨大，使A老板逐渐壮大了事业。田戈接触A老板的时候，正是他企业大发展的准备阶段，新厂房建筑、新设备安装正在建设期。田戈给A老板提供了培训管理人员的服务。当田戈还没有离开外企的时候，他就已经为A老板提供了每周两个晚上的培训服务。与此同时，老同学为田戈介绍了B老板，于是每周四个晚上分别给A、B老板的企业提供培训服务。田戈的培训无疑是新颖的，但也是艰难的，因为A、B俩老板的队伍文化程度是参差不齐的。A老板的另外两个副手一个是他当生产队长时候的副手，另一个是国有企业工程管理人员出身。B老板的下属有国企下岗工人和优秀的年轻农民工。A老板对田戈说，你就找人给我的企业整合吧，弄个工作组，我再借给你一辆夏利汽车，放手干吧！ B老板对田戈说，A老板都这么信任你，我自然也没说的，我们两个企业家托着你，放手干吧！

田戈就这样在AB两个老板的鼓励下，建起了公司，但初期就种下了公司覆灭的隐患，那就是公司的所有权是田戈、小白和那个老同学三个人的。三个人本来算是老同学兼好朋友，但因为一起办公司，必然最终会导致公司的解体，这种必然性是田戈初期怎么都想不到的。其实这种模式散伙的原因无非就是有人觉得付出和所得不平衡，而付出少得到多的人又不主动放弃一些利益，这样就会持续加重其中某些人的不平衡感，最终导致整个系统崩溃。

田戈为A老板提供的培训和给B老板提供的是一样的，但A老板在培训的时候基本上不说话，B老板则在田戈培训后滔滔不绝地说个没完。A、B两个老板又几乎同时上了一个管理软件，那种软件简称叫作ERP，翻译成中文叫做企业资源计划。正如田戈所料，这两个公司最终都无法成功地使用管理软件。电脑在这两个公司员工手里就像烫手的山芋，最后软件流于形式，不得不宣布停用，其实从来就没有真正的开始使用，像没有同房的包办婚姻很快又宣布离婚，软件还是软件，员工还是员工。这又好像田戈自以为是懂音乐的人，所以就购买了一种被称为埙的吹奏乐器，当时认为自己很容易学会，但实际上拿回家根本就吹不出音阶，也没有人指导，所以不得不将那个东西当成工艺品摆在书桌上。A 老板的所有员工都说自己不会用电脑，所以 ERP 软件停用了，B 老板的所有员工都按照规则往电脑里敲数字，但实物究竟如何没有人关心，所以电脑里显示的结存材料数据在现实中总是对不上账。电脑在 A 老板的工厂成了大家玩掀扑克牌游戏的工具，在 B 老板的工厂成了粉饰太平的工具。两位老板都觉得被电脑骗了，田戈告诉老板们做管理要以人为本，比如我们要想管好一种东西，我们第一步要教会工人如何管好，那么第一步就要先教工人把东西摆好了，就像婴儿学走路前先学会站在原地不摔倒。于是 A、B 老板在田戈的协助下轰轰烈烈地开展了一种叫做“5S”的活动，田戈用几个小时给大家讲如何实施 5S 管理，但其实就是教大家把东西如何安置好，这个工作就已经让企业感觉难上加难，因为似乎没有人乐意给别人提出正确要求，而上级提出的要求往往又被下级认为是不正当的要求。

A、B 老板觉得田戈讲得很好，可是就是无法快速地实现田戈说的要求。A 老板是宽厚的外表下隐藏着精明的心，B 老板是大大咧咧的外表下隐藏着阴谋与邪念，这两个老板逐渐发现田戈的方法虽然好，但似乎和电脑对于他们差不多，时尚而不实用。田戈给 A、B 老板的服务价格是每个人每小时 200 元管理咨询费，这对于 A、B 老板来说是昂贵的，但初期还能接受，后期则明显朝着减少服务时间以降低服务费用的趋势下滑。A 老板真的借给了田戈一辆夏利牌汽车，田戈利用业余时间在老同学的帮助下基本上学会了驾车，但田戈天生运动技能差，所以汽车开得很差，甚至出了不大不小的交通事故，让田戈觉得很没有面子。

田戈这驾驶汽车的水平怎么能拿到驾照呢？这都是因为田戈的教练本领高，他在教会田戈起步停车后，就不再安排田戈练习，一个月之后驾照就发下来了，天知道教练是用什么方法办的驾照。

田戈开着夏利汽车奔波于他的客户之间讲他的企业管理，这样维持到 2004 年年底的时候，A、B 两位老板已经把田戈他们的服务降到每月四五千的程度，已经不足以支撑公司运营的费用。而且，在 2004 年 10 月，田戈决定给公司再购买一辆夏利汽车，以便解决每天可以服务不同的客户的交通问题。2004 年年底，在老同学的帮助下，田戈又见到了 C 老板和 D 老板，这两个老板明显比 A、B 两位要财大气粗一些。C 老板靠给别人加工产品起家，逐渐发展成自己的品牌，如今已经是业界了不起的企业，每年的营业额也达到 10 亿，且 C 老板明显具有流氓大亨的气质。第一次和 C 老板接触后，C 老板就提出请田戈他们全公司员工一起吃饭沟通，这样田戈公司里的 4 男 2 女 6 个人就全部在 C 老板面前得到了展示，而 C 老板则对 171 厘米和 173 厘米两位少妇表现出了浓厚的兴趣。后来田戈在 C 老板的办公室的套间里发现 C 老板每天要服用大量的补肾药品，再后来田戈才知道 C 老板背着他分别约两位迷人的少妇单独吃饭，但都被拒绝了。田戈的两位正经女下属对 C 老板来说估计是很有吸引力的，因为田戈后来发现 C 老板用他的钱可以随意买来 KTV 美女的拥抱和亲吻，这种坏坏的男人渴望的是征服正正经经的女人。第一次陪 C 老板去 KTV 的时候，田戈发现 C 老板怀抱的美人时很具有电影里狗男女的淫荡气质，同时田戈也分析出 C 老板或许每周要来这里 8 次。对于一个男人来说，拿钱买到的东西是有价的，如果价格不贵，200 一个小时，那么男人们绝对不会珍惜。田戈突然意识到自己在 C 老板前面和那个穿着白短裙的 KTV 美女一样都在卖笑，价格也一样。

那次和 C 老板去 KTV 是田戈有生第一次进入那种暧昧的场所，田戈不敢也不愿像 C 老板身边别的老男人们那样热情搂抱那些坐台小姐，只是和小姐偶尔闲聊几句，这样就显得很不自然。而 C 老板在小姐丛中则显得如鱼得水，谈笑风生。C老板对一个穿吊带花短裙的小姑娘说，给我唱一段，小姑娘说嗓子疼，C老板说小姐今天音道不舒服啊？然后就是几个老男人哈哈地坏笑，小姑娘则故作天真地说是不大舒服。然后一个年龄超过七十岁的老男人说，今晚和我出台我就让你舒服，然后大家又是淫笑不止。老男人接下来说自己现在每周还能干六次，每次最快两分钟就完事，生活质量很高，大家纷纷说佩服佩服。C老板对大家说，记得上次在泰国看的那个节目吗？你们觉得那个女的把几片剃须刀塞到自己那里再一串抽出来，她怎么就不流血呢？大家又哈哈地坏笑！田戈知道自己怎么也难以和C老板气味相投，田戈也知道C老板肯定看不起田戈似乎装腔作势假正经的样子。在女人面前，田戈显得过于保守，这一点非常不合C老板的口味，因此后来田戈和C老板合作了几个月之后就停止合作了。

D老板是买断国有企业之后发展起来的，他原来是那个国有工厂的生产调度工，后来因为人长得有老板气势，头脑也好使，就逐渐成了厂长，等工厂经营不下去了，他就廉价买下了工厂，条件是保证当时的工人不下岗，已经下岗工人交保险直到有退休金。就这样，工厂更名为公司，厂长成了总经理。D老板请田戈吃饭，不提咨询的业务，直接说田老师可以到我公司来上班，年薪10万元如何？田戈说感谢D总的厚爱，心里说我在外企工作时年薪都超过10万了，工作都在自己控制中，环境也好，现在您让我去您那里，就违背了我辞职出来的本义。D老板似乎有些失望，这顿饭就这样不欢而散了。其实田戈拒绝他还有一个充分的理由，那就是他留着一瞥小胡子。

E老板是一个经常穿西装打领带的人，五十出头的年龄，自信中透露着精明，只不过E老板几乎总是打同样一条领带，这和田戈在外企的时候不一样，那时候田戈每天必须换领带，否则会被人认为昨天晚上到别处鬼混了后来不及回家换领带，这还是公司基本礼仪培训中学到的基本要求。后来田戈和E老板总见面的时候每次都夸他领带好看，田戈的意思是您该换领带了，但E老板每次都谢谢田戈的赞赏说自己也觉得这条领带好看。

显然 E 老板绝对不是因为扎这条领带怀念一个梦中情人，或者夜不归宿来不及换，而是他真的觉得那条领带好看，所以就按照他致富之前的做法每天重复喜欢的事情。

第一次正式见面，E 老板请田戈吃饭，那次田戈喝了 700 毫升白酒以及 1200 毫升啤酒，转天到医院输液才解决了酒精中毒的痛苦。E 老板喜欢和田戈他们讨论管理工作，E 老板把这个工作称为抓管理。后来田戈被 E 老板的真诚打动了，把公司业务暂停了，剩下的三个人都到了 E 老板的企业里当起了中层干部。但坚持半年之后，田戈因为和 E 老板在企业发展战略上的看法不一样，所以就辞职了。田戈分析之后认为，E 老板毕竟是农民当太久了，文化底蕴不足，根本不具备把企业做大做强的气魄，同时田戈也知道自己永远无法成为 E 老板的亲信。

F 党委书记也是某集团总经理，他对田戈的管理培训有些兴趣，但总费用控制到很少的程度，让田戈根本无法维持足够发工资的收入，所以那个工作是“鸡肋”。

G 总是国有企业的总经理，他很欣赏田戈的管理培训，而且希望田戈能够继续做管理咨询，但 G 总工作不稳定，才上任不到两年就调走了；H 总接任后，田戈发现讨要咨询费有难度，所以就找借口停止了服务。

2005 年底的时候，A、B 老板和田戈之间还有少量的咨询业务，C 老板 4 个月前派人和田戈商量请小白担任了独立的咨询顾问，条件是不给田戈公司钱，而是给小白直接发工资，田戈暗地里骂这个 C 老板真流氓真不是个东西，有这样商量事情的吗？这不是抢劫吗？全都是 C 老板自己觉得合适就行，但田戈当时果断地答应了 C 老板的要求，因为 C 老板答应给小白的钱确实不少，小白就这样去 C 老板那里上班了。但三个月之后，小白发现上当了，因为 C 老板根本就不兑现工资，而是每月只给几千块基本费用，说是三年期满再给别的钱。小白气愤之下辞职不干了，田戈开车把小白接回来的时候，就到 2005 年年底了。这时从不更换领带的 E 老板对田戈说，你们就剩三个人了，都来我这工作吧！田戈之前已经将三个职员都介绍给A老板当管理人员了，而自己和小白以及171厘米少妇决定去E老板那里每天看那条漂亮的领带。173厘米的少妇在2005年的夏天已经离开了，他重新爱上了他的初恋情人，他把她的丈夫气得撕了大幅面的结婚照片，当她用汽车从丈夫家搬走自己的东西时田戈是驾驶员。

田戈在2005年底决定暂停所有咨询业务的时候，A老板说你们撤了，我们怎么办？田戈心里想就你们公司每个月出那三五千咨询费还不够一个人的工资。B老板听说田戈打算不干咨询了，表现出无所谓，因为他那时候正在向当地政府申请一个大大的项目资助，如果成功的话他将改变中国的汽车行业，但田戈早就觉得B老板是个“大忽悠”。C老板那边田戈根本就没打招呼，因为田戈觉得C老板无论是气度和性欲都太强大了，自己已经不愿面对他了，而且想起C老板把女人的声带说成音道就恶心。D老板是还没有开发成功的客户，田戈不需要通知，F书记那边主业咨询田戈基本没有参与，非主业都属于陪衬，咨询工作其实很少，所以也不用说什么。G总成功地高升了，接任的H总田戈不大熟悉，所以田戈说H总应该先把人事安排好，此刻不宜做管理咨询，田戈当然不能说是咨询费难要，而且田戈主动免去了H总企业所欠的咨询费，田戈知道反正也要不回来了，不如送个人情吧。2006年春天，田戈等三人一起到了E老板这里打工，但一个月后171厘米少妇就辞职了。

2006年上半年，田戈和小白很努力工作，但小白得不到大家的认可，田戈也得不到E老板的认可，这种现象越来越严重，E老板终于向小白下达了辞退的指令，但对于田戈，E老板还没有放弃。每当田戈和小白到E老板的办公室领工资的时候，E老板手拿着大把的人民币似乎很心疼地递给他俩，这种感觉让大家都很不舒服。E老板辞退了小白，田戈说小白你先走，我把你本月工资领完之后，我也走，然后咱们重新开始去搞管理咨询吧。E老板给小白结了工资，是田戈代领的，因为田戈还是E老板公司里的副总经理，但领完小白的工资，田戈就写辞职报告了，田戈知道自己的工资不一定能领了，所以干脆都不提，7月份田戈离开了E老板。2006

年年底的时候，E 老板约田戈见面，把工资给结了，田戈很感动，E 老板似乎希望田戈能回去，但又没有直接说，只是在之后不久的一个酒会上，给大家介绍田戈的时候仍然对酒席上的人说田老师是我的副手。

2006 年的秋天，田戈在那位老同学的帮助下重新开始了咨询工作，老同学一直在收田戈的现金，田戈不问现金的用途，因为大家提前讲好的规则，如果没有利益，老同学只能帮一次，不能不断地帮下去。田戈在 2006 年秋天到 2007 年春天，又忙碌地到处讲课，小白则应付田戈讲课后鼓动起来客户们的咨询需求。田戈算了算，自己一共去了三十家企业讲课，继续成功开发了其咨询需求的有五家。而后来小白和田戈分别在这五家做过不少咨询工作，甚至担任过其中三家的高层管理职务。例如小白现在就是其中一家公司的综合管理部部长，而田戈在 2012 年 8 月到 2013 年 9 月，担任过其中一家的副总经理。

从 2004 年春天到 2007 年春天，三年的时间，田戈还真的塑造了一个成功的案例，那个企业从二百平方米的占地面积扩张到几十亩地，老板说都是受了田老师讲课的启发。田戈则很清楚，自己讲得都对，但也只有这个企业总经理是成功的，因为这个总经理是大学本科机械制造专业毕业，和田戈有共同语言，而别的总经理们和田戈真的是没有共同语言，所以注定合作都是失败的。在外企的时候，随便一个小职员就是大学毕业，而搞企业管理咨询的时候，碰上一个大学生就让田戈觉得是幸运的。很多听田戈讲课的学员直接说，只喜欢田老师讲课时插播的解困的小故事。田戈终于明白一个道理，管理咨询对于城郭地区广大的民营企业来说就好像是请中国普通老百姓去听交响音乐会，貌似高雅，实则味同嚼蜡。听众们至多只会说一句瞧瞧人家唱的调门真高！瞧瞧这些音乐家真够卖力气的！瞧瞧那指挥，拿根筷子站在中间，什么乐器也不演奏，他有什么用呢？

2007 年的春天，田戈的老同学因为工作调动离开了城郭，田戈知道从此是指望不上老同学的帮忙了，但所有承诺要给的钱必须给完，而因为客户支付不及时，有的钱确实要拖延。但最终还是有一笔钱没能兑现，因为客户赖账了。田戈觉得食言不大好，就决定将那辆开了两年的夏利汽车无偿转给老同学算是补偿，从价值来看也算远远超过最后欠老同学的那一万块钱了。田戈坚定地履行了不让老同学在经济上吃亏的承诺，因此他才能继续和这个老同学保持友好的同学关系。没有形成那种同学合作迟早要弄僵的结果。当然田戈认为这可能和公司及时关闭有关系。2007 年 3 月到 2008 年 9 月，田戈和小白在小胡子 D 老板和 H 总的企业里做兼职企业管理顾问。171 厘米少妇则在电话中向田戈哭诉现在的工作很不如意，田戈于是通过一系列的推荐，让她成为了 H 总企业里的正式职员，这是一家老牌国企，说出去还算体面，工资也还符合她的需求。

由于 D 老板几乎不参与田戈的咨询活动，只是忙着跑巴西的市场，导致田戈在他的企业咨询越来越艰难。管理咨询这种工作，纯粹是给企业老板一个人当顾问，而老板若不参与，则管理咨询是没有用的。田戈和小白意识到，其实管理咨询已经很艰难了，两个人的职业归宿究竟在哪里？就这样田戈和小白经过和 H 总协商，在 2008 年 10 月 1 日国庆节的时候，正式加入到 H 总管理的国企。就这样 D 老板也借机赖掉了田戈的咨询费。当然 D 老板的巴西市场也没有打开，其实就连山西、陕西、广西等带西字的中国市场他都打不开，更别提什么巴西，纯粹是用股东的钱去巴西看看桑巴舞而已！

从 2004 年 4 月到 2008 年 10 月，四年半的管理咨询职业正式结束了，田戈想起这段生活不由得感慨万千，不知道该如何评价自己的这段生活。田戈的客户地处城郭，田戈接触的人，也基本上都是城郭人。从老板到职员再到工人，形形色色，都在为了争取自己的幸福生活而奔波劳碌。A 老板忙着盘点自己的家产，想着随时可以移居欧美。 B 老板曾经用手机发了一个 1500 字的短信给他的美女下属，以便成就牢固的情人关系。C 老板忙着补肾和在情色场所讲那些讲不完的荤段子。D 老板忙着穿上戴袖扣的衬衣不断出国考察，回来之后给大家讲企业要走向国际的未来，大家则更喜欢欣赏他鼻子下面那浓黑的小胡子而走神儿。E 老板忙着和他的下属抓管理，但他的企业却越来越萎缩，八层办公楼有七层都是空空如也。F书记则忙着为百姓造福，自己越发显得无比高尚。G总被调到上面重用，而后又成了华城另一城郭政府部门的纪检书记。H总则忙着没完没了的酒局和牌局以及长途出差后倒时差。小白忙着做一些具体的小事情以及想着如何获得171厘米少妇的芳心，当然究竟他有没有成功田戈无从知晓也不想知晓。田戈忙着思考各种各样问题的解决方案，每次每个问题都有不同的答案，而且每次必然用长篇的文字表达自己的思想，以至于他的大脑就像文字生成器，通过他的手，一般都在电脑上得以展现，通过网络的形式发到各种各样需要这种文字的地方。

田戈曾经是一个出色的企业管理咨询师，这一点他的客户们都很认可他。但田戈也是一个失败的企业管理咨询师，因为他挣不到符合他价值的咨询费，从企业角度来说，田戈实际上是一个失败的咨询师，恰如一个心脏病专家医生死于心脏病。

第六章　田戈的业余生活

1. 为儿子做规划

自从 2006 年 9 月份开始，田戈开始教儿子拉二胡，也是从这个时候开始，田戈才真正地开始和儿子生活在一起，以前儿子都是和姥姥姥爷一起生活的。田戈记得儿子两岁的时候喜欢到处跑，身体非常健康，性格非常活泼，但如今六岁的儿子变得非常的乖顺，让干什么就干什么，如果不乐意干也不会直接反对，而是找别的借口转移大人的视线。田戈想这孩子不知道在姥姥家碰过多少次壁，这才养成逆来顺受的性格。田戈喜欢给儿子买玩具，到超市里只要看见有兴趣的马上就买，儿子对这点应该是满意的，但对学习拉二胡则没有多大兴趣，好在田戈亲自示范和儿子一起练习，这才让儿子一天一天地坚持，从每天 40 分钟，一直到每天 120 分钟，田戈坚持了整整五年半，这才算把儿子送入了专业院校学习二胡，从此他成了儿子的听众。

田戈始终认为儿子是有音乐天赋的，其实这来自于他的自信。如果让孩子自由选择，那么孩子的生活就会陷入“劣币驱逐良币”的规律，他将成为一个一事无成的社会累赘，他将成为一个网瘾、毒瘾十足的恶棍，这就是田戈教导儿子的动力。“养不教父之过”的家训让田戈充满了责任感。儿子的进步却如辩证法所说的从量变到质变，再从质变到新的量变继而产生新的质变。儿子拉二胡是一个曲子接着一个曲子地练习，从简单的到复杂的，终于有一天，儿子的琴声里开始有了情感，那天田戈对儿子说，你终于会用琴弓了，四年的练习没有白费啊！为此田戈在儿子的小书桌上摆了一个笔筒，在笔筒上贴了一个字条，上面写着“坚持就是胜利”这几个字。

当孩子表现出厌烦的时候，田戈有两个招数对付儿子。第一招是耐心地对儿子说：“爸爸很佩服你，坚持做好今天的练习，你就会成为音乐家！”第二招是严厉地对儿子说：“你自己选择，要不要放弃，如果你决定放弃，我绝不会强迫你，请你告诉我，你的选择是什么？”这两招屡试不爽，结果都一样，那就是儿子老老实实地去练琴了。田戈知道，只要功夫到了，儿子会学好的，因为他始终都觉得儿子的音乐天赋和自己一样优秀。对待儿子的音乐教育问题，他坚持像春风一样不断地吹拂儿子的身心，不责备，多鼓励。田戈在古书里看到一句话直接影响他的教育理念，那句话说：“为人父止于慈。”关于慈父是什么样子，田戈找不到标准答案，但他善于总结，于是他就给慈父下了一个定义：用科学的方法把儿子培养成对社会有价值的人。

儿子有很多弱点，比如懒散、瘦弱、缺乏求胜心、喜欢玩电子游戏这样简单而刺激的东西。但田戈坚持不放弃任何教育孩子的机会，他要像春风化冰一样不知不觉地潜移默化地影响自己的儿子。渐渐地，他发现了儿子的优点，比如聪明、善良、正义、富有想象力。当看到十四岁就和自己一样高的儿子和自己合影照片的时候，田戈感觉到自己真的变老了，已经和当年送自己上大学的父亲一样的年纪了。那时候父亲帮自己扛着行李，在行李里面夹着几件旧衣服，其中一条裤子是父亲的女同事送的，田戈亲手把那条女式裤子改成了男式裤子，那条裤子田戈又穿了三年，料子是很结实的化纤面料，田戈想那是因为裤子上有一个香烟灰烫出的小洞所以才被父亲的女同事送出的。如今儿子的衣柜里有过多的衣服，他是不会体会到穷日子的苦处了，为此田戈更担心他丧失理想。田戈告诉儿子，没有理想的人生不会是快乐的人生，没有目标的生活不会是快乐的生活。

在田戈的坚持下，儿子十四岁的时候虽然没有什么成就可言，但田戈至少可以确认儿子是华城十四岁男孩中二胡演奏得最好的。田戈知道，把儿子送上学音乐的道路是一着险棋，这条路很窄很险，好在路上人少不挤，田戈赌的是中国未来一百年都是太平盛世，否则即使是成为二胡大师刘天华，也只是落下一个三十七岁死亡的下场，显然如果田戈不相信中国共产党的光明前途，他就不会替儿子选择学习音乐。

2. 读历史的心得

2006年到2007年的时候，田戈每周都有一半的时间是在家里度过的，除了每天早晨送儿子上学，田戈喜欢坐在家里读书，他惊奇自己作为一个工科大学生居然读完了整部十二厚本的《中国通史》，而更让田戈惊奇的是，他自认为从中领悟了书上没总结出来的学问，那是他认为的关于人类社会的发展规律问题以及人性的本质问题。

田戈认为，数千年以来，人类社会化的过程就是一个大大的游戏过程，就像多人一起玩的扑克牌，打完一把再抓下一把，每次重新洗牌就让参与者感觉有了新的遐想。有一次田戈开玩笑地和妻子说，你看电影里这群人的口号是什么？全世界的无产者团结起来推翻有产者，可无产者推翻有产者的目的就是自己变成有产者，然后如果日后再产生新的无产者呢？比如城郭小村农民失去土地之后就变成了无产者，他们又可能是新的革命力量，妻子小娜微笑着说听不懂。

通过对历史的学习，田戈发现钞票这个东西发明得很好，是极佳的控制工具，但工具就是工具，被人们正确使用才能真正发挥它的价值。田戈在一次给政府干部培训的时候讲了他的新发现，结果引起了现场最大的领导书记同志的不满，从那时候起田戈再也没有给政府人员讲过课，田戈觉得或许自己有些话不能直说，就好像父母永远都不会告诉孩子他生命诞生的全部过程。该明白的自然会明白，不明白的就让他不明白，这多好呀！

田戈到底对钞票怎么看呢？我们不妨引用他当时讲课的稿子，以便从中汲取教训，更加知道掌握好说话的分寸。

钞票这种东西在北宋时候就有了，只不过那个时候还要和银子对等一下，告诉老百姓这张印好字盖好章的纸相当于多少银子。银子的取得方法很多，根本上来说都是人类开采银矿得到的，银矿并非容易开采，因此把银子当钱用就受到极大的限制。用纸来画银子是绝对聪明的办法，这种办法如果是私人干，那么这个人一般被称为艺术家，画个图形写个字，就能卖钱。不过有一点要注意，艺术家死了之后，他的作品才真正升值，而且大家要注意，这种升值的基础是民间炒作，官方往往不干涉。基于这个原因，艺术家这个工作因为是给后辈儿孙造福，所以似乎并非是最好的职业，和栽树、植树差不多。银票在宋朝的时候称为交子，是中国人发明的，让老百姓相信你的银票，要不就是大财主，要不就是政府，我随便拿张纸写上100元去买东西，别人会说我神经病，但大公司开出的银行发行的现金支票，上面写100万元，老百姓马上就认，至于政府印发的钞票，我们更是从不怀疑，除非是假币。因此，在市场上有人印地府银行100亿面值的钞票模样的印刷品，销路往往不错，因为大家觉得骗人不成的方法骗鬼可能还行，或许是大家觉得用冥币可以骗自己心里的鬼。

钱到底是什么？钱是统治阶级驱使被统治阶级劳动的工具。从本质上讲，谁能够有效的驱使人们劳动，谁就是成功者。当然大多数人都是驱使自己或自己被驱使去劳动，少数人成为驱使别人劳动的成功者。当我们到西安的时候，我们看到秦陵巨大的封土堆，兵马俑巨大的阵势，会很震撼吧！这就是驱使别人劳动的充分体现。

钱是怎么被使用的呢？一个社会总会有统治者，无论是被称为老爷还是称为人民公仆，他都是统治者。中国共产党统治之前的社会，官老爷是最大的，银子和铜钱被当做货币的大清朝政府最后走向灭亡完全是因为科技落后，造不出难以仿制的钞票，否则大清朝是倒不了的。“中华民国”有印着孙中山头像的钞票，也是难以仿制的，为什么“中华民国”政府也在中国大陆垮台了？因为“中华民国”时期所有的钞票都不是中华民国政府自己印的，仔细看就会发现，那些钞票都是老牌资本主义帮着印的，以纽约印钞公司印的钞票最为常见。一个穷人挣了钱始终搁在一个富人手里存着，终于有一天富人说：“不好意思，我把你的钱弄丢了！你原谅我吧！”新中国成立前国名党的钞票最终被社会淘汰了，因为那种钞票不是真正的钞票，是伪钞票。真正的钞票一定是统治阶级全面控制的，不会有外人跟着掺和。

人从受精卵开始，需要大量的使用社会资源才能成长，所以就欠下了对社会的债，这种债是其父母以其劳动成果来归还的。比如，一个女人觉得自己可能怀孕了，就去医院检查，那医院是数十万人分别提供的各种服务建设起来的，检查的药品又是几百年科研的成果，而那个医生可能也是上了二十年学毕业的博士。可见一个怀孕结果确认，就可以追溯几乎全人类的发展史，后面的定期孕检，从妊娠到分娩，我们就耗用了大量的社会资源，这么多劳动成果统一用一个单位来计量本身就是荒谬的，但还必须要计量，所以就逐渐发展诞生了现代意义上的钱。现代社会，钱已经发展到不可思议的地步，比如手里拿一银行张卡，就可以带上几乎可以周游繁华世界的钱，这已经是难以想象的事实，而未来呢？一定连卡都不用带，正常人走到哪里，都会有网络覆盖，只要需要，就可以把那一个人全部的信息随时读出来使用，尤其是有多少钱的信息，这就是老子在《道德经》里说的“天网恢恢疏而不漏”。所以，钱又是你在这个社会曾经做过多少贡献或继承了多少前人的贡献的一种计量工具。

以前，银子当钱用的时候，那是一个客观的信物，比较公平，但也比较僵化，阻碍社会发展，因为人们的劳动成果和社会上被使用的银子数量有直接关系。因此，用钞票当钱的主意在社会对劳动成果的需求不断增大的时候，就必然取代银子当钱的主意。因此钞票从本质上说就是印钞票的政府向他所统治的人民开出的借据。政府说你需要什么，咱们可以交换呀。你说我什么都没有，可是我要生活，政府说那你就先借给我你的劳动，我给你开借据，然后你再拿这个借据换取生活所需的物品，当然政府会提醒你这个借据不是什么都能换，即使交换双方都乐意换也不行，如果你到国家开的店里交换，则无风险，如果你向一个美女换取她的一次性服务，那就是违法的，因为这个性交意愿是不可以买卖的，白送可以，买卖不行，这个逻辑不是一般人能理解的。如果你拿钱换的是武器那可能也不行，当然又要区分你的武器是什么，稍微像个样子就不行，但中看不中用的武器是可以的，比如桃木剑。总之关于金钱交易的规矩很多，你长在社会里就要好好学习政府给社会制定的规矩。政府发现人的能力是巨大的，完全可以设计好一定的秩序，带领大家建设美好的家园，不受外敌的欺负，实现我们伟大的梦想，可如何让这些人发挥他们的能力呢？要让他对挣钱感兴趣，也就是要刺激消费。人们的欲望是其挣钱的根本原因，开发人们的欲望是政府本质的工作，比如发展服务业、发展旅游、发展文化产业、发展争名逐利的各种活动，让人们躁动不安，让人们彼此羡慕嫉妒恨，让人们追求快乐到死后的奢华，这样才能更好地统治老百姓。总之，要贵难得之货使民去争，才是统御百姓的好方法。当然，大家不要曲解，我们消费不等于浪费，浪费是可耻的，公务人员浪费则要被处理，普通百姓浪费似乎还没有法律管，但文化宣传和通货膨胀并用可以部分地解决老百姓浪费的问题。

田戈讲课时对大家说，如果我现在停止工作，卖掉所有的财产，把钱存到银行，存本取息，租一个最小的房子，每天蜗居在里面，过着能省则省的日子，一双袜子补三遍穿，不能穿了改为补棉被，我估计我是可以不上班活一辈子了。但在这个社会下，我为什么做不到心如止水地去放羊，我想除了没有土地所有权之外主要是自己的心已经被这个社会打造成一种奢侈的人类，每天的生活都充满着巨大的浪费，然后就是每天 8 小时刻苦地工作。田戈说这是自己折磨自己的一种生活模式，这是最容易被统治的一种生存模式。

田戈问了几个人，都说对现在的钱没有安全感，起因是通货膨胀现象对年龄越大的人就越没有安全感。1980 年，能有一千元那就是大户人家，1990 年能有一千元那也是小康水平，2000 年能有一千元也可以请几个朋友大吃一顿，2010 年能有一千元都不敢到豪华澡堂子洗澡，怕钱不够，2014 年能有一千元也就是钱包里的零用钱，钞票价值感变化的速度令人吃惊。田戈说其实这就是所谓的通货膨胀，国家要控制好物价，以达到最大限度调动老百姓劳动热情的目的。总理说我们一定要控制房价过快增长，这句话的关键词是控制和增长，简单地说就是我们要控制房价增长，这句话的意思由谁来听决定，希望涨的人说一控制房价就涨，不希望涨的人说，房价如果上涨将被控制。田戈常讲，作为一个中国人，我们的土地是国有的，我们不能不脚踏实地的生活，因此我们的生活就是由国家控制的，我们能有饭吃有生活的基本保障，还不会沦为亡国奴就要感恩。总之，田戈说通货膨胀是国家防止人民懒惰的控制手段之一，只要你别偷懒，通货膨胀就不可怕，但如果你年纪轻轻就想挣些钱放银行里养老，你就发现根本没有足够的钱养老。

有的人问田戈说物价似乎不是国家控制的而是市场决定的，田戈说你讲得有道理，但不完全对，国家似乎是既不是完全控制物价又不是完全放开物价，而是有选择地控制物价，凡是能源类、资源类的东西，国家要严格控制，因为这是保证民生的基本条件，什么东西不控制呢？很简单，银行不收的东西，国家不大控制，或者说国家不控制的东西，银行肯定不收。比如你收藏一张绝版人民币，到银行会告诉你这种钞票已经停止流通了，废纸一张而已，但你可以到收藏品市场卖了好价钱。邮票、书画、玉石钻石、这些个东西，银行都不大收，因此这些东西的价格都是不大受控的，几乎是市场调节。再有就是关系到老百姓基本生存的，比如粮食价格国家要控制，如果让底层百姓吃饭都成问题了，那还不造反等什么？就算是一个普通的司机，如果故意报复社会，那也会造成极大的危害，因此对普通老百姓影响大的生活物品，国家要严格控制，给基层百姓一个最基本的活路。大家都是人，社会地位好像有高有低，分工也有所不同，但人格是一样的，没有贵贱之分，这才是中国社会主义真正的优越性。

有人问田戈攒钱有没有用？田戈说在中国这个社会，攒钱是必要的，这就好像我们的身体总要有脂肪，攒钱就是攒脂肪，多了难看，少了也难看，而且少了不抗饿。如果你有很多钱，就一定要想办法把它用起来，而不是放在银行里，当然存一笔钱给孩子当学费这是必要的。你的钱多了，就好像是手里攥着一大把国家给你的借据，你随时憋着想让国家给你兑现借据，但你又担心将来自己生活能力不行了，社会不管你，让你去要饭，这样你就不花钱，存着。可这个社会诱惑很多，比如让你拿新钱买旧钱，反正旧钱不能花，也就是让你把有用的借据变成一张纪念性的道具，你如果上当了，就赶快找下家，否则最终那旧钞票就是一张纪念性的工艺品。你觉得买彩票很可能发财，但国家早就制定了规则，拿出一半的销售额当奖金。所有的老百姓合在一起，整天干的就是花 100 买 50 的事情，这就是彩票的本质。你觉得做生意不错，然后你就开公司，结果你可能觉得依法纳税是一件非常艰难的事情，对初期的小公司来说，要不你偷税漏税要不就关门，反正你只要有买卖，就要交税，没有买卖，你也要交费，总之让你生存始终处在违法和守法的纠结中。如果你是一个大官，依靠手中的权力，换取了利益，于是就有了很多很多的钱，但当你发现自己站错队的时候，你的钱全部成了砸向自己的石头。所以田戈说攒钱这件事，要好好想想，人生其实过不劳而获的生活未必是好事，就好像浑身是肥肉，体重过大的人虽然可以断定其伙食水平超过别人太多了，但这个人绝对不能算健康美丽好看的人。

我们应该如何看待钱？田戈这样回答这个问题。钱是国家驱使我们工作的工具，我们就应该合法的去赚钱，钱多了，也别乱花，干些有意义的事情，陶冶自己的情操，享受自己的生活，学会心甘情愿地被驱使。不要想着挣足够的钱就不用工作了，而要想如何才能在工作中找到乐趣，同时又能多挣些钱。钱似乎永远都是不够的，这种感觉是对的，因为我们为了自己的理想可能要花很多钱，但要注意，赚钱本身不是我们生活的目的。因为生活的这个目标需要钱，所以才要赚钱，而不要因为做这件事情很挣钱，所以自己才去做这件事情。当然最好的方式就是自己喜欢这项工作，而且工作的时候，还有人给钱表示支持，尤其是国家给钱表示支持，这件事情就值得我们去努力。我们不能成为钱的奴隶，为了钱而做太多自己本来不乐意做的事情，甚至是违反道德良知的事情。我们要把钱当成我们做事情的工具，钱会帮我们把想做的事情做得更好。再有，未来的钱现在花，这个理念其实是正确的，因为我们可以预支这笔钱先解决问题，而后再用解决问题后得到的东西还这笔钱，这是全社会打开经济死结的关键，或者说这是解决资本主义所谓经济危机的关键所在。马克思绝对没有想过，工人可以贷款消费，从而带动社会化大生产，促进工人就业。国家可以大大方方地批贷款给他信任的百姓，这就是满盘皆活的走法，如果什么都限制死了，政府对百姓不信任，人与人之间不信任，甚至百姓对政府不信任，社会的危机就会日益严重。举个不大恰当的例子，国外的赌场会借给那些看上去有能力还钱的人一些钱，以便这个人能够继续在赌场赌博，对银行来说类似的事情叫做偿还能力评估或担保。

田戈说昨天的新闻大家看了吗？一个封闭式管理的学校因为各方面的服务与产品的价格明显高于外面的社会，结果三千多人砸了学校，打了校长，学校就是小社会。你觉得学生好欺负，昧着良心赚他们的钱，他们绝对不是傻瓜，只是一时间善良的忍耐而已，如果你拿人家的善良当作软弱可欺，那你就是傻子。国民党在新中国成立前失败首先就表现在政府发的钞票没有公信力，所以百姓就对政府失望透顶，这样的政府灭亡是必然的。

有人问田戈关于股票的问题，田戈更是有一番奇谈怪论，其实这是因为田戈从来没有炒过股票。田戈说股票本来是一种投资行为而不是投机行为，如果这个股票发行者本身没有增加股票的价值，那么炒来炒去都是在变相向国家缴税而已。可如果你放长线，期待股票的分红收益，你就会发现股票实际上都太贵了，每股如果年分红达到 0.1 元，其实已经不错了，但你每股都是 30 元购买的，那么收益率为三百分之一，比存银行差远了，因此如果你不是想依靠投机赚钱，还是不要凑热闹炒什么股票。而如果你非要去投机，那么其实你相当于在赌博，而这是没有什么保障的。尽管田戈听过周围的人说炒股票能赚钱，但田戈认识的人中没有一个依靠炒股票能成功的，倒是听说不少被“套”的。田戈偏见地认为股票和彩票本质差不多,区别在于股票风险大一些,而彩票的风险小一些,股票的投入大一些,彩票的投入小一些。田戈又说凡是这种赌博性质很明显的活动，民间私人发起在中国都是不合法的，因为私人实力有限，容易欺骗老百姓携款潜逃。显然，田戈在投资问题上是过度保守的，他如果有了钱，除了存银行真的不知道干什么，在他的眼里，存银行是损失最小的，这当然取决于他对这个社会是充满希望的，对中国共产党执政能力和未来是从不怀疑的。至于拿钱开公司，田戈偏见地认定现在的环境是不适合合法经营的，所以那不是他要的生活，为了公司的发展去做自己本来不屑于去做的事情，比如陪素养极差的人去喝酒，对田戈来说，这无异于缩短自己的性命。面对没素养的人，田戈面带微笑侃侃而谈，让对方觉得他很投入地沟通，而其实他如坐针毡，心里在诅咒时间为什么还不过去。

3. 田戈对房地产行业的思考

有的人又问田戈觉得未来房地产前景如何？田戈说这个问题比较复杂，但也有规律，从现在看未来的市场，规律是当一个城市可供房地产开发的土地资源枯竭的时候，这个城市的房地产就快要接近符合市场经济规律了。比如2003年以前，华城房地产市场是符合市场规律的，因为那时候的市场竞争是单纯的，没有宏观指导原则，而2003年之后，有了宏观指导原则了，那就不一样了。谁有能力指导房地产行业呢？各种公布的信息就是指导。你现在可以轻易地查到当日房价信息，当然你看不到明细，只能看到结果。假如你是开发商或购房者，你一定会关注房价指导信息。假如你作为开发商敢于使用降价手段而将指导信息置之不理，那么你将寸步难行，这个事情不能往深处说，大家明白就行了。因此，目前城郭处在大移民大发展的阶段，房价是不会降低的，涨价的速度至少应该比普遍的通货膨胀速度不低。炒房子是危险的，和炒股票、炒旧钞票一样有危险，但贷款购买房子自己住还是值得提倡的，这可以让我们提前享受美好的精神生活，工资还贷款了，昂贵的娱乐活动就少了，廉价的读书时间就多了，精神生活就丰富了，否则花钱娱乐只能是耗费我们的大好时光，甚至最后一身是病，不得不花更多的钱去治病。

如果你是一个年轻人，家里又没钱，那么你可以贷款购买偏僻的小房子，要知道当你住上自己的小房子时你的实际生活水准比20世纪80年代的年轻人还是好很多的。所以不要犹豫，也不要幻想房价崩盘，作为年轻人只要努力提高自己的工作技能，端正自己的工作态度，降低自己不务实的物质需求，就可以拥有不错的住房条件。有人说，即使小房子，自己也买不起，比如北京三环以内房子单价都快十万了。田戈说，你要去北京三环以内居住吗？其实当你买不起那里的房子时，你根本就不属于那里，而房子这种特殊的商品，如果你不投机，买来不用是没有价值的。

有人问，那中国的房子价格何时能不涨价？田戈说，如果你在人生前半段是漂泊不定的，你可以不想这个问题，如果你想在一个地方停留，房子一定是你最大的负担，这和古人打造山洞是一样的，你不用管房价波动，有需求就抓紧研究满足自己就对了，别信那些所谓的专家关于房价的预测。喜欢一个地方，也有条件住在那里，那么就抓紧安居在那里就对了。人生不过几十载，如白驹过隙，尽快停止折腾才是修养自己的最好手段。

田戈常讲一个故事，说巴塞罗那大教堂去过吗？那是19世纪设计的，到现在还没有建设完，从里到外都充满了魔幻般的线条和曲面，但这种纯粹艺术的建筑在中国是没有的。我们的长城了不起，那完全是军事目的使然，而且如果没有大山的衬托，长城就是一道砖墙，地基用的是石头。欧洲的大教堂是宗教建筑，宗教的意识使设计者在一百多年以前敢想，使后来的建设者敢干。而在中国则不行，我们绝不会干这种耗时太久的只能作为精神指引用的建筑。在宗教问题上，孔夫子教我们，嘴上信，心里未必信，心里信嘴上未必信，心口不一，不能让人看穿，该说信的时候就要说信，反之亦然。

田戈总结，中国人幸福就在于土地国有，如果没有贪官，这样的制度就是有福同享、有难同当的理想主义，科技水平如果再理想一些就是所谓的共产主义。如果是资本主义的私有制，土地私有的话，那么这个社会就完全不一样了，建议普通的中国百姓不要羡慕资本主义的繁华，因为那种繁华不是每个百姓都可以拥有的。假如中国变成资本主义社会，一定有相当一部分百姓比现在活得要悲惨。或许有人说，资本主义可以充分调动人的积极性发挥其才干，但是对人类邪恶本性的调动其实也一样。我们的社会主义道路前途无限光明，只要我们按照自己写出来的规则去做，那么除了伙伴少一些，也没有什么可以担心的。真理毕竟在少数人手里。田戈这种人就是这样敢于在大家面前大言不惭的议论他完全不懂的政治问题的人。

4. 田戈对投资问题的思考

有人问田戈如何投资？田戈说人生苦短，投资的关键是投给自己的未来。所以首先要问自己想要过什么样的生活，再去思考乃至决定投资的方向。传销之所以能够迷惑那么多人，就是因为那些被迷惑的人不知道自己未来应该怎么过，所以就单纯为了赚钱而投资，最终发现自己成了别人的猎物，为别人的未来生活添砖加瓦，绝大多数的传销者没得到想要的财富。

因此弄清自己想要的生活是首要解决的问题。有人问，投资就是要赚钱，和未来生活扯不上关系。田戈说你赚钱不也是为了生活吗？别人说田老师说得太深奥，能不能举个例子？田戈笑了笑说，其实我的话里面确实是有玄机的，我说的投资是综合意义的投资，不是简单的投钱。所谓综合意义是说我们投入的时间、金钱、感情、承诺，等等。比如说一个年轻男人想要拥有美满的婚姻，那就必须选择好未来的妻子，所以就要付出时间、金钱、感情、承诺，然后才可能在未来收获美好的家庭，否则你试试花很少的时间，最好不超过一天，花很少的钱，最好不超过一千，投入很少的感情，也不需要承诺，你将找到一个什么样的妻子呢？答案是临时的性伙伴，45分钟后离开两不相欠的那种。再比如说，一个男人想未来成为一个优秀的职业经理人，他就必须付出时间去工作读书学习，拒绝很多快速赚钱的机会，不去认真研究炒股票、炒基金、买彩票等等速成的事情，付出真诚的意愿去努力做好自己每一份工作，兑现自己刻苦奋斗的自我承诺，最终经过10年的打磨，这个人就成职业经理人了。这就是田戈所谓的投资理论。

有人问田戈，那您的投资是什么呢？田戈说有两项，第一是自己投入了几乎6年的晚上，陪儿子练二胡，花了不少学费，数不清的鼓励，父子之间彼此的承诺，终于让儿子考进入了专业学校，这是一项阶段成功的投资，因为田戈说他很想成为音乐家的父亲。第二是投资自己，让自己成为一个作家，自己花时间读了不少书，到四十岁的时候，开始正式写作，要以每年一本书的速度写完10本，相信到时候能够实现自己想要过几天的作家生活。到五十岁的时候也许还会变化，但至少四十岁的时候，田戈已经开始付出晚上的时间、自费印书的金钱、几乎全部的创作热情、几乎周围人都知道的自我承诺，用这些投资为自己努力创造未来的生活。

田戈总结说时间、金钱、感情、承诺这样的投资成本是巨大的，但人生就是这样一个过程，你不去投资，你的资产也留不住。还不如搏一搏、试一试，坚持住就成功了。

5. 田戈对两性关系的看法

田戈关于两性关系问题的看法，也自有一番道理。这也是因为他长期思考而得出的想法。我们不妨看看他都有什么看法？

人类之所以还活在这个世界上，是因为现在的人类适应这个世界，这个过程漫长而又很简单。说他漫长，是因为人类始祖应该自有生命开始就存在了，但那时候还不能叫人类，或许就是一种单细胞生命。这个地球环境是变化的，如果人类不变化，就无法生存下来。作为这个世界上最强大的生命，人类也确实是最适应地球的，而造成这种结果的根本原因，就是人类的两性关系。

当田戈观察一只猫的时候，他发现这种动物的繁衍能力实在太强大了，一岁的猫就可以当父母生小猫了，繁殖后代对猫来说太简单了。而现代的人类至少要十几年才能开始当父母，田戈观察自己的儿子和回忆自己的过去，大致总结出这样的成长历程，人类一岁才姗姗学步，两岁开始能和正常的同类交流；三岁开始有了明显的主见；四岁开始明显意识到别人的感受；五岁明显变得狡猾；六岁被父母送入学校学习社会知识，并开始真正的接触凶残的同类；十二岁开始淡淡地喜欢异性；十四岁开始明显有了悲哀；十八岁开始体会人生的艰难；二十四岁开始承担家庭的重担；三十岁开始试图改变自己，变成真正适应社会的人；四十岁开始深刻反思人生的意义。这些过程对于一只猫来说，几乎都没有，一只猫的诞生就像被设定好了自动化运行的程序，即使把小猫单独饲养，不接触同类，一年之内这只猫也能成长为完美的个体，而人类如果失去了在集体中复杂的学习，则不知道要变成什么样子。出于人道主义，很多关于人体的研究试验都是违法的，这也是第二次世界大战时期，战犯们的罪行之一。人类无法超越自己种族的伦理来充分研究自己，也许这是对的，有些事情不知道比知道更好，做一个充满快乐的动物是幸福的，而作为一个了解自己但又无法解脱的人也许是不幸的。当田戈还是一个孩子的时候，能够吃到肉，就觉得幸福，但那时真的很难吃到肉。当田戈四十岁的时候，能够随时吃到肉，但却失去了吃肉的幸福感。也许幸福真的就是书上说的，是在目标满足那一时刻的感觉，但新的目标因为不能肯定达到因此就产生了痛苦。田戈小时候要吃肉的目标是自己无法掌控的，田戈四十岁时候要当作家的目标也是自己无法掌控的，尽管他坚信自己有了了不起的发现，但根本得不到承认，他觉得自己的命运似乎总是在和自己开玩笑。好在田戈是个能够坚持的人，他像坚信自己的伟大发现一样坚信自己迟早可以成为一个作家。他总觉得自己的目标和秦皇汉武晚年成仙的梦想比较还是靠谱得多。

个体生存和种族延续是两性关系的根本动力。两性关系问题首先是基因层面的相互吸引问题，其次是后代成长的安全感保障问题。人类社会逐渐发展出了很多规则，这些规则对个体是不利的，但对种群是有利的，比如婚姻法。原始社会和共产主义社会都是没有婚姻法的，但目前的世界还是有明确的婚姻法的，显然大家觉得这个法律有利于社会的发展，所以才制定这样的法律。没有生育和抚养孩子目标的婚姻一定是很少的，因为那不符合人的动物性本能。总之从人类社会长期发展角度来看，符合动物性的两性关系是自然的长久的，不符合动物性的行为是迟早要消失的。至于人的动物性究竟如何表现，这是一个复杂的问题，也是一门深奥的科学。要想了解自己，需要研究动物学。当把人类看成动物的时候，研究其两性关系则更客观，这是田戈的荒谬结论。

6. 田戈的作家梦

有人问田戈，你为什么想要当作家？田戈说有三个目的，第一是自己觉得有一种使命感促使自己把自以为是伟大的发现写出来，帮助更多的人心灵快速成长，而不用像自己这样探索二十年。第二是想从自己不喜欢的工作中解脱出来，可以专心致志地研究更多伟大的发现，想做一个真正的自己和别人的导师。第三是在爱自己的人面前听她宣布没有爱错人，成为和自己的爱人心灵真正相通的人。如果简单用一句话来说，那就是想成为一个死后还能被后人充分肯定的人。田戈坚信自己活得是健康的，是积极的，是一种有利于全人类更好地发展的活法，他像很多人一样总是这样过高地估计自己。

田戈没有得到周围人的欣赏和祝福，却得到了不少同情，因为大家觉得他活得实在太累了。别人不知道如何打发业余时间的时候，他却在一个字一个字地阅读或写作，这样的坚持在他意识到这条路几乎不通的时候，却依然往前走，毫不退缩。

田戈经过两年的实践才意识到他的作家之路是几乎没有希望的，这两年里他经历了几件值得一说的事情。

田戈的第一本书写的是关于一本古书的原意问题的研究论文，那本古书号称是中国第一本书，也是社会上普遍认为最神秘的书。田戈从中学时代就听说了很多关于这本书的神奇说法，直到他三十九岁的时候他才真正静下心来开始读这本书。因为这本书实在太难懂了，田戈称之为神书。神书的各种解释资料也难以让田戈相信神书的本意就是那样的，当然主要还是田戈认为那些资料解释的神书内容应该不足以让神书流传至今，但标准解释究竟在哪里呢？田戈在上网的时候突然受到了启发，他发现“屌丝”和“粉丝”这些莫名其妙的词语已经在这个社会中有很不同的理解，天知道千年之后的人类能否明白现在的网络语言是什么意思。于是田戈大胆地设想，神书在写作的时候可能是很容易看懂的，只是三千年过去了，很多人猜来猜去早就迷失了其真正的含义，从而大家各执一词，反正也没有标准答案。爱钻牛角尖的田戈突然自我膨胀地认为自己有义务把神书破解出来。

神书的破解是艰难的，但田戈就像山崖上的小树苗，把他的根愣往石头缝里扎，终于用两年时间自以为地把神书给破解了。他破解神书的基本方法自以为很可靠。首先他把神书的文字用甲骨文进行还原，因为根据公开的资料，社会公认神书诞生的年代应该是用甲骨文进行写作的。其次，田戈认为神书作者既然是一位大人物，那么他考虑的问题最值得写的应该是国计民生问题。甲骨文是最古老的文字，其特点是象形文字，而田戈这个机械工程系的本科毕业生研究起象形文字居然有了得天独厚的优势。机械工程语言是机械图纸，其规则就是从正面、侧面、上面三个角度来画出物体的投影，从而表达出物体的基本特征。甲骨文的创建者也是用画图的方式创建了文字，这种文字读起来和机械图纸有异曲同工之妙。在文字基础上稍加站在作者角度考虑问题的想象，神书的内容迎刃而解，其内容让田戈兴奋不已，并对三千年前的伟大作者产生了深深的敬佩。

当田戈带着他自以为破解了三千年迷信的书稿找到出版社的时候，出版社的编辑告诉他神书题材已经列入禁止出版的名录。田戈沮丧地面对自己这两年的劳动成果，想不出办法。

当田戈拿起笔创作第二本书的时候，他没有想到自己又写了一本禁书，禁书被禁的理由是因为他颠覆了一些传统概念，虽然看似有理，但如果发表将会有重要的人不高兴。田戈的书没有涉及任何关于禁止的题材，他不明白自己的书为何就不能出版。面对80万字的书稿，他几乎要放弃写作了。但他发现自己写完第二本书之后已经习惯了业余时间坐在电脑前写书打发生命。

那么田戈的第二本书究竟有多颠覆呢？我们不妨说一说。

田戈的第二本书名字叫做《解密西游记》。田戈认为《西游记》这本书是大明朝1566年到1585年的宫廷秘史，而作者的真实身份是一位宫廷里的高官。田戈的证据来自《西游记》中的诗词歌赋以及古怪的情节。田戈把书里面的主人公一一还原为历史上的著名人物，他觉得自己还原得天衣无缝、证据确凿，同时还把最大的秘密充分予以曝光。没想到田戈能找到的出版社沟通渠道都用过之后，没有人肯出版田戈的心血之作。

当然田戈在和他身边的朋友说自己的伟大发现的时候，从朋友们的眼光中，田戈也看到了怀疑和茫然。比如田戈说自己在《解密西游记》里说了三个最大的秘密：第一是唐僧、孙悟空、猪八戒、沙和尚、白龙马五个角色的历史原型分别是隆庆皇帝、海瑞、高拱、张居正、冯保；第二是张居正和冯保联合杀死了隆庆皇帝；第三是张居正和隆庆做王爷时的王妃通奸生下了一个孩子，就是后来的万历皇帝。听了的人都不解地看着说田戈这是真的吗？那语气里分明是没有一丝的信任。田戈说我不是胡说，是有证据的。别人就说原来是这样啊，然后就岔开话题。田戈继续滔滔不绝地说理由的时候，突然发现别人走神了，这时他才意识到自己失态了。于是从此田戈也不再提他关于《西游记》这本书的颠覆性想法。田戈此前居然还到处说他认为《西游记》的作者是海瑞，而不是吴承恩，这就明显大逆不道了，难怪编辑们担心出这种书会惹人生气。倘若田戈的书出版了，那么以往出版的《西游记》极其论著将情何以堪，田戈从来都不想这种复杂而重要的问题，这才导致他的第二本书和第一本书的命运一样注定如山间野花，自生自灭了！

第七章　田戈的职业收获

1. 重新回到国企的心境

2008 年 10 月之后，田戈重新正式回到了 H 总管理的国有企业的怀抱，而这个企业的位置，恰好是城郭的行政首府所在地，那是田戈从小就向往的好地方。相对于田戈此时的家，这个国企的地理位置已经是偏僻的城郭，但田戈却感觉自己上班就有回家的感觉，因为他出生在城郭，十七岁以前成长在这个城的北郭，之后四年大学在华城四郭的西侧另一郭，二十一岁大学毕业分配回到北郭，二十二岁离开北郭到了南郭的外企打工，一去就是 8 年多，他把家一直安在华城的东郭，到了三十岁，才把家搬到了城里，而三十一岁，就开始回到北郭展开他所谓的咨询管理工作，接触了北郭的成功人士。田戈认为自己在北郭的企业管理咨询工作恰如大约 2500 年前孔子周游列国般的心情。形形色色的老板给田戈留下了深刻印象。

当田戈 2006 年夏天从那个民营企业副总经理位置辞职之后，他找过外表憨厚的 A 老板，以为 A 老板应该是最欣赏自己的人。田戈、小白与

A 老板在北郭最豪华的饭店包间里进行了一场并不愉快的沟通，A 老板大方地给田戈和小白提供了工作机会，田戈的月薪标准是五千块，相当于田戈给 A 老板企业搞培训时候 3 天的咨询费，而在 A 老板的企业上班每月至少工作 26 天。田戈笑了笑瞬间就明白了 A 老板其实在拒绝自己要为他工作的想法，无论出于什么理由，田戈都感觉自己在那一瞬间解脱了，就像当年他酒醉之后找小兰说咱们和好吧而遭到小兰委婉拒绝后的轻松。田戈对 A 老板的感激之情总算有了解脱，倘若 A 老板诚恳地挽留再开一个不高不低的工资，那么田戈还真的不好办了，因为他真的没有信心再面对一群听不懂自己说什么的人了。之后田戈给 B 老板打了电话说想和他沟通面谈一些事情，B 老板说没有时间，田戈瞬间又解脱了一次。

田戈担心欠别人的人情，也担心欠别人的钱，更担心被别人看不起，所以他很努力，争取进步，但命运似乎总是在他没有准备好的时候就让他进入新的游戏。

2008 年 10 月在 H 总经理的邀请下，田戈正式进入国企了，心情似乎稳定了一些，但角色的转变让田戈难以在短时间内适应，好在 H 总经理还比较有智慧，能够让田戈的心逐渐平静下来，但田戈还是因为心理的紧张不平衡复发了免疫系统小小崩溃的病，眼睛患了虹膜炎，应该算是复发。小白在 2004 年之后一直跟着田戈到处工作，而且田戈似乎已经习惯为小白安排工作，这已经是学生时代的扭转，那时候小白经常给田戈讲生活的道理，尽管田戈内心从来没有信服过，但表面上谦虚地接受了小白的建议。2009 年 4 月，田戈和小白在 H 总经理的安排下分别就任了品保部和信息部部长的职务，从此开始进入紧张的工作状态中。两个人闪展腾挪用尽浑身解数，终于逐渐取得了一些成绩。2010 年的春节前夕，田戈还得到了一次出国验收设备的机会，之后不久小白也被安排参加了一次出国考察，两个人去的都是欧洲发达国家。这次考察让田戈受益匪浅。

2. 田戈对欧洲的认识

田戈对欧洲的认知在那次出国期间发生了巨大的变化，对于这个善于学习的人来说，从中领悟了让他自己兴奋不已的道理。在短暂出国仅仅 10 天内，田戈通过观察和分析，总结了一番道理，在公司的内网上写了一篇文章，算是对 H 总经理的回馈。田戈大概说了以下几个方面的体会。首先是欧洲国家的资源实际上是贫瘠的，阿尔卑斯山如果是在中国绝不会被开发利用得那么好，因为中国人在半山腰盖房子往往仅限于寺庙，百姓则在山坳中建造自己的住宅。那些地中海沿岸的城市也并非宜居地带，如果在中国那样的地方最多也就是用来晒盐，因为中国宜居的地方太多了。第二是欧洲发展工业实际上是形势所迫，很多地方如果没有工业则很难生存，怪不得当初成吉思汗对意大利、瑞士、西班牙、法国的土地没有兴趣，因为那里就算霸占过来，也不适合放牧。第三，欧洲人很实际，很智慧，对生活理解的足够深刻，活得也很理智，不像大多数中国人跟着感觉走，从来不喜欢精确。欧洲人吃饭、开汽车、修路、穿衣服、甚至赌博活动都是刚刚好，不像中国人这么喜欢浪费，喜欢虚荣。整个欧洲好像都被严格的计算和长期的规划了，生活被安排得精致合理，简洁而又不失温情。相比之下，中国的社会则显得含糊、懈怠、粗略、随性，百姓们对自己的生活方式既不情愿但又深陷其中不能自拔。

田戈在问自己，为什么中国人不喜欢精确的生活方式，是不是因为我们不精确也能活着，那我们为什么要精确呢？比如小村的人活得非常粗糙，他们大多数不需要手表计时，不需要尺子测量，不需要用笔写字，不需要承诺，不需要负责，不需要研究感情，更不需要对生活的策划，他们只要每天含含糊糊地活着，一旦发现生病可能就是癌症晚期，但全家在稍微悲痛之后就会思考准备后事，人死后又是被一条龙的丧事服务，热热闹闹几天，然后活着的人又开始混日子。田戈反复地想，但还是找不到答案，最后只能猜测说这可能是信仰问题。小村人信仰什么？作为小村人，田戈发现小村人什么都不信，所有的神仙都若有若无，鬼怪则半信半疑，对于上帝更只是听过名字不知道具体是什么级别的神仙，阎王爷只是传说，老天爷到底是谁也没人追究，村里的巫婆的法力也很有限，至于共产主义，只是理解为能过上好日子，不挨饿。

当年小村也曾经大搞“文化大革命”，大家唱着“解放区的天是明朗的天，解放区的人民好喜欢”，小村的妇女们马上创造了一句歌词正经的唱了出来：“解放军的个个永远吃不完！”个个是什么？是哺乳妇女乳房的俗称，小村人都这样叫。小村人的朴实由此可见一斑。这样的村庄不可能像欧洲的小村，必然有一座高高的教堂显眼地出现在从高速公路上游客看过来的眼帘里。

3. 田戈眼中的共产主义信仰

按照2014年的生活水准，1980年时候想象中的共产主义也没有这么好，但2014年小村人依然不满足，不过也依然弄不清共产主义是什么？在一个没外人看见就什么事都可能干的人眼里，生活真的不需要太多的规划，不需要过得太认真太仔细太精确。

2007年春节前夕，田戈参加了一个酒会，其实就是几个政府官员和一个总经理在北郭最好的饭店之一的包间里喝酒。田戈是不乐意去的，但那位总经理执意邀请，而且当邀请的时候除了田戈外，大家都已经到齐了，所以田戈就迟到了。这个迟到引起了酒会上某些人的不满，其中有一个官员甚至非常气愤，说出来的话田戈感觉到非常难以接受，但出于他懦弱的性格本质，他不可能当场发作，不过所有人都应该可以看出田戈的痛苦。那个生气的官员也是第二次和田戈喝酒，算是仅仅知道名字的半熟人，不过说出来的话可是够重的，他冷冷地对着田戈说信不信我明天就让你的公司关门，田戈看着他说信。酒会散了之后，田戈在酒店门口对参会中一个自己最熟悉的人说，以后有这个王八蛋就不要找我喝酒，下次让我遇到他别怪我不客气，这次我忍了。说完不等对方回答，扬长而去，从此田戈真的没有再有机会碰到那个羞辱他的官员。田戈知道那个狂妄的官员和自己同岁，但田戈始终都想不明白，自己为什么会被他羞辱。不过这件事情让田戈感觉，说官员是人民公仆实在是太过于美好的希望了，这些官员如果是公仆，那么像田戈这样的百姓是什么，恐怕连人都算不上了。田戈心中经常想，共产党整风会不会整掉那个家伙。

共产主义信仰就靠一群那样的官员引领百姓去实现吗？显然稍有头脑的人就知道不可能！因为绝大多数领路者都不相信共产主义了。好在这是2013年以前的情况，2014年以后如何，田戈不得而知，但明显又充满了希望。

第八章　小村之蜕变

2010年1月份，田戈的母亲又住院了，田戈每天去医院送饭，晚上就让在医院陪床的爸爸和自己到饭馆吃饭并且喝些酒，田戈知道酒精能缓解爸爸16年以来面对身体很脆弱的妻子时的苦闷心情。而这个时候又恰好赶上小村拆迁。小村的新楼房在原来田戈家菜园子所在的地块上已经盖好了，拆迁的方案是将每家的房子和院子算成钱，再公布新楼房的村民购买单价，不是村民就没有资格购买。这样田戈家就可以借机会更换两套单元房了。田戈留下一万元钱给妈妈治病，其实药费不需要这么多，但田戈知道自己要出国验收设备一去数日，还要多亏哥哥、妹妹、爸爸的理解，多出一点钱算是表示孝心。田戈临走的时候跟爸爸说，第一，一定要尽快搬家，原来的房子太冷了，住在里面受罪。第二，一定要一套一楼的房子，别想着说第一次住楼房一定要高高的才算楼房，其实一楼是最方便最舒服的，切记。当田戈从欧洲回来的时候，他的母亲已经离开医院住进了新家，果然是一楼。但小村人还有三分之一没有搬家，这些人中的大部分一直坚持到2014年也没有搬家，他们的理由是给的钱太少。而已经搬家的人就等着村委会给这些不搬家的人涨价之后，再给自己补差价。就这样全村的整体搬迁计划完成日期就变得遥遥无期了，随着时间的推移，变得越来越难以解决，那些没有搬家的人已经有几年随意浪费村里的水和电了，因为他们可以借此让自己出一口气。搬迁后的空房子被工程机械推到了，小村变得光怪陆离，废墟中又有生机，绵延不绝，不知何日迎来新局面。不过小村人的新居旁边又开始盖新楼房，而且和以前的七层砖混楼不一样，盖的是二十六层的混凝土浇筑楼，但工程进度非常缓慢。

小村人再也不乐意种地，虽然旱田庄稼地还在，可是都已经承包给外省来的农民，当年田戈和妈妈一起种过的菜田，现在全被商品房或者工厂给占了。小村人已经渐渐地忘记了他们种庄稼的本领，他们宁愿当“水猫儿”、开黑出租、在小区里当清洁工、在附近工厂打工，或干脆当葬礼陪哭的，或者做个小生意，绝不会再回到庄稼地里受罪。他们每个家庭都已经丢弃了农具，舍弃了柴火垛。田戈想不明白，小村怎么就变成这样了？流氓都没了，当年一直想做的违法的事情，如今本质没变，性质已经变了，不干烧人家柴火垛之类损人不利己的违法行为了。对小村人来说，似乎只要有钱，一切都解决了，他们的需求，也真的都是钱可以买到的。如果你是小村人，你能给父母每个月五十元的生活费，就算孝子。只要你能够按照乡俗在乡亲们婚丧嫁娶过生日的时候随份礼，你就算讲礼仪的；如果你能够偶尔和狐朋狗友喝顿酒，你就算仁义的；如果你能够关键时刻借给朋友一些赌资或者毒资，你就算讲义气的；如果你能够借钱之后还上，你就是讲信用的。所以田戈认为在小村，钱就是一切。田戈一直认为，金钱买不来爱情，但小村人不谈爱情，谈生孩子。田戈认为金钱买不来文化，可小村人的文化以前止于春节贴对联，现在花一点点钱，印刷精美的对联有的是，还有免费送的，只是上面印着广告。田戈认为金钱买不来信仰，可小村人的信仰是金钱万能。田戈认为金钱买不来健康，小村人说没有钱就饿死，还说什么健康。田戈认为金钱买不来骨肉亲情，小村人说生不了孩子就买一个孩子。田戈说金钱买不来精神的充实，小村人说有钱可以整天打麻将、斗地主，要多充实就有多充实。

第九章　田戈跳槽的惨败

田戈想自己究竟有没有脱离金钱的困扰呢？田戈知道自己可能永远无法达到不被钱影响的境界，但金钱已经逐渐地退居到田戈生活中最后一件重要的事情，比金钱重要的事情有几件，第一是每天学习新的知识或者给生活以新的思考，第二是儿子每天的教育训练也比金钱重要，第三是自己的尊严和亲情比金钱重要。但金钱毕竟是除了这三样之外第四重要的事情，所以田戈在 2010 年底的时候开始思考如何去多挣钱的问题。此时小白已经被田戈以前的一个客户挖走了，田戈对那个客户没挖走自己感到有些不舒服但却十分理解，他知道自己只不过丧失了一次拒绝别人的虚荣感觉，显然对方也是一个高手，不会给田戈这样的机会。田戈自以为是比小白更有能力的企业管理者，但小白却是更容易让企业家找到自尊的管理者。田戈知道自己的自尊心太强并非好事，就像一件雪白的衬衣其实很容易沾染污点，可本性如此怎么才能改变呢？

2010 年底，田戈不得不面对着一个试图改变自己但又不让自己信服的新领导，因为他是 H 总经理以前的重要顾客，现在也还有客户价值，好不容易才被 H 总挖了过来。这个新领导对田戈来说就是俗称的“压倒骆驼的最后一根稻草”，于是田戈开始准备如何退出这个国企。好在 H 总经理及时将田戈的情绪异常列为管理重点，并最终将田戈的工作调整到人力资源部从而不再受到新领导的干扰，但这却成了加速田戈离职的导火索。在人力资源部部长的位子上，田戈工作兢兢业业，整顿了以往他认为有些混乱的局面，但同时也在签报表的时候发现自己的年终奖金居然比很多闲人少很多，这似乎伤害了田戈的自尊心，因为他觉得自己不该得到那么少。在人力资源部工作了半年，田戈找了一个借口辞职了。当然，理由不能是工资少，那不符合田戈在金钱面前含蓄的个性。很多职业经理在受了委屈之后最后的救命稻草就是看在钱的份上忍了吧，然后平复情绪开始投入新的工作热情，但田戈没有找到这根救命稻草，反而看到的是自己似乎不再被赏识的情景，于是他选择了退缩。

田戈辞职是一个有影响的事件，因为大家都知道这个人是以前的管理咨询师，是公司很多管理制度的设计者，而且这个人个性很强，他走了，企业的发展可能会有些影响。表面上，田戈辞职的理由有三条，第一是给一个女下属争着调整工资，总经理没有批准。第二是总经理把他的嫡系安排在田戈下面当了部门二把手，而这个二把手其实是个普通女工，而且心术不正，这种情况总会被传为有暧昧关系，但田戈选择不相信谣传。第三是田戈找到一个薪资比现在多三倍的工作。辞职信递交了 24 小时之后，H 总经理没有任何反馈，田戈只好再用公司的内部局域网发了一个小范围公开的辞职信。在信中田戈说自己是不值得大家记住的人，离开原因都是个人问题，感谢大家以往的支持，今后将更换手机号码，不想再相见。田戈的辞职信几乎没有给自己留任何余地，当然他也没有在信中抱怨企业和 H 总经理。三十七岁的田戈做事情依然是这样离谱，就像他拉二胡一样不仔细看谱只记住大概的旋律就以为会演奏了。紧接着田戈又进一步通过答复所有打进办公室来的电话扩散自己当月底也就是 2011 年 7 月底要离开这个企业的消息。田戈在总公司小有名气，于是总部派了两个田戈熟悉的人事干部前来谈能否接受总部的安排，田戈毫无缓和余地地拒绝了，他的理由是如果还在这个大国营集团，以后和 H 总难免碰面而尴尬，因此谢谢之后婉言谢绝了好意。

从此，田戈再也没有被大国营总部关注过，这个人已经被打上不可用的标签或者从可用名单上删除了。田戈其实在提出辞职后的一周内根本没有找工作，当时他的妈妈又住进了医院，田戈晚上陪着爸爸在医院附近的小饭馆里喝酒，他不能把自己辞职的消息告诉爸爸，以免他因为自己还没有找好新的工作而感到难过。田戈从外企离开的时候，接到过新的邀请，如果他当时能把辞职和找新工作之间拉开距离，那么他是有新的机会的，因此田戈决定真正离开的时候再找新工作吧。

在等待各种可能性和想着各种不确定性的时候，人往往是心理痛苦的，此时的田戈就像一个等待判决的犯人，心理上非常痛苦以至于有些失眠。也就是从 2011 年 7 月份起，田戈开始学习等待，学到 2012 年 10 月份，这门技能算是基本掌握了。所以当田戈在报纸上看到一句伟人说的话时就非常有感触。伟人说他的意见其实也经常是少数，这时候他能做的只有等待。在 2012 年 10 月以前，田戈逐渐的摸索与人相处的方法，他单纯地认为自己一心一意地工作，而且很有创造力，理所当然应该得到上级的支持，上级就应该全力高效地支持自己的工作，这样就可以取得很好的成果。田戈没有想过上级做决定的时候是左右为难的，毕竟田戈这个人只有一个，那么一个人如果没有团队的支持能干多少事情呢？田戈以他疯狂的敬业精神来要求别人配合，可正常的人谁会对工作那么有激情或者有充分的能力做好工作呢？依照田戈的方法，上级就有可能陷入被众人反对的境地，因此上级必须放慢速度充分思考后来决策，而田戈就是显得等不及，尽管他以为等得够久了。

田戈一直等着 H 总经理和自己就离职问题进行面谈，因为田戈亲手把辞职报告交到他的手里之后立即转身离开，此后再没有谈过这件事情，第二天上午 H 总经理还若无其事的在开会中给田戈布置工作。但田戈这种一往无前的人怎么能知难而退或者自我反省呢？田戈回家后失眠了，但白天依然坚持上班和去医院看病房中的父母。三十八岁的田戈此时上有重病在床的母亲，下有 10 岁正在和教授学拉二胡的儿子，妻子在经济上唯一能帮自己的就是少花些钱，每个月要还三千多的房贷，经济解困的方法是卖掉家里的一处房子，但这件事情看起来容易实施起来很难，无论是价格的不确定性还是几乎没有合适的买家，都是无法控制的。好在这种纠结的日子，田戈只等了 7 天，H 总经理终于决定和田戈面谈了。田戈和 H 总经理是在一个乱哄哄的饭馆谈的，H 总经理开门见山地说他不会挽留田戈，田戈说我也没有给自己留下的机会。但是让田戈没有想到的是 H 总经理提出了一个田戈无理由拒绝乃至很感激的方案，那就是让田戈当一个不需要上班的管理顾问，每个月给田戈开四千的工资，保险从工资里面扣，当然如果有可能，每月给 H 总经理提出一些关于企业管理的想法就可以了。此时，田戈才肯定了自己在 H 总经理的心里还是有位置有分量的，他很多事情不按照田戈说的办是因为有苦衷，而不是否定自己的能力。接下来田戈就开始找工作了。

他想起一年前一个接受咨询服务的客户的 J 总经理曾经向他发出过邀请，希望自己能够多些时间给他们服务，田戈说过 2011 年 9 月份会认真考虑这个邀请，因为他和 H 总经理有三年的劳动合同约束。田戈联系了那位 J 总经理，很快得到答复可以面谈。田戈提出了自己的工资需求和工作内容建议，J 总经理除了将田戈自创的类似足球运动员转会的入职保证金从 20 万降到 6 万，其他条件都按照田戈提出的办理，这样田戈计算了一下，自己工作两年可以税后收入 80 万，应该能够解决自己的经济困境了，但田戈估计得实在是太乐观了，他的单纯又一次让他自己陷入工作的绝境。问题依然是田戈提出自以为是的建议，J 总经理考虑到亲情和感情无法将不称职的几个干部撤换，最后引起那几个自我感觉岌岌可危的干部联合起来攻击田戈，而他们最狠的杀手锏就是唆使老板娘不给田戈发工资，找各种荒唐的理由搪塞，甚至有一次是用无赖的方式说工资已经发了，田戈不得不从网上银行下载信息证明自己的工资没有发，田戈自认为这相当于女人被强奸后让法医检验身体，这简直是羞辱。在J总经理创业过程中妻子一直是内助，因此这个企业怎么说都是他们两个人的。尽管J总好像已经不爱他的妻子，但是他们一起生了两个可爱的孩子，那一儿一女的长相和J总相似度极高，外人一眼就能看出来绝对是亲生的。J总经理对田戈的管理方法开始支持，后来犹豫，最后丧失了变革的好时机，引起了老板娘一伙对田戈的反攻倒算，但田戈实在是够强大，因为他以前给这群人讲过多次课，这群人都曾经在课堂上不断点头称是，因此反抗来得比较不那么直接，但也比较强悍。田戈在2012年9月份选择了主动辞职。J总经理想了一个星期，在继续激化的矛盾中同意田戈离开，但希望双方都再想两个月，田戈离开后，开始催J总经理给自己补发欠下的工资，J总经理在田戈离职后不到10天的时间就结算了三个月的工资给田戈。田戈想J总经理不像H总经理那么有诚意，自己在家里想两个月，谁发工资啊？你不给我工资，我为什么要等呢？于是在15天之后，田戈就给J总发了短信，说自己不会回去了。

田戈和J总辞职的理由让J总非常讨厌，这种讨厌就像J总当初欢迎田戈加入他的企业时的喜欢一样强烈。田戈说J总您这样管理企业一定是没有希望的，我如果再这样和您一起工作，我将丧失自己以前所有的好名声，直白地说就是到时候我丢不起这个人，以后人家说J总的企业怎么不行了，那个田老师不是全力辅导J总了吗。J总经理反驳田戈说，你不应该这么急躁，弄得大家集体反对你，最后不得不粉身碎骨。田戈说和J总一起工作的未来只有丢人，这样的话使得J总一直到几个月之后都耿耿于怀。J总说田戈离开他的企业就等于是粉身碎骨，让田戈感觉J总用词不当，应该说干不下去。田戈不乐意回忆在J总企业的失败，但田戈却对这段经历记忆最深，因为他那时每周要工作七十多个小时，还有十几个小时的路程。J总让田戈开一辆共产党局级干部才能坐的车上下班，这让田戈从此对所谓的好车有了深刻的认识，以至于田戈在从J总的企业离职之后立即购买了一辆市面上最最便宜的新汽车，所有手续都办完了才三万三千元，田戈的理由是好车也一样是拉着自己到处走而已，对于自己这样不需要靠外物支撑面子的人来说，有汽车就足够了，三万和四十万的车一样。不过田戈还是在转年把那个价值三万的汽车以一万五千元的价格处理了，因为他发现网上说那个小车高速时不安全，这倒是田戈买车时根本没有考虑过的问题，自己的性命不能整天和一个廉价汽车装在一起。就这样田戈购买了一辆安全系数很高，但别的方面都不被人称道的国产老牌越野车，所有的购车费用加在一起是八万五千元，因为外表是黑色，里面是劣质真皮座椅，不懂汽车的同事根据田戈的收入水平对田戈说以为他的车价格应该在二十万以上，取笑田戈的人也有，但田戈的行为本来就另类，要不怎么是田老师呢？回想所有的学生时代的经验，老师和学生的行为能一样吗？田戈总是这样安慰自己偶感孤独的心灵。

J总经理其实也是一个城郭人，但不是华城的，而是A省人在B省上大学，毕业分配到华城的，所学专业与田戈类似，这让田戈从一认识他就产生了好感。J总又高又壮，但面容是友善的，即使在发脾气的时候也是先自责一番再发火。J总毕业后的第一份工作是在研究所，凭借着天生的聪明和后天的勤劳，很快成为同龄人中的佼佼者，而后借着中国大力发展商品经济的大潮，辞职下海了。从代销国外产品到自己生产制造，一路走来辛辛苦苦，风风光光。做生意，J总是个人才，因为他给人一种诚信和专业的感觉，但经营工厂，J总真的是外行，他无法彻底理解田戈说的要把称职的人安放在岗位上有多重要，于是那些不称职的人就干出了很多错误的事情，不仅造成钱财的直接损失还耽搁了公司发展的宝贵时间。J总经理总觉得找一个会干的外国人，配一个翻译，再找来一群农民工，然后自己有钱给他们买工具、发工资，这就算万事俱备了。J总经理有时候深入车间和工人一起抽着烟研究工作的具体方法，情感和时间深陷其中，这就给了无能者懒惰的借口，给了那些有办法的人以巨大的干扰。于是有些急功近利心态的人就以找老板沟通为借口在J总经理的办公室抽烟聊天，别管是不是直接下属，J总经理都可以聊几个小时。那时候田戈作为常务副总经理根本无法正常地推动工作，因为那些所谓的下属经常时不时地把J总和他们聊天时的话当做命令反过来再传达给他这位副总经理。而田戈很少和J总经理坐下来沟通几个小时，因为公务上田戈一般几分钟就把要做的事情说清楚了请J总签字批准，哪有时间聊天。J总对所有人都很平等，使得公司里没大没小的一团和气，但这恰恰是田戈不愿意看到的情景，田戈希望公司里等级森严，高效快捷地工作，谁也别坐在那里抽烟聊天把该干的事情耽搁不作为。

J总作为外省城郭人事业有成，但田戈断定他不幸福，因为他始终处在优柔寡断和自以为是的矛盾中，与他作为一个总经理的身份严重不匹配，所以他注定在事业上会不断走下坡路。田戈知道自己离开他之后会让他重新陷入以前的困境，但田戈无法容忍他的自相矛盾。就J总经理的妻子作为财务经理故意不发田戈工资的问题，田戈找J总沟通，J总说她这个人就是明明知道这个事情躲不过去，偏偏还要扣着不发，唉！真没办法！最终这件事情让田戈对工作彻底失望了。田戈这样分析，如果扣发工资不是J总的意思，那么J总无法控制他的妻子，也就是说总经理无法控制财务经理，这不像个公司，如果J总是故意演戏给自己看，那么J总的阴险让田戈无法容忍。田戈同时想到其实自己也完全无法控制妻子小娜，在道理和感情相互冲突的时候，当事人往往只有纠结痛苦。田戈离开J总的公司后心理上一直祝福着J总。

城郭小村人田戈，在2012年10月份是真正失业的一个月，是他从1994年8月1日上班之后唯一的一次失业，此前即使换工作都是无缝对接的，而这次他整整失业40天。其中前10天算是J总支付了工资，后30天则没有收入。田戈的家人慌了，妻子小娜打电话给田戈的父亲，田戈的父亲打电话给田戈的舅舅，似乎一直以来让人放心的田戈这次真的是遇到了人生的真正挫折。田戈自己也开始在网上上投递简历，但复杂的心情和复杂的手续让田戈没有投递成功，以前他只会从网上下载别人的求职简历分析可不可以面试，但这次他要投递自己的求职简历，心情真是复杂。当田戈父亲打电话来问儿子工作的事情时，田戈说您放心吧，我没有失业。但由这次辞职引发了大家关注之强烈，让田戈深感自己家庭责任之重大。

田戈在国庆节之后给H总经理发了短信，说如果有机会，希望能够回去上班，薪资待遇都不计较，干什么都行，最好是别管人。就这样，田戈又回到了国企上班，那是2012年11月1日，天气已经开始变冷，而且越来越冷，和后来的2014年暖冬相比，地理纬度能差10度，以至于田戈因为办公室没有附加的取暖设施每天都穿着羽绒服工作。田戈回来上班之后几乎没有受到除了H总经理之外别人的欢迎，或许因为田戈在工作上一直让大家觉得有压力，而田戈离开的这一年多，大家的日子已经变得很容易混了。但田戈其实也明白，这次回来要调整工作方法了，他要把工作的速度变得缓慢，变得让大家能够适应，这样他必须找到放慢工作速度的方法，看书和写书是田戈的最新选择，这耗去了田戈超过一半的工作时间，尽管如此，他的工作节奏还是显得有些快。好在田戈在会议上几乎不再说别人不想听的话了，也不用电子邮件发一大堆牢骚了，田戈小心翼翼地保持和每个人的关系，若即若离，不远不近。渐渐的田戈成了公司的一个文化现象之一，用别人的话说田戈一直都飘在公司的空气中。

H总经理给田戈三个任务，第一是把公司的质量管理体系抓好，这属于没有标准的事情；第二是做一个绩效考核方案，这属于永远都做不好的工作；第三是把公司的重要项目工作抓好，这属于根本不可能做好的工作。这三件事情没有管理标准，没有操作标准，也没有确切的目标，好在田戈总有新鲜的说法，让这三项工作看上去虽然没有明显成绩但总还有些希望。田戈也经常找机会公开地骂自己工作没有水平，以此赢得大家对他的忽视和同情。田戈真真切切地感受到H总经理是防备自己的，因为自己曾经的背叛，也因为自己实在太特别。对于H总经理来说，他从本性上讨厌这个自命不凡的田戈，但他又知道企业的发展离不开田戈这样的人的献计献策。田戈不在的日子，企业乱七八糟的，下面的人打来打去，一点都不好过，田戈在至少能让大家团结，让大家因为防备田戈而团结。在领导班子中一旦来了一个外人，那么原来的斗争会缓和下来，直到形成新的小帮派，但时间是不确定的。

第十章　你好！2013

2013年来了，新一届国家领导人开始执政了，田戈感觉到了国家政府和中国共产党开始大力度强化和提升自我素养，以节俭生活和反对四风为起点，还不断查出高级官员的重大贪污受贿问题。田戈作为一名最为普通的共产党员，深刻地觉得党和国家提出的要求都是对的。对身边的事情和有些人的做法，田戈早就看不惯，怎奈风气不正，“八荣八耻”似乎又没有具体规定和严格监督，所以在很多人心中流于形式，以耻为荣的现象屡见不鲜。在国企工作的田戈，级别不够，不用写自我查找问题的报告，田戈想国家果然高明，知道自己这么低级别的人还真的没有贪污受贿的机会，所以不用写报告是英明的，当然级别高的不一定有问题。随着社会重大新闻的不断公布，田戈惊叹，中国共产党这么做真是太英明了。本来田戈经常站在历史角度分析王朝的兴衰规律，他发现中国历史上的王朝被推翻的原因有三点，第一是社会出现大量的赤贫百姓；第二是统治阶级生活奢侈浪费，奴役百姓，以上两点造成百姓揭竿而起；第三是外敌入侵。内忧外患就会造成王朝更替，这是中国历史的规律。而如今的国策恰好英明地解决着这三个问题，第一是解决百姓的就业，防止出现赤；第二是从政府做起反对奢侈浪费、官僚主义、享乐主义、不正之风；第三是加强国防建设，发展外交。田戈坚定地相信，中国共产党是英明伟大的党，中国必定会实现伟大的中国梦的目标。

田戈作为一个普通百姓也有忧国忧民的情怀，受到中国文化的熏陶，他羡慕那些为了国家大义和民族大义而光荣献身的人，同时又为历史上出现过那么多的奸臣而感到悲哀。田戈一直想，人性到底是否分成善恶两大类，是否有的人真的生来就邪恶，有的人生来就善良，否则为什么在名利面前有的人会像失去理智一样，攫取过多本不属于自己的东西。如果说是遗传基因的作用，那么亲兄弟善恶的不同就无法解释，如果说是后天教育的影响，那么同学之间的善恶差异无法说明，难怪宗教总有生存的土壤，因为生活中确实有些事情是目前的科技说不清楚的，因此只能归结为超科学超自然的力量。田戈忧虑什么，从大到国家之间的核战争，小到国家内部的局部动乱，或者是其他的什么内忧外患，对百姓来说都是灾难。田戈想，究竟多严重的经济问题才会被抓呢？如果严格按照法律，那么肯定比现在抓的人要多，如果不严格按照法律，那么口号喊这么大，要如何收场呢？在人性和法制之间还要徘徊多久呢？

关于战争，田戈除了小时候听说过中越战争正在发生之外，还没有过任何亲历，所有的信息来自书籍、电影、新闻和听说。伊拉克战争据说是因为美国人要抢他们的石油，所以找借口不断地折腾伊拉克人民。巴以争端是以色列要建立自己的国家，占了巴勒斯坦的土地，所以两边各说各的理，不断的局部战争。日本人当了美国人的俘虏，这么多年过去了，丝毫没有被释放的迹象，但一定心有不甘，可这个曾经有过在强盗救世主逻辑下发起侵略战争的民族一旦被释放，会不会做出更疯狂的举动，这不得不让中国人担心。至于所有白种人，他们早就在大清朝就开始了对中国的侵略，当时他们可能自我感觉像拿着猎枪到中国这个大猎场来打猎，收获了猎物就地享用，剩下的带回家去，当然他们中一定有善良的、不乐意杀生的人，但就如同当今社会一样，很多人不乐意杀生，但却一天也不想离开肉食，于是创造了一个名词叫做净肉。想到这些，田戈就觉得作为一个中国人一定要自强，要有使命感、责任感，扎扎实实地做好自己的工作，如果全国人民都这么想，我们中国才是最强大的国家，因为我们人多。虽然，以前田戈见过很多他认为不称职的公务员，但是2013年之后，应该会越来越好了。田戈狭隘地感觉中国共产党教育党员和田戈教育自己的儿子似乎有些像，田戈告诫自己十四岁的儿子，不要浪费时间、不要玩电子游戏、不要发呆不知道自己该做什么，要好好练习、好好读书、好好强壮自己身体，儿子似听非听，趁田戈不留意，就违反田戈的要求，田戈说过几次，自己觉得是春风化冰，但冰太厚了田戈太急了，于是田戈终于有一天拍案而起，警告自己儿子，你若再执迷不悟，我将采取严厉措施，从精神到物质上都将让你痛苦不堪。儿子说其实我之所以玩游戏只是害怕落伍而失去所有的朋友。田戈说靠玩游戏交上的朋友根本就不能算是朋友，你如果提升了自己的真本领，你的朋友会很多，而且都是非常优秀的朋友。在田戈严厉的要求下，儿子果然不公然面对自己玩电子游戏了。田戈想如果自己错误地纵容自己的儿子，那么他将来就是一个废物，心比天高游戏心态，命比纸薄无能之辈，如果是这样，自己一生最大的创造就失败了。因此，当田戈听到国家领导忠告党员要严格要求自己，否则是要亡国亡党的时候，田戈深以为是。田戈从来不动手打儿子，但儿子怕他，因为他以身作则，田戈要给儿子树立一个榜样，让他知道如何做一个男子汉，当然田戈不能免俗，也希望给儿子创造一个良好的生活环境，这就是一种矛盾，因为田戈老觉得逆境造就强者是少数的，逆境造就弱者是多数的。田戈认为，人生本来就是一场无休止的战争，只不过有的很直接，就像丛林里的动物猎食，有的很隐蔽，比如做好自己岗位的工作就是间接参与了国际战争。中国的百姓需要不厌其烦地指导和严厉的管教，否则就会慢慢变成待宰的羔羊。

田戈看到，2013年的整风确实在社会舆论导向辅助下产生了巨大的影响，全国人民的心态也许都发生了不同程度的变化。田戈很欣赏那句话，叫做“民心似水、民动如烟”，一盆清澈的水，混入泥沙，就变得浑浊，而只要过滤，又能恢复澄清；一股浓烟，会让空气污浊，但只要一阵轻风就可以将其吹散，当然冒烟的原因一定是哪里发生了燃烧，而燃烧就意味着局部形态的毁灭。田戈对小村的流氓大亨一直冷眼旁观，不知道他们何时会重新回到他们曾经被改造的地方重新改造，如果未来十年他们逃过去了，那么他们就修炼好了，脱胎换骨了，否则，那些继续“吃喝嫖赌抽”的家伙们依然高高坐在百姓的头上，百姓会把“整风”当做“狼来了”。当然田戈也知道更多的事情是很难说清是非功过的，如果你能绝对分清了，你本身就犯了巨大的错误，因为你绝对是只站在了一个角度判断是非，而这个社会是需要从多个角度来分析的，恰如一个圆口的杯子在田戈用机械制图的眼光来看的时候，其中两个视图都是上宽下窄的梯形，一个视图是大圆套小圆。无论如何，田戈这个人对未来整风的结果都是要拭目以待的，他甚至天真地认为或许应该有一个内部原则或者命令，多少额度以下的，多少年以前的问题就不再研究了，当然即使有这种规定，田戈知道自己是无从知晓的。截止 2014 年，无论是小村里还是城郭内，田戈都还没有听说谁在整风中被发现有问题，田戈不知道是问题太小还是整风力度不够，不过最终他判断是时机未到。

田戈搜索自己的记忆发现，2013 年是中国梦提出的元年，在此之前提出的是科学发展观，再以前是三个代表，再以前是以经济建设为中心，坚持四项基本原则坚持改革开放，再以前田戈就不知道了，大概是实现四个现代化，抓革命促生产，“文化大革命”，超英赶美之类的。如果说在八十年代，田戈盼望到 2000 年，实现四个现代化，而实际上 2000 年社会发展情况比田戈想的要好得多，那么关于中国梦的实现，田戈也认为一定会超过自己的想象。对于田戈此时来说，他理解的中国梦是很狭隘的，大致上也就是，第一，中国在世界上不受气也不欺负人，第二，自己的房贷也还清了，再也不为每个月还贷款而工作，而是为了展现自己的人生价值而工作，第三，不会因病致贫或因钱不够而失去治病的机会，第四，走在路上不用担心恐怖袭击和盗抢，第五，购买食品不再为食品卫生安全而担忧，第六，孩子上学和工作有一个公平的竞争环境而不用设法靠送礼来取得公平竞争的机会，第七，自己通过学习悟出的道理或者写出的书不会因为编辑们胆小而不能出版。田戈不敢指望解决但希望能够解决的梦想，第一，不要为所住小区的物业管理太差和必须交物业费而纠结，第二，不要为购买汽车还要先像买彩票一样的摇号或花钱买号而纠结，第三，不要为取公积金条件太多，政府机构扯皮让自己怎么都取不出来自己的钱还贷款而纠结，第四，不要为垃圾无法分类丢弃而自己又想分类环保而纠结，第五，不要为出门必须低头走路否则一定踩狗屎而纠结，第六，不要为儿子上网很容易被不良信息诱惑而纠结，第七，不要为儿子正常社交中万一被毒品毒害而纠结，第八，不要为高价丧葬和恶俗祭祖仪式而纠结，第九，不要为进了医院就可能成了医生的猎物而纠结。

或许中国梦还会给田戈带来意外的惊喜，是不是没有治不了的绝症了？没有感情的机器人可以提供人性化的服务了？没有各种无聊空虚寂寞的各种等待了？田戈悟性太浅，肯定想不到未来的社会究竟会发展成什么样子，于是他说他最低的限度是希望不要再有战争。这个希望显得他那么飘忽！

第十一章　爱情死结

田戈的爱情故事前面已经说了不少，不过他那次纠结的爱情故事还没有开始说，那么他的爱情到底有什么可纠结的呢?

1989年，田戈认识了小兰，1990年开始和小兰恋爱，1996年和小兰分手，原因是关于生活的价值观不同。1996年田戈开始和小娜恋爱，1997年和小娜结婚，理由是关于生活的价值观相同。说白了就是在田戈没有房子的情况下，小兰不嫁小娜嫁。

自从2002年以来，田戈总觉得小娜其实并不爱自己，于是田戈一直在哀怨中不断地寻找可以倾诉自己情感的倾听者。2003年，当田戈发现小娜手机里面的暧昧短信的时候，田戈也正在和一个离异的眼神有些伤感的女人开始私下的秘密交往，但田戈很快结束了这段没有正式开始的恋情，因为田戈很快发现那个女人傻乎乎的。2004年，当田戈发现小娜的新男友之后，田戈正在与一个爱读科幻小说的少妇进行着一种虚幻的精神恋爱，就是那种只多看对方几眼而不说出我爱你的精神恋爱，但终究又是无疾而终，因为田戈发现那个少妇其实没有什么可爱之处。2005年，小娜发现田戈正在用电子邮件婉言拒绝一个大龄女热烈的情书，因为田戈认为那个大龄女的面貌比她自己说的年龄至少大十岁，但那个大龄女的歌喉着实不错。2006 年，又一位与田戈同龄的家庭主妇和田戈发生了有那么一点点值得回味的小故事，但那个主妇实在是不大漂亮，所以田戈从来都没有产生爱她的感觉，只把她当做一个水平不高的朋友。期间还有几个少妇或女大学生或多或少的对田戈表示过好感，但田戈都没有与她们发展婚外情的冲动，因为从这些人身上田戈都没有找到心动的理由。

甚至是 2004 年他碰到高中时候暗恋的女同学晓雪之后，田戈发现自己对她居然没有任何感觉了，和她沟通只能回忆过去，但却无法畅想未来，彼此之间没有任何可以深入交流的话题，所以对于田戈来说，她就是一个相对还不那么俗气的高中同学，田戈连摸她手的欲望都没有，仿佛她是个同性别的人，无论是看见她还是想起她，田戈都没有过性的冲动。田戈有时候想为什么自己可以面对当初暗恋的人心止如水呢？大概是因为自己眼光太高了或者是自己老了。

田戈大概知道自己心中的女人应该是什么样的，应该有一流的容貌，一流的聪明，一流的善良，一流的才艺，而且一定要爱自己，这是田戈心中幻想的女人，但田戈一直以为自己这辈子也就是陪着小娜走完人生了。一直到 2006 年年底，33 岁的田戈突然陷入了自己都意想不到的恋爱中而不能自拔，并逐渐陷入到爱情的死结当中，似乎一辈子都不会解开了。

田戈第一次见到漪清的时候，是田戈给她做求职面试。漪清的面孔发白、穿着青色棉服、上身不胖不瘦恰到好处，下身裹在宽松牛仔裤里的长腿更加突显了这个女人身上有一股扑面而来的知性女人的独特气质，她的眼镜让她的眼神显得更有书卷气，这种复杂的气质正是田戈心目中理想的女人该有的气质。田戈情不自禁地和她聊起了与面试无关的读书，而这个女孩子居然把《平凡的世界》和《穆斯林葬礼》书中的人物故事分析得让田戈很有同感，田戈知道自己在这个瞬间，不可救药地喜欢上她了。此前田戈面试的人基本上都说自己读过励志的书，而具体内容一问就是都没记住。田戈打定主意，一定要把这个可爱的姑娘招进来，但此时田戈还真的没有过多的非分之想，因为从应聘简历上看，他与她是两个年代的人。

漪清姑娘并没有如约而来报到，田戈有些失落感，于是决定打电话问问，这是田戈的习惯，一定要问清楚以免发生误会。电话询问得知，漪清姑娘感冒了，田戈说养好病再来也没问题。

就这样漪清成了总经理助理，田戈透过办公室玻璃，田戈可以看到漪清的整个侧面，总经理则可以看到她的后背。漪清的工作基本上由田戈安排，各种各样的事情漪清都做。田戈中午的时候就在办公室拉二胡，漪清则可以清晰得听到，渐渐地两个人就熟了。有一天中午，漪清在田戈办公室报告一件工作，恰好微风从窗外吹来，漪清的长发被轻轻吹起，那一瞬间，田戈发现漪清真的很漂亮。

由于工作繁忙，田戈每天都 8 点以后才能下班，总经理觉得漪清很有责任心，就安排漪清也加班跟着开会做记录等，这样田戈就必须送漪清回家，当然还有几个人也要搭车，田戈成了班车司机，好在车的性能很好，这个司机当的不算累。因为漪清住的最远，所以当大家都下车之后，田戈得以和漪清聊些非工作的事情。两个人就这样熟悉起来了。

有一天漪清请假了，田戈中午拉起二胡的时候，忽然想漪清没在，心里有些惆怅，下午一上班，田戈拿起手机给漪清发了一个短信，说音乐虽好，可惜没有人欣赏了！漪清回了一个短信，说自己在火车上，可惜听不到您演奏的《知音》。这个短信让田戈觉得漪清似乎是自己的一个知音。此后田戈总是找借口在加班后请漪清吃饭，然后送她回家，田戈想让她吃好些，这样也算是对她的关怀。两个人就这样一次一次的一起吃饭，一次一次地聊着各自的家庭，田戈告诉漪清自己本来打算要做一个好丈夫的，可是遇到了你就不想做现在妻子的好丈夫了，田戈告诉漪清自己很喜欢她。漪清说自己很矛盾，一方面觉得田戈真是理解自己的人，俩人同样出生在城郭，同样的拥有贫困的童年和贫困的大学生活，不同的是俩人的年龄差十岁，如果差五岁以里还可以考虑。田戈说我理解你，我只是表达对你的喜欢，并不想苦苦追求你，如果有一天你结婚了，然后因为感情不好又离婚了，我们就扯平了，再开始谈恋爱也行。

田戈的口才很好，唱歌也好听，而且也是真心的对漪清好，漪清逐渐地被感动了，她觉得年龄不是差距了，但她觉得自己似乎是第三者，很有罪恶感。田戈说你放心，我会先离婚再和你谈恋爱的。就这样田戈回家就和妻子提出了离婚的要求，当然他没有提和漪清的事情，事实上这时候田戈和漪清也没有什么实质的发展，但田戈真的是爱上了漪清，他每天都想看到漪清。这对一个33岁的男人来说，也许就是最后一次真正的恋爱了，所以应该算是强弩之末。如果这个时候，小娜能够妥善处理夫妻之间的感情，和田戈好好谈谈，或许他们之间还可以挽回，因为毕竟田戈此时如果离开漪清，彼此之间不会有什么伤害，但小娜选择逃避，他带着儿子回娘家了。田戈在那个初夏的夜晚和漪清共进晚餐之后，在路边的长椅上坐了很久，和漪清说了很多话，感觉和漪清的心紧紧地连在一起，再也不想分开了。

小娜从娘家回来的时候，田戈继续和她提离婚，但小娜不同意，田戈给她写了几个版本的离婚协议书，小娜都当废纸撕掉。田戈说我们这样没意思，要不我先搬出去住了。小娜说你搬到哪我就跟你到哪。田戈说你当初背叛我的时候你就应该知道我们迟早有这一天，现在儿子也上小学了，你放过我吧，条件你说。小娜说我没有条件，你要离开就离开吧，我也拦不住你，你等着给我收尸吧。田戈没有勇气试一试小娜是不是真的会自杀。小娜哭着和田戈说自己害怕回家，自己和儿子说爸爸要离开这个家，儿子说不会吧！田戈看到小娜和儿子对自己如此的依赖，心软了。小娜是曾经对不起过他，但小娜也曾经义无反顾地嫁给了他这个穷光蛋，两个人也曾经有过很多的快乐往事，而且还共同养育了可爱的儿子，他已经六岁了，有着美好的前途，将来应该成为了不起的人。田戈想如果自己离开，那小娜会自杀，儿子会被自己毁了他的前程，如果是那样，自己和漪清即使在一起也会充满悔恨，生活也不会幸福，自己不能太自私。可漪清怎么办，那么纯洁的姑娘，如果自己背信弃义，说不定就把她给伤了，田戈陷入了左右为难的境地，和小娜的谈判只好先停一停。小娜的精神压力其实很大，如果失去田戈，她不知道自己的生活会怎样，没有工作，没有爱人，也许还会让父母伤心难过。在巨大的精神压力下，小娜的免疫系统也出了问题，她的下半身皮肤上开始出现斑块，有的斑块颜色变深，然后开始瘙痒，表面溃疡，聪明的田戈马上就知道小娜身体真的要出问题了，再不能刺激她了，即使不做夫妻，他们也不是仇人，他们是孩子的父母啊，而且毕竟这是自己曾经爱过的妻子。

经过和漪清的沟通，漪清说会等田戈，这让田戈非常感动，但田戈同时也说你如果遇到合适的，我会祝福你，你如果等我，我也会娶你，等孩子 18 岁，等妻子身体好起来吧。田戈找了一个机会对小娜说，你不要有这么大的压力了，如果你坚决不同意离婚，我是不会离开你的，小娜听了田戈的话，也很感动，说谢谢田戈！小娜的病慢慢地好了起来，皮肤的斑块渐渐减少了，经过多年的缓解，两条腿上还有几处淡淡的色斑，小娜已经敢穿裙子外出了。几年以来，小娜对田戈的态度好了很多，俩人也不吵架了，但话并不多，田戈也没对小娜说过关于漪清的事情。而漪清依然耐心地等着田戈。田戈离开那个企业之后，漪清也另外找了别的工作，地点离田戈工作的公司有几十公里，俩人就这样感觉天各一方，平时发发短信。田戈渴望和漪清成为堂堂正正的夫妻，但田戈不知道怎么放下小娜。小娜感觉田戈可能外面有人，但田戈每天都回家，手机落在家里也不担心，似乎外面又没有人，不过田戈确实不像以前那样假惺惺地说多爱她了，尽管那时候小娜觉得田戈假惺惺的，但她喜欢那种假惺惺，而现在田戈绝口不再说一句我爱你之类的话，只不过田戈会夸小娜菜做得不错。俩人的共同语言就是关于孩子的问题。田戈有时罪恶地想如果小娜死了就好了，但自己绝对不肯做出害小娜的事情，最好是自然死亡，或者是不可抗力的因素。当然田戈也希望自己自然死亡，那样就不纠结了。如果辜负漪清的爱，自己生不如死，但若害死小娜，自己禽兽不如，也是生不如死。如果时光能够倒流，田戈相信自己一定可以找到好办法。他甚至做白日梦，自己从十六岁开始等漪清，一直等到三十三岁，迎娶漪清，那该是多么美好的事情，可惜老天不会给田戈这样的机会。田戈在情感上就这样一天一天地煎熬着，他不知道未来会怎样，现在只有等一等，让时间来解决一切。

田戈计划在未来几年好好做成一些事情，让自己成为一个作家，然后如果发财了，就可以把小娜后半生所需要的钱都给她，求她放过自己，给自己追求幸福的机会，他相信小娜会同意的。而如果自己这样做她还不满意，说明她不爱他，那么等孩子已经长大成人，自己可以毅然决然地离开，而不会再顾及太多。总之，田戈想只要漪清在自己四十岁的时候还没有嫁人，田戈就会毫不犹豫地到漪清身边，什么都放下。只是自己一定要有钱，总不能让漪清养活自己。

漪清过着孤独的生活，因为她的家离这个城市很远，因为她心中只爱田戈，因为她从记事以来就孤独，现在遇到了田戈，可偏偏自己又似乎是第三者。她爱田戈，但她也理解田戈的苦处。她有时候觉得命运不公平，凭什么让自己在得到爱情之后又不能完整地拥有爱情。田戈每过几天就发一个短信问候她，而她也告诉田戈很想念他。两个人都在一个城市，却又感觉天各一方。田戈总是保证说自己一定会娶她，漪清相信田戈，但这等待的滋味实在是不好过，而且万一到时候田戈又出现新情况，自己又能如何呢？所以也只有这样先过着，好在自己可以通过读书打发时间。自从认识田戈之后，漪清对读书又有了新的认识，他觉得要像田戈学习，多读书，多参悟生活，这样就可以更加幸福快乐的生活。

难得有一次，田戈陪漪清去逛了寒山寺，田戈给漪清讲了他在书中看到的关于《枫桥夜泊》那首诗的双关含义，田戈还说寒山寺自古就是情侣定情的好地方。田戈和漪清坐在运河边，看着一条一条的船开过去，千年大运河一直都忙碌着，而人生不过几十载。这时传来寒山寺的钟声，让田戈和漪清彼此相望互相凝视了很久。田戈说漪清你真好看，漪清说老田你真会说话，他们彼此笑笑，心中分外感动。微风吹过，漪清的头发飘起了，田戈给漪清照了一张相片，背景是枫桥。

漪清的老家在黄土高坡的一个小城郭，小时候总要上山和妈妈种地，天很热，口很渴，但漪清认为生活就这样。八岁的时候，漪清的家才有电可用，后来家乡的流行歌曲比田戈所在的城市要差至少十年。所以漪清和田戈聊起家庭和过去总是感觉彼此似乎就是在一起长大的。田戈说的事情，小娜只能想象，漪清却感同身受。漪清说的故事，田戈也非常喜欢听，因为田戈觉得亲切。田戈爱漪清不仅仅因为她的美貌，更是因为田戈感觉和漪清在一起的时候，两个人的心就是一颗，而和小娜在一起却从来没有过这样的感觉。小娜也漂亮，是那种城市女孩妩媚的美，尤其小娜善于化妆，更容易把自己画得在镜子前不忍离去。漪清不化妆，素面朝天，但已经够美，漪清也没有漂亮衣服，因为她根本舍不得买漂亮衣服，裤子就是牛仔裤，不超过 100 元一条，上衣也是典型的学生休闲款式，价格最贵也不超过 100 元，但在田戈眼里，漪清的朴素是他喜欢她的理由。小娜也不大买贵衣服，但小娜廉价的衣服家里都摆不下，到处挂得都是，所以总体上还是浪费的。漪清就那么几件衣服倒着穿，这让田戈心生怜爱，觉得自己一辈子如果和她在一起，那该是多么美好的一件事情。

漪清喜欢读书，田戈建议她看古典名著，她会和田戈沟通读后感，小娜则不爱读书，田戈想不出来结婚 10 年以来小娜完整地读过什么书，或许真的没有读过。这个曾经的大学生怎么就不爱读书了，田戈想不明白，小娜给她的答案是读书太累。漪清则从书中领略到美好的生活，这和田戈极其相似，俩人在一起总是有说不完的话。

田戈时常设想着到儿子上大学的时候，自己该如何跟小娜开口，以田戈的方式，他会先给小娜写长信，告诉小娜自己有多么爱漪清，田戈希望通过小娜对自己多年以来的家庭贡献，获得小娜的怜悯，从而得到小娜的理解，进一步让自己获得新的自由，那将是最完美的结局。只是让漪清苦等这么多年实在是一种罪过。田戈通过和漪清的沟通，觉得这个可爱的姑娘应该是和自己心灵相通的。

从2006年到2014年，田戈一直在纠结他和小娜、漪清的感情，他觉得这是一个死结，但只要有毅力坚持不断的努力，这个死结可以一点一点化解。他和漪清都是通过短信沟通的，他们知道见面也没啥好说的，所以就默契地不见面，不说话，就写短信，写了8年的短信，也记不得有多少条了，不过频率在慢慢地减少，由每天发到每周发再到每月发。

田戈在爱情问题上经过思考得出一个结论，他认为只有男女双方彼此都能够找到对方的优点，而且很喜欢这个优点，对于缺点彼此能改进或在改进之前能够容忍，这才会有真正的爱情。小娜为了舒适，绝不会把田戈写的书读完，田戈对小娜越来越懒散的生活态度越来越鄙视。田戈认为小娜所谓的爱自己只是觉得自己比较可靠，可以让她稳定地活下去，而自己的优点在小娜看来都是可有可无的。田戈写书，小娜会说你别赔钱啊，小娜上网购买便宜漂亮衣服，田戈会说你就不能读几本书吗？他们就是在这样不和谐中慢慢地丧失了爱情。而漪清和田戈之间可以交流所有彼此的优点，改进彼此的缺点，田戈的强势和漪清的顺从恰好成了互补。田戈和漪清争吵之后，彼此会承认错误，真心反省。田戈和小娜争吵之后，没有人会承认自己有问题，而是彼此继续凑合过日子。

田戈认为爱情不是自私的，自私的爱情不是真正的爱情。比如田戈真心希望漪清的生活好过，为此自己可以默默奉献躲在一边都可以，当然田戈真心地希望漪清生活幸福过上好日子。田戈和小娜对好日子的定义则完全不同，田戈觉得人生应该做有意义的事情，小娜觉得人生应该过自己觉得舒服的日子。没有小娜，田戈觉得自己可以让生活更有意义，没有田戈，小娜则无法维持她所谓的舒服，这就是田戈和小娜之间最大的分歧。在道德和爱情之间，田戈经常矛盾，因为从道德层面，田戈要和小娜过一辈子才算道德模范，从爱情方面，田戈一想到和小娜就这样一辈子，从心里就感觉到恐怖。找到心灵相通的人是不容易的，田戈觉得漪清是这样和自己心灵想通的，可自己为什么就被困在道德的枷锁中不能解脱呢？原来是因为田戈还具有人性的本能，那就是希望自己的儿子能够成为优秀的人，为此田戈才用道德来掩饰自己对儿子人生失败的恐惧，从而不敢做出果断强硬离开小娜的决定。

夜深人静的时候，田戈难以入眠，常常是因为想漪清想得大脑异常兴奋。田戈每天都陷入在情感的旋涡中拼命挣扎，一天一天地煎熬着自己的心，终于田戈的免疫系统又开始出现了可怕的崩溃，这种问题只有他自己知道，他想堵住崩溃的缺口，但缺口似乎慢慢变大。漪清的爱情和小娜的责任像两个轧辊把他的身体一遍一遍地压轧，他知道自己要崩溃了，精神崩溃前肉体先崩溃。

如果有一天漪清彻底离开自己了，田戈知道自己的心会有多痛，也许再也不会拥有真正的快乐直到自己郁闷地死去。如果自己的决定害死了小娜或者让小娜崩溃了，那么田戈也可能自责一生，而那时候漪清真的能够理解自己吗？随着孩子一天一天地走向十八岁，田戈就好像感觉到自己正在一天一天地走向断头台。聪明的田戈终于意识到自己把自己困在了死结当中，怎么都难以解开。更为可怕的是田戈不知道自己以后能否解开这个死结。自己在这个痛苦中还要挣扎多久。

2009 年，漪清发短信告诉田戈，二十六岁的她考上研究生了，是 211、985 大学，生物学专业，田戈回短信说祝福你，两个人在短信里没有互诉衷肠，似乎是很平常的朋友一样。田戈想漪清用所有的思念化成了学习的动力，居然考上了和自己原来专业完全无关的生物学，这恰恰是她心理开始强大起来的标志，田戈心里认为自己的心理素质比这个要强的姑娘差远了。2009 年，漪清去远方上研究生了，漪清身边不乏优秀的追求者，田戈设想着他们的精神恋爱就要经历严厉的考验了，他不知道自己期待什么，是漪清的坚持还是漪清可以理解的新情况。有一点可以肯定，田戈一定是永远祝福漪清的，因为他知道自己在对感情理解更深刻的时候爱上了漪清，这也几乎可以肯定是他最后的爱情，一份值得他回忆到死的爱情，足以伴他进入坟墓前表情保持祥和。

2014 年的一天，田戈接到漪清姑娘的短信说她博士论文通过了，题目是关于生命基因传递的规律问题，田戈回信说自己和她差距太大了，一个本科生，一个是女博士，不知道还有没有共同语言。漪清姑娘回短信说真的很怀念田戈当年请她吃的宫保鸡丁，田戈说以后一定可以再一起吃，漪清说她等着。田戈不敢再往下说了，因为他的眼泪已经滴落在手机屏幕上。田戈回信说 2018 年冬天，我们能一起吃一顿饭吗？漪清回信说："但愿吧！"

田戈和漪清从 2007 年到 2014 年已经 7 年没见了，田戈不知道漪清有了多少变化，他知道自己已经不再年轻了，两鬓居然已经花白了。漪清呢？近视度数是不是变深了？还穿廉价服装吗？脸色还是那样苍白吗？我们不知道该为田戈守着小娜感到可悲呢？还是要为田戈不敢去追求他的爱情感到可悲呢？好在田戈十四岁的儿子学业很好，这缓解了田戈的相思之苦，但田戈终究还是纠结着 2018 年。田戈经常在夜深人静的时候对着自己的内心说，我希望和漪清过下半生，至于小娜，田戈其实也有些纠结。田戈这个人在爱情方面就是这样自己给自己设下了圈套，狠狠地套在了自己的脖子上，他或许迟早要为此窒息而死的，如果真是那样，我们相信他死前唯一的愿望就是见一见漪清，而那时如果漪清能够幸福地活下去，他将能闭眼了。如果有机会，我们应该去见证 2018 年的田戈是不是终于做了一次恶人，去追求她心中的真爱，他的漪清依旧笑意盈盈地等着他去爱她。

第十二章　悟读书

田戈喜欢读书，这源自他内心的孤独和以求知来化解对未来的恐惧的性格。他真的是希望了解所有的事情，掌握所有的知识。只要是知识，他都感兴趣，身边的很多人都觉得田戈应该是一个学者，而不是做企业管理工作。随着年龄的增长，田戈读书越来越挑剔，因为他发现，很多书的质量并不高，读起来浪费时间，没有价值，而优秀的书，应该是让人感觉心要随着一起飘动，直到读完的时候仍意犹未尽。

田戈读的书不少，但印象深刻的并不多，他在一次给员工的培训中比较详细地介绍了关于读书的心得，希望能够让员工们有所借鉴。田戈的心得大致是这样的。

田戈认为读书的首要目的是求知。我们每天都面临各种问题，都要想如何去解决这些问题，而解决这些问题的理智思考离不开知识。能够指导行为的信息就是知识，带有特定视角的数据就是信息，能对客观世界准确描述的叫做数据。所以田戈首先喜欢读的就是数据类书籍，比如他读了生命科学、生理学、科技杂志等，这些书里面充满了数据，这经常让田戈感叹，事情原来是这样的，那么大一块石墨烯材料居然可以放在新鲜的花蕊上而不会把花蕊压坏，这材料实在太神奇了。田戈就是这样不断搜罗各种信息，什么基因工程生命科学、什么国民经济统计数字，甚至一本一本的乐谱歌集他都能津津有味地边读边哼唱。包括《中国通史》这样的各种史书，他也当作数据来阅读，那些历史评价他不大看重，那些描述事件的数据他倒是不厌其烦，比如明朝人一顿饭花一两银子算是请客，可以购买一个猪头和小菜，这都是田戈感兴趣的数据。田戈通过大量的数据获取提炼信息，在用的时候随手拿来，显得很自然。所以田戈就像一个百科知识收集箱，和别人聊起来的时候，大家都会惊叹这个家伙脑袋里的东西还真多。

田戈认为读书的第二目的就是悟道。人生的道理在哪里？田戈认为其实就在那些过去的故事中。我们所有的道理，都是从故事经验中总结出来的，因此我们必须大量的阅读优秀的故事。金庸的武侠小说田戈大部分都看过，除了一本叫做《书剑恩仇录》的，其他的书他对情节记忆得很深刻，当然他所谓情节基本上都是以爱情为主线的。或许就是这些爱情武侠小说的影响，田戈才一直在寻找他心中的女侠。小娜娇滴滴的样子和女侠丝毫不沾边，倒是潞清比较符合田戈心中女侠的形象。历史故事让田戈理解了秦始皇追求长生不老，大元朝宰相追求多娶妻生子，包拯追求留名青史，岳飞则追求忠君报国。这些形形色色的历史故事，让田戈渐渐悟出了历史发展的规律。田戈甚至简单地总结了王朝灭亡的三个必要条件，第一是皇帝把皇位顺利地传给自己的儿子，这样其实并不能保证儿子是最适合当皇帝的人；第二皇帝本人接班的时候还太年轻，容易冲动；第三是科技发展落后就会引来外敌。以上三条还是必要条件但不是充分条件。

田戈在一次讲课时这样评价王朝的颠覆：

秦始皇的小儿子继位之后证明，这个年轻人根本驾驭不了这么大的帝国，因此他必然会被赶下台。

汉献帝还是个孩子的时候，就稀里糊涂地被推上了皇帝的宝座，其实汉王朝已经被董卓给灭了，汉献帝不过是一个傀儡。

三国时期魏蜀吴三国的皇帝继承人也都是有问题的人，因此无法让王朝延续。

晋朝虽然没有魏蜀吴那么短命，但最终也因为皇帝的昏庸垮台了。

隋朝开始很好，可隋炀帝做事情很冲动，终究还是被推翻了。

大唐朝曾经有过兴盛，但大多数皇帝都水平不高，就连武则天相对来说都比她丈夫政治水平要高得多。

至于后面五胡乱中华时代，为什么大家都坐不住皇帝的位子，都是因为继承人的水平不行。

大宋朝昏君也不少，尤其是那位书法和国画堪称千古巨匠的神宗赵佶更不是当皇帝的材料，所以断送了大宋江山，后面的南宋已经是失败后的大宋了。

大元朝曾经把版图划到了欧洲，但终究还是后继无人，最后不得不土崩瓦解。

大明朝的最后一位皇帝由十八岁的少年朱由检先生担任，他能干好什么呢？最后只能上吊自杀，这也算是一位有骨气的皇帝。

至于大清朝，总结了那么多经验教训，算是所有王朝皇帝里最勤快的一群人，但架不住外国人仗着先进科技制造的武器侵略，因此注定要失败。

这些王朝的失败几乎都不是在创业者手里失败的，唯一的一位在创业时期就失败的皇帝是李自成，不过李自成虽然自称为皇帝，可是他其实和袁世凯差不多，只能算是一个临时篡位者，根本就没有创建新王朝的能力。

因此可以总结出政权不被颠覆的历史经验为：

第一，无论儿子多优秀，一把手也不能把位子直接传给他，否则就给政权掌握种下了祸根。

第二，当一把手要有足够的阅历和经验，因此年龄是一个硬指标，在中国不到五六十岁，就无法胜任一把手工作。

第三，时刻注意外部敌人觊觎我们的家园，因此在国防科技上要不惜一切代价赶超世界先进水平。

第四，作为政权的拥有者，必须时刻警惕，不要让自己成为少数人群的代言人。

第五，谁能够用各种方法把老百姓的劳动热情调动起来，并能够可持续地坚持下去，谁就掌握了政治的本质。尤其注意脑力劳动也是劳动。

田戈对历史的见解是独创的，是他自己悟出来的，是没有机会登上大雅之堂的，因为田戈在历史方面不是学者，这只是作为一个普通百姓纯粹的自我娱乐。

田戈根据自己的分析片面地认为，朝鲜的政权是不稳定的，因为其具备了很多不稳定政权的必要条件，而中国的政权是稳定的，因为中国人在总结了几千年经验的基础上建立了一个稳健的政权交接模式，尽管世界局势复杂，但中国人确实是站起来了，只是刚刚站起来，腿部肌肉还不是很发达。

在科技发展方面，田戈通过读书也深刻认识了几个道理：

第一，科技的发展首先是国家之间竞争的原因，科技水平是竞争的结果。科技本身就是以打败敌人为目的的，至于发展为民用则是间接支持军事。

第二，科技的发展方向首先是了解人类自身，以便更好地控制自身生命的长度，其次是让自身生活的环境更适合生活，提升生命过程的质量。

第三，科技活动是以集体智慧为基础的个人创造性活动，所以必须学习先进经验，有组织地发展科技活动。而一谈到组织，就牵扯到管理水平，而要想提高管理水平又必须塑造适当的文化，这样就把科技问题复杂化了。

第四，一个国家的科技水平取决于当权阶级的科技素养。

第五，纯粹的科技是无趣的，因此还必须赋予其人类的情感特性，才能更有发展效率。

田戈在战争问题上通过读书也总结了几点自以为是的想法：

第一，战争是人类固有的天性，也是人类能够在地球上存活至今越活越强大的根本原因之一。从哺乳动物角度来说，没有战争就不会有优胜劣汰，战争的本来目的就是具有最优秀基因的个体获得更多生存机会。

第二，战争发生的时候，总是最普通的老百姓最倒霉。从人类社会当前伦理看来战争是残酷的，是错误的，每个人的生命都是宝贵的。但从动物学角度研究人类的本性，则未必结论相同。

第三，战争的范围划分是复杂的，按照数量级可以划分为人种之间的战争、宗教信仰之间的战争、国家之间的战争、民族之间的战争、家庭之间的战争、家庭内部的战争。按照性质又可以分为，争夺生存资源的战争、争夺生育资源的战争。日常生活中我们既能够看到二男争一女或二女争一男的战争，又可以看到美国把伊拉克萨达姆政权彻底推翻的战争。

第四，在武器方面既有低效原始的匕首，又有高效现代的化学武器、核武器，一个国家的军事又和这个国家的整体工业、农业水平画上了等号。

第五，对于一个普通人来说战争越来越可怕，因为那可能会彻底切断他们几亿年进化到现在的基因链条。美国电影《2012》里说大灾难来临时能够救命的“诺亚方舟”的船票十亿欧元一张，那只是个黑色幽默，在电影情节中人们看到，船上装了很多动物占用了可以搭载人的宝贵空间，这充分说明了通过人类战争获得自身竞争优势的本性。在某些人眼里，普通同类的性命不如珍稀动物的性命，这究竟是对是错，人类自身有资格判断吗？

关于文化，田戈自以为通过读书，自己勉强算是一个有文化的人了，但对中国文化究竟应该是什么，他找不到答案，不过也算有一些想法，这些想法他也利用各种机会去表达：

第一，文化是人们行为的基础，了解一个人的文化，可以对一个人的行为进行大致预测。人类社会普遍对预测未来很有兴趣，其实说穿了就是预测人自身的未来，至于别的都是起源于预测人类的未来。一个人未来的行为如果可以预测，那对与这个人有关系的人将是很美好的事情，而大家逐渐发现，人类的行为是有统计规律的，这个行为的统计规律与其文化相关。

第二，先进的文化就是指导广为大众接受先进行为的文化，例如我们希望一个人善良、勤劳、无私、稳重等等，但这些行为本身必须先有文化理念的支撑。小村以前的文化核心是能活下去最重要，所以小村人民表现出来的行为大多数都是唯利是图的。田戈的文化核心是有价值地度过自己的人生，所以田戈的行为始终都围绕着追求个人生命价值展开。在小村，如果谁家出了一个盗窃犯，家长不会觉得丢脸，只会觉得倒霉，因为小村人理解那个家长，将心比心只是自己的孩子运气好罢了。而对于田戈，如果这一天下来他发现自己活得很没有人生价值，他就会自责，为此田戈常听到别人问自己，你这样活着累不累呀？田戈说这样活着才是最应该的，怎么会累呢？

第三，人们需要强势的文化去引领，要告诉大家什么行为会被杀头，当然这又牵涉法律的问题。在大明朝的时候，从朱元璋年代开始实施严苛的律法，但到了后来就越来越松，好在百姓在精忠报国、当圣人的理想下，还是有所敬畏的。而在如今社会上有很多严重危害社会本身的行为刑罚是极其轻微的，比如故意害人吸毒的，比如故意制造伪劣食品的，比如故意危害公共安全的，这些行为都在被抓之后也得不到杀头的刑罚，这就让一些除了死什么都不怕的人无所顾忌了。文化首先是法律，其次才是道德，再次就是民俗。一个国家的法律首先代表的就是其对人民生命尊严的尊重程度，也反映了制定法律者的自尊。田戈偏激的认为中国文化的问题首先是中国法律的问题。以此类推，中国企业的问题首先是企业制度的问题，除了企业制度本身不完善以外，最可怕的是制度制定的时候就没有考虑如何实施，制度定的如同写春联，什么“天增岁月人增寿，春满乾坤福满门”，至于具体的事情还需要具体分析。这种只顾眼前、不顾长期的文化究竟是怎么形成的，说穿了就是统治阶层的水平问题。

第四，关于文化还有一个传承的问题也是关键。该学什么不该学什么，众说纷纭。比如一个工科大学毕业生，一方面是书太多读不过来，一方面是读书短期似乎无用，一方面是心浮气躁什么都不信，还有就是不配称为书的书在书市上泛滥。中国人在读书上面临这么大的困难，如何传承过去的文化就成了一个问题。美国电影宣传的是个人英雄主义，中国电影宣传的是政治方向，这也让国人矛盾，除非只看热闹不思考。

田戈作为爱读书的人，深感选择读什么书很关键，自从他大学毕业之后，他逐渐地形成了自己的读书价值观，总结为三读三不读。三读中一是读有水平作家的书，古今中外皆可，二是读知识性很强的书，大学教材和学术专著均可，三是读历史书，因为可以反思现在，预测未来。三不读中一是没兴趣的书不读，因为那是对自己的折磨，没有成效，二是读不懂的书不读，因为那是浪费时间，三是年轻作家的书不读，田戈偏见地认为不到四十岁的人很难写出足够深刻的书，而书不够深刻读起来好比隔靴搔痒，痛可忍，痒怎么忍。

有的人问田戈，你怎么能记住那么多书里写的内容呢？田戈说自己的记忆力其实很差，英语单词就是记不住，上学时文科成绩一塌糊涂，好像天生记忆力残缺，可后来之所以被别人认为自己能记住很多东西是因为自己在读书的时候被书里的有些内容感动了，所以就记住了。田戈说我们都忘不了自己的初吻，是因为那一刻实在太感动了，所以要想记住书里的内容，你必须带着深刻的思考和求知的欲望来读书，这时候才能有感动的机会。当我们看到一个作家的某一句话说的特别好的时候，一定是我们正在思考某些问题找不到答案先摆在那里时，恰好书里的那句话正是答案，于是感动就这样产生了。没有解不开问题，没有纠结不清的思考，就随便去读书，那么这书很快就被翻过去了，自己其实什么都没有记住，这就是很多人读书难以收获进而难以坚持读书的原因。

田戈曾经在遇到高中时代的梦中情人晓雪之后，到书店购买了十本曾经让自己感动的书，送给晓雪之后，田戈期待有一天晓雪能够提到这些书给她带来的感动，哪怕一点点也好，结果田戈等了十年都没有听到晓雪提过那些书，田戈想大概晓雪和小娜一样从来就不会去看那些书，这也就是田戈面对靓丽的晓雪没有丝毫动心的原因。当晓雪向田戈倾诉她有多烦那些厚脸皮的追求者时，田戈心里暗自庆幸，当初没有和这个女人成就姻缘，否则自己不但会很不幸福，还一定没有现在这个可爱的儿子。似乎除了漪清以外，田戈还没有遇到真正爱读书的女子，而当年那个爱读书的少妇其实也只是爱读科幻小说。

对田戈来说，人世间有太多未知的事情，他首先就要依靠书本去解决这些困惑，当然田戈也逐渐发现，书里写的和现实总要有些差距，尤其是全本都是地图的那种书，等你较真地研究细节的时候，就发现地图是错误的，田戈不知道这是给阶级敌人故意设下的陷阱还是画地图的人水平不够应付差事造下的孽。田戈对自己的儿子说，你看那个读书的“读”字，左边是个言字，右边是个卖字，所以读的书是可以转化成自己的语言然后高价卖出去的。至少在 2014 年的时候，有人乐意出每天一千五百元的价格，就是想听听田老师对那些事情怎么看，田戈就凭三寸不烂之舌得到对方很多的谬赞。田戈对儿子说，自己的话越来越值钱，因为自己每一句话都包含着听者不具备的智慧，而自己的语言能力主要来自于读书后大脑的重新整合。当然田戈又说读书无法完全取代经验，看一本介绍欧洲的书和亲自去一趟欧洲是不一样的。听说欧洲的很多大教堂多么了不起，肯定不如站在正在建设中的巴塞罗那大教堂震撼，亲眼目睹那个姓“高”的建筑大师在 19 世纪末画好的图纸在 21 世纪才如他所料地变成现实，田戈觉得应该会让中国所有的建筑师惊叹。所以田戈告诫自己，读书固然重要，实践体验也很重要，失败的经验有用，但成功的体验更有用。

第十三章　悟　道

1. 理想的城郭人

作为一个城郭人，田戈永远无法抹掉他的过去，所以想来想去，他决定从心理上重新承认自己就是城郭人，而且开始试着重新去喜爱城郭人。这样田戈就有了很多新的惊喜，他发现小村的人变美了，小村的河变清了，小村的老同学也想见了，小村的往事也变得更加让他值得回忆。原来人的快乐与否有时候就在于自己的心态调整，而不一定是外在条件发生了什么变化。

四十一岁的田戈回忆并试图总结自己的人生，似乎渐渐地明白了四十不惑的道理，准确的讲就是作为一个四十岁以上的人，其处事的原则和理念应该有一套完整的解决方案了，他不再轻易酗酒，不再轻易骂人，不再轻易撂下生活的挑子，不再轻易说我爱你或我恨你，也不再轻易把死挂在嘴边。田戈自觉已经是一个沉着、稳重、智慧、可靠的人了，他自己给自己评价用了四个词：专业、热情、勤勉、高尚。稍加展开的说就是：

田戈是一个在各方面追求高水平的人，不干则已，干就要追求达到专业水平。

田戈是一个对生活充满热情的人，和人打交道要不然就无话可说，一旦有交往的必要，田戈就会对别人充满热情。

田戈是一个勤勉的人，作息规律，一分钟都不乐意浪费，总有使不完的劲，似乎到临死前一天都会这样，或许他会死在工作状态中。

田戈是一个高尚的人，他对生命充满敬意，对人类充满热爱，对假恶丑充满鄙夷之情，虽然他不敢到处挑战，但他自己至少不会故意让自己变得假恶丑。

为此，田戈认真总结自己的生活经验，总结了 64 条座右铭。为什么偏偏是 64 条呢？这和为什么是 63 或 65 一样，因为他觉得就是 64 条恰好。有的人说这或许和田戈研究神书有关，田戈笑笑不置可否。但现在可以肯定地说，这 64 条经验，属于田戈。

田戈的 64 条人生经验共计十万字，他想简化，可看哪个字都舍不得删，于是就那样放着，偶尔看看都觉得很对，他梦想着有机会能出版自己的经验，可其实他也不敢去真的追求自己的梦想。

2. 理想的城郭

田戈回家和父亲一起吃午饭，父亲说你老叔的孙子终于被警察抓进去了。田戈一惊说，那孩子十七岁了吧！怎么被警察抓了？惹什么祸了？父亲说那孩子参与了一起聚众斗殴事件，他们五个打对方一个，把对方打急了，对方掏出刀子，把五个人中的一个人给捅了，扎进了肺，抢救过来了，应该算重伤。几个孩子都被抓走了。

城郭的孩子们就是这样无法无天，他们不知道什么叫生活，以为抽着好烟，在网吧、游戏厅无所事事、疯狂游戏就是最好的生活。什么科学知识，什么礼义廉耻，什么承家立业，什么保家卫国，这对他们来说实在是没有任何意义。孩子们为什么这样，因为他们的父母以此为骄傲。说起孩子的行为，父母眉飞色舞，觉得这样的孩子将来能够在城郭站稳脚跟。村里面有钱人都是流氓出身，所以孩子们的父母都恨自己不是大流氓，于是寄希望于下一代成为大流氓。这种畸形的文化如同瘟疫让小村人脆弱不堪。

当田戈面对自己的堂弟提出的问题，让他估计孩子什么时候能放出来的时候，田戈说关键要看孩子是不是领头的，他如果是滋事的首犯就不好说了。堂弟说咱孩子不是领头的。田戈渴望听到堂弟和他的妻子能够说几句痛恨孩子不争气的话，但堂弟只是说人家都说一个月就能放出来。田戈此时才发现自己的这个堂弟简直就是天下第一愚昧的人。是百姓造就了这样的城郭？还是城郭造就了这样的百姓，而受害的又何止这一个十七岁的孩子。田戈知道自己和那个孩子从遗传学上说 Y 基因是完全一样的，但为什么那个孩子会在正式成人之前成了小罪犯？这是一个多么难以讨论明白的问题啊！

理想的城郭应该是拥有善良百姓的城郭，小村人进驻的城郭则不是充斥着善良百姓的城郭。当田戈的父亲把田戈写的书拿给田戈的表弟看的时候，表弟说：“哎呀妈呀，看完这本书，我肯定死了，我看一个字就开始头疼。”城郭人就是这样看待所有的书籍，对他们来说，看书就是自杀，什么书都一样。而不学习的百姓如何才能善良，这让田戈陷入了深深的思索中不能自拔。

理想的城郭是拥有淳朴文化的城郭，但小村人进驻的城郭让这个城郭充满坟墓的气息，这样的文化注定要被埋进坟墓，但乡亲们怎么办，他们分明是聪明的人啊！如果中国人都这样，迟早会被别人欺负得只有当牛做马的份。为此田戈苦苦思索把城郭小村人从愚昧状态中解救的方法。他不忍心看着大家就这样被社会淘汰。以耻为荣的时代能不能终结？何时能够终结？田戈呆呆地看着书房墙壁上的国画梅花感叹，唯有教育才能解决这个问题。怎么做？

还需要再想十年！不过在这十年当中，田戈希望城郭人能够好好学习他为城郭人总结出来的人生 64 条经验。这样再过三十年，城郭人就有希望了。三十年虽然很长，但如果您已经四十岁了，往前想三十年的时候，就会觉得未来三十年其实很近，希望也就很近！

后　记

城郭的天颜色多变，今天是蓝色的，像宝石；昨天是灰色的，像泼墨山水画；前天则是黄色的，据说叫做沙尘暴。

春风吹过，垃圾袋随风飘舞，城郭的天现在是五颜六色的，十几年了，都这样。

无论有没有这本书，城郭的人依旧那样活着，延续着他们的生命，这生命如此顽强，如此骄傲，如此可敬！

希望十年后，也就是2025年的春天，我再把田戈的生活原原本本地告诉大家，相信那里面一定还有很多精彩的故事。

作者

2015年春